读客

读客外国小说文库

熊猫君激发个人成长

新手死神 5

时间盗贼

[英]特里·普拉切特 著
王 爽 译

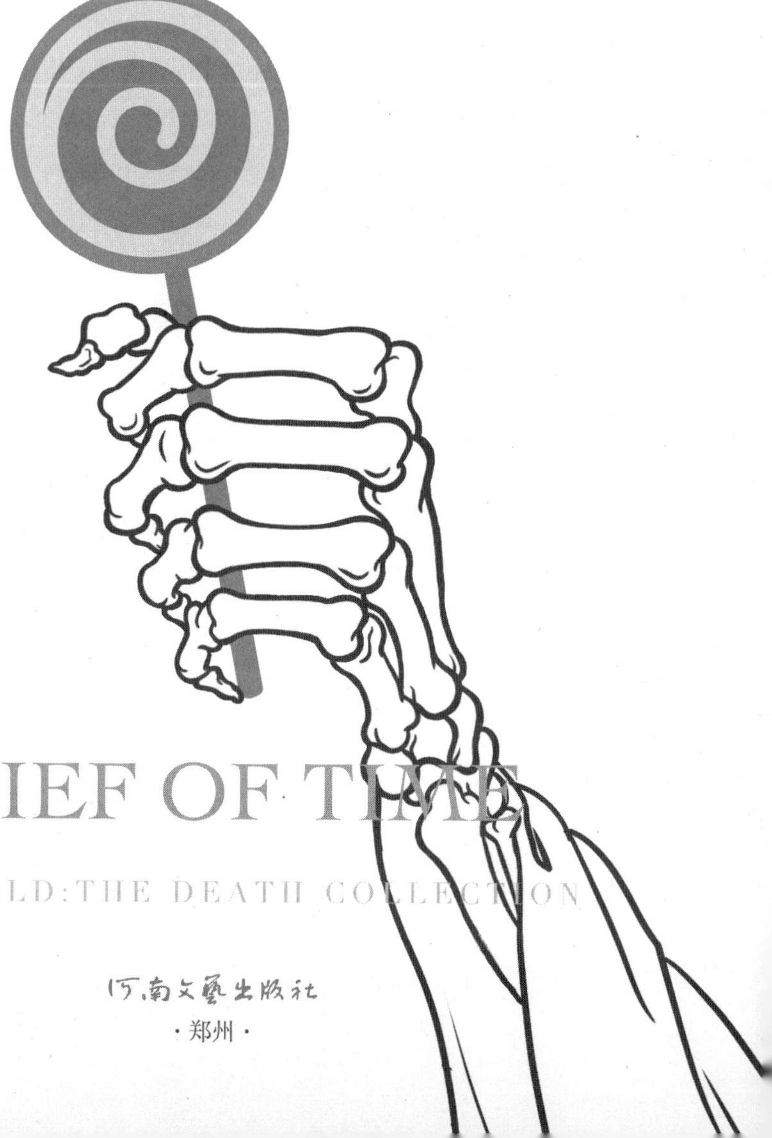

THIEF OF TIME

DISCWORLD:THE DEATH COLLECTION

河南文艺出版社
·郑州·

·人物表·

死神	死亡的具象化神灵。本书中他开始了新的“秘密”工作
苏珊	人类，死神的外孙女，“遗传”了死神所有的能力
审计员	粒子构成的非生命存在，维持宇宙的运行，想消除人类
混沌	神，天地初始的自然状态，后隐退民间
卢泽	僧侣，在奥硐寺担任清洁工
洛布桑	半人半神，盗贼行会收养的孤儿，后进入奥硐寺，成为卢泽的徒弟
杰瑞米·钟生	半人半神，钟表师
米莉娅·勒让	审计员，伪装成人，获得了人类的七情六欲
永恒惊诧者·文	僧侣，著有《第一书卷》《第二书卷》等僧侣传世著作
土泊	僧侣，文的徒弟

根据永恒惊诧者·文所著的《第一书卷》记载，文从自己接受启示的山洞中走出来，来到他生命剩余时日中第一天的朝阳之下。他凝望了一会儿初升的太阳，因为他此前从未见过日出。

他用一根檀木棍子戳了一下还在睡觉的学徒土泊说：“我看见了。现在我理解了。”

然后他不说话了，只看着土泊旁边的那个东西。

“那个神奇的东西是什么？”他问道。

“呃……呃……是一棵树，师父。”土泊还没怎么睡醒，“你忘了吗？它昨天就在那儿了。”

“根本没有昨天。”

“呃……呃……我觉得是有的，师父。”土泊摇摇晃晃地站起来，“你忘了吗？我们爬上山到了这里，我做了一顿饭，还剥掉了你的袈裟，因为你不想要了。”

“我记得昨天，”文想了一下，“但记忆现在只在我的头脑中。昨天是真实的吗？还是说只有那点记忆是真实的？所以事实上昨天我还没出生。”

土泊顿时一脸的苦闷和不解。

“愚钝又可爱的土泊啊，我知晓了一切，”文说，“在我们的手中，没有过去也没有未来，只有现在。没有时间，只有当下。我们有很多事情要做。”

土泊十分犹豫。他师父似乎有了些新变化。他眼中充满光彩，他行动时空气中有种奇怪的银蓝色光芒，仿佛液体的镜面反光。

“她告诉了我一切，”文继续说，“我知道时间是为人而存在的，人却不是为时间而存在。我学会了如何塑造时间、如何弯曲时间。我知道了如何让瞬间成为永恒，因为它已经是永恒了。我可以把这些技巧都教给你，土泊。我听见了宇宙的心跳。我知道很多问题的答案。问我吧。”

学徒迷迷糊糊地看了他一眼。现在实在是太早了，早得根本不能算是大清早——土泊目前只知道这一点。

“呃……师父，你早餐想吃什么？”他问。

文从他们的营地往下看，他的目光越过雪原和紫色的山峰，望向塑造了这个世界的金色阳光，同时认真地从人类的某些角度思考了一番。

他说：“啊，这个问题很困难。”

有些东西若要存在，就必须被观察到。

有些东西若要存在，就必须在时间和空间中占据一席之地。

这也就解释了为何宇宙的百分之九十都是不可见的。

因为宇宙的构成中，有九成都是在记录剩下一成里万事万物的位置和趋势。每一个原子都有它的传记，每一颗星星都有自己的档案，每一次化学变化都有它专属的记录员和小本本。这九成的宇宙之所以不可见，是因为它们在为剩下的一成做记录，一个人当然是看不到自己脑袋后面的[1]。

1 除非是在一个极小的宇宙中。（如无特殊说明，本书注释均为作者原注）

宇宙的九成，说白了，都是文件记录。

如果你想知道其中的故事，那一定要牢记，故事不是展开的。故事是编织起来的。各种事件在不同的时间地点发生，最终都聚集到时空的某一个小点上，一个恰到好处的时机上。

假如说一个皇帝被人哄骗穿上了一套全新的衣服，据说那套衣服的材料极为精细，寻常庸人根本看不见。然后假如有个小男孩，以清晰而响亮的声音说出了事实……

于是你就看到了《皇帝没穿衣服》这个故事。

如果你再深入了解一下，这个故事就会成为《一个男孩对皇帝不敬，所以活该被老爸揍一顿并且锁在家里》。

或者会变成《一大群人被卫兵包围起来，并被告知："刚才没人说话，谁有异议？"》

还有可能演变成：整个王国的人忽然都体会到了这种"新衣料"的优势，于是对各种健康运动热情高涨，形成了充满生机的良好氛围，每年都有很多成年人慕名而来，结果导致本国传统服装产业衰退最终崩盘。

甚至有可能成为《瘟疫1Q09流行性肺炎》的故事。

总之取决于你对此事的了解有多深。

假设你看见几千年间雪花慢慢积累压缩，推动深层岩石，最终冰川像下崽一样把冰山推进海里，你会看着冰山在冰冷的海水里漂浮，你得知道，冰山上还载着开心的北极熊、海豹，它们都指望着在南半球勇敢迎接新生活呢，它们听说那边有好多企鹅在冰原上嘎嘎叫着挤作一团。但是接着，砰！一声巨响，好几千吨无辜的钢铁制品悲剧地撞上了浮冰，随之而来的还有令人激动的配乐……

……你肯定很想知道整个故事吧。

这一个故事是从桌子开始的。

那是一张很专业的桌子。它的诞生就是为了工作。桌上有…… 人类的痕迹，都是严格遵照冰冷的工作职责规章制度留下的使用痕迹。

其中大部分痕迹都集中在灰黑色背景中的一小片鲜艳色彩上。那是个咖啡杯。某个地方的某个人希望它当个快乐的马克杯。杯子上印着让人惊讶无比的泰迪熊图案，还配了一句“送给世界上最了不起的外公”，“外公”两个字的字体略有不同，说明这个杯子肯定来自库存有好几百个这种杯子的商店，足以赠送给全世界所有最了不起的外公、爸爸、妈妈、奶奶、叔叔、阿姨或是别的什么人。可以想见，只有生活极其单调的人才会如此重视这样一件便宜货。

杯子里目前装着茶，还有一片柠檬。

乏味的桌面上还放着一把镰刀形的裁信刀及几个沙漏。

死神用他的骷髅手端起马克杯……

……喝了一小口，停顿片刻看了看那句他已经看过数千次的话，然后放下杯子。

非常好，他以丧钟般的语调说，**展示给我看吧。**

桌上最后一件东西是一个发明装置。“发明装置”这个词非常准确，那东西主要是两片碟子组成的。一片水平上面摆了一圈很小的方形布块似的东西。另一片则是竖直的，上面有很多小胳膊，每条胳膊上都握着一片很小的黄油吐司。每片吐司都能自由转动，当竖着的碟子转动时，就能让面包靠近那些方形布块。

我认为我明白这个意思了。死神说。

机器旁边那个小东西灵活地行了个礼露出笑容——鼠之死神大概也是会笑的吧。它把护目镜戴到眼眶上，卷起袍子爬到了机器上。

死神不明白自己为什么会允许鼠之死神独立存在。毕竟当死神的意思就是当一切生物的死神，包括啮齿类动物。但是也许每个人都需要一个微缩版的自己，这样从比喻意义上来说，他们就可以光屁股在雨地里奔跑[1]，思考一些莫名其妙的问题，藏在角落里偷偷观察世界，干一些禁忌但有趣的事情。

鼠之死神慢慢推动踏板，轮子转了起来。

一个嘶哑的声音在死神耳边说："真好玩儿啊，哈？"说话的是渡鸦聒斯，它自我定位是鼠之死神的私人交通工具兼密友。据它自己说，它干这个纯粹是为了博眼球。

小布块转动起来。小面包片随机拍下来，有时候把布块上的黄油拍得啪啪响，有时候又没拍到。聒斯认真地看着，以防其中夹杂着眼球。

死神觉得，为了让每片吐司都转动着抹上黄油，它们肯定花了不少时间和心思。计算沾黄油的布块的机器就更复杂了。在转过几圈之后，黄油布块机器的指针停在60%的位置，轮子停下来了。

哦？死神说，**这证明不了什么。如果再来一次，很有可能——**

鼠之死神抬起一根变速杆，接着再次踩动脚踏板。

吱吱。它命令道。于是死神乖乖地靠近了些。

这一次指针只走到了40%的位置。

死神靠得更近了些。

沾满黄油的八块布片这次第一圈全部没有碰到吐司。

机器内部蜘蛛形的钝齿轮转了起来。接着一个指示牌抖抖索索地立起来，其形象有如一个具现化的拟声词"噗噌"。

片刻后两个火花噼噼啪啪地冒出来，然后滋滋地往两侧闪过去，俨然勾勒出"**恶意**"二字。

死神点点头，他也是这么想的。

他穿过自己的书房，鼠之死神跑在他前面，他们来到一面一人高的镜子面前。那是一面很黑的镜子，像井底一样黑。镜框周围有骷髅和

1 这件事其实被过分高估了。

骨头的图案，这是为了外观协调考虑，死神照镜子的时候对面就是个骷髅，所以肯定不能有小胖天使和玫瑰在周围。

鼠之死神四脚扑腾着爬到镜框上面满怀期望地看着死神。聒斯飞上来啄它自己的影子，凡事都要尝试嘛。

显示，显示……我的想法。死神说。

镜中出现了一个棋盘，但是是三角形的，那个棋盘无比巨大，只能看到最近的一个角。世界就在这个角上——乌龟、大象、小小的圆形太阳及其他各种东西。那是碟形世界，是存在于绝不可能境界这一边的碟形世界，也就是位于边境区域的碟形世界。在边境区域，常常有各种事物跨越边境，有些时候事物会进入极度关注自身的宇宙，那种地方大家从来不考虑为后代创造更好的生活，也不考虑硕果累累的美好未来或者服务公众的产业什么的。

在这个黑白棋盘另外两个角的方向上，无限遥远处，有一个灰色的影子，看起来很像是一个空荡荡的带兜帽的斗篷。

怎么这时候来了？死神心想。

他认得这个东西。他们不是生命形式。他们算是……非生命形式。他们是宇宙运营状况的观察者，是宇宙的书记、宇宙的审计员。他们确保该转的东西转起来，该掉的石头掉下来。

他们认为，一件事物若要存在，就必须在时间和空间之中有一个位置。但是人类的出现堪称惊悚可怕。因为人性就是那种在时间和空间里没有位置的事物，此外还有想象、怜悯、希望、历史及信仰。要是拿掉这些东西，就只剩下一群常常从树上摔下来的猴子了。

所以说，智慧生命是异常事物。会扰乱记录。审计员痛恨这样的东西。每隔一段时间，他们就要收拾整理一番。

一年前，碟形世界各地的天文学家十分疑惑地观察到世界巨龟开始翻身，天上的星星也随之慢慢转了起来。由于世界的厚度很厚，所以他们也不知道这一现象的原因，其实是巨龟阿图因伸出它古老的脑袋，用力往下一甩，躲开了一颗加速飞来的小行星，万一被撞上的话，碟形世界上所有人都不必再去买日记本了。

没关系，世界自己能处理好这种显而易见的威胁。所以现在灰袍子办事细致多了，为了期望中那个万事万物都可预料的宇宙，他们小心翼翼地行动。

黄油一面朝下是个无关紧要的指征，但是很能说明问题。它表明审计员的活跃度上升了。一直以来他们给出的消息都是：放弃吧，回海里当污水吧，当污水很轻松。

死神知道，这场庞大的竞争在多个层面同时展开，但是却很难知道在和谁竞争。

每个起因都会产生影响，他大声说，**所以所有的影响都有起因。**

他对鼠之死神点点头说：**给我看看……起因。**

嘀嗒

这是个寒冷的冬夜。有个人在后门咚咚地砸门，把屋顶上的雪都震得掉下来了。

镜子前面那个试戴新帽子的女孩把已经开得很低的领口又往下拉了些，以防来客是个男士，然后她去开门。

冰冷的星光勾勒出一个人影。雪花已然堆积在他的斗篷上。

“是接生婆奥格太太吗？”他问道。

“奥格小姐，”她骄傲地回答，“当然也是女巫。”她指指自己簇新的黑色尖顶帽。目前，她还处于在室内也戴着女巫帽的年龄。

“请马上来一趟，事情紧急。”

女孩似乎突然紧张起来：“维弗尔太太要生了？我以为她的预产期

是几个星期之——”

那人说：“他们都说你是世上最好的接生婆，所以我大老远跑来。”

“什么？我？我只接生过一个！”奥格小姐俨然是一副遭遇了猎巫行动的神情，“比蒂·斯贝蒂比我有经验多了！米妮·四赖特老太也不错！维弗尔太太将是我第一次单独接生啊，她胖得像个衣柜……”

“对不起，那我就不打搅你了。”

那个陌生人消失在雪花飞舞的夜色中。

“喂！”奥格小姐喊道，“喂？”

但是那人已经不见了，只留下一串脚印。而脚印在积雪的小径中段戛然而止……

嘀嗒

有人重重地敲门。奥格太太把坐在自己腿上的那孩子放下来，起身去开门。

一个昏暗的身影站在夏季傍晚温暖的暮色中，那人肩上似乎有点奇怪的东西。

“是奥格太太吗？你现在结婚了没有？”

“结过两次了，”奥格太太开心地回答，“有什么事情需要我帮——”

“请马上来一趟，紧急情况。”

“最近没有人要——”

“我是大老远赶来的。”那人说。

奥格太太没说话。他说“远”的时候有点特别。而且现在她看清了，对方肩上那白色的东西是迅速融化的雪。一段模糊的记忆冒了个头。

“哦，行吧。”她说，这二十多年来她学到了不少，“那就难说了，我会尽力的，大家都知道。但我不敢说自己是最好的。要我说，人总能学到新东西。”

“哦，既然如此，我就找个更方便的时候再来吧。”

“你身上为什么有——”

然而那个陌生人已经不见了，虽然不是凭空消失，但确实不在了……

嘀嗒

有人重重地敲门。南妮·奥格轻轻放下临睡前喝的白兰地，看着墙壁等了一会儿。干了一辈子前沿巫术[1]，如今她磨炼出一套旁人压根儿不能体会的知觉，她脑海中的某种东西发出“嘀嗒、嘀嗒”的声响。

炉架子上那壶准备灌热水瓶的水已经烧开了。

她放下烟斗起身去开门，眼下正是春季的午夜。

“我觉得，你一定是从大老远赶来的吧。”她看着那个昏暗的人影一点也不觉得惊诧。

“没错，奥格太太。”

“大家都管我叫奶奶了。”

她一低头，看见融化的雪水正从那人的斗篷上滴下来。最近一个月都没下雪了。

记忆浮出脑海，她问：“情况紧急，对吧？”

“是啊。”

1 前沿的女巫生活也是在最前沿的，这个前沿的边界状态包括——生与死，光与暗，好与坏，以及最危险的，今天与明日。

“你想说‘请马上来一趟’？”

“请马上来一趟。”

“嗯，好吧，”她说，“没错，我是很厉害的接生婆，这是我自己说的。我接生了好几百个孩子了。甚至接生过巨怪，没点经验可干不了。我能处理顺产、难产，偶尔还会碰到麻烦的内横胎位。不过也许还能学到点新东西呢。”她谦虚地低着头，“我不敢说自己是最好的，不过肯定没有人比我更好了。”

“那请你现在务必和我走一趟。”

“哦，务必？务必吗？”南妮·奥格问。

“对！”

这位前沿的女巫迅速想了想，毕竟前沿是变化很快的。她知道什么时候是神话再现，什么时候该赶紧跑到路中间追上那个神话。

“我去取——”

“没时间了。”

“我不能空着手出——”

“快点。”

南妮·奥格从门后拿上接生工具包，那个包一直挂在门后专为紧急情况准备着，包里装满了她需要的东西，还有几样她希望永远用不上的东西。

“好了。”她说着就出门了。

嘀嗒

南妮·奥格回到厨房的时候，壶里的水才刚刚烧开。她愣了一会儿，把水壶从炉子上拿下来。

椅子旁边的杯子里还剩着一点白兰地。她喝完了之后又拿出酒瓶倒满。

然后她拿起烟斗，烟锅还是热的，她抽了一口，炭火发出噼啪的声音。

她从包里拿出一样东西，那东西有一大半都是空的了，她拿着酒杯坐下看着那个东西。

过了好一会儿，她说：“嗯，这可真是……很离奇了……”

嘀嗒

死神看着那图像淡去。几片雪花从镜子里飞出来落在地板上已经融化了，但是空气中还有几丝烟斗里冒出来的烟雾。

啊，我知道了，他说，**有人在很奇怪的环境下出生。但这究竟是问题所在，还是解决问题的关键所在？**

吱吱。鼠之死神说。

确实，死神回答，**你大概是对的。那个接生婆是肯定不会告诉我的。**

鼠之死神有些惊讶：**吱吱？**

死神笑了笑。**死神去问一个孩子出生的事情？她肯定不会说的。**

“打断一下，”渡鸦说，“奥格小姐是怎么变成奥格太太的？听起来好像什么乡下风俗似的，你们懂我的意思吧。”

女巫都是母系家庭，死神说，**她们觉得改变男人比改变名字方便。**

他回到书桌边打开抽屉。

抽屉里有一本绑得严严实实的大书。像这样厚的书封面上多半印着“我们的婚礼”“学级相册”之类的字，而这一本上印的是“记忆”。

死神小心地翻开沉重的书页。他翻页的时候，有些记忆逃逸了出去，在空气中形成简短的图画，然后飞出去一段消失在房间的阴暗角落里。周围出现细微的声音，有笑声、哭声、尖叫声，甚至还有一阵木琴的音乐声，死神停下来听了一会儿。

作为不死的存在，他有很多东西需要记住。有时候最好是把东西放在安全的地方。

有一个边缘破损古老发黄的记忆飘在桌上。记忆中有五个人，其中四个骑着马，一个人坐在两轮战车上，这五个人显然是在电闪雷鸣中穿行。马匹疾驰。周围满是浓烟火焰，每个人都激动不已。

啊，以前的日子，死神说，**以前都不流行单独工作。**

吱吱？鼠之死神问道。

是啊，死神说，**以前我们一共五个人。五骑士。但是你知道五个人在一起是什么样的。整天都吵，建设性争议，屋里弄得乱七八糟之类的。**他叹了口气，还有一些据说最好不要说出来的事情。

他又翻了几页，又叹了口气。你是死神，而恰好又需要盟友的时候，到底能依靠谁呢？

他若有所思地看着那个印有泰迪熊的马克杯。

当然是家人啦。对了，他答应过家里人不再干这种事了，可是他一直搞不懂答应啊承诺啊到底是怎么回事。

他起身回到镜子旁。时间不多了。镜子里的东西看起来远，其实很近了。

一阵蜿蜒爬行似的声音过后是一段无声无息的寂静，接着仿佛是一口袋小棍子掉在了地上。

鼠之死神赶紧躲开，渡鸦也飞了。

扶我起来，拜托了。阴影中有人说，**把那堆破黄油也收拾了。**

嘀嗒

这张书桌如同无数星系的宇宙。

很多东西在桌上闪烁。有复杂的齿轮和弹簧，各种闪亮的东西呈现在漆黑的底色之上……

杰瑞米喜欢把钟拆成零件的时候，每一个齿轮、每一个弹簧都仔细地摆在他面前的黑色天鹅绒布上。他仿佛是在看着时间，被拆解的、可控制的时间，每个部分都是能够理解的……

他希望自己的人生也是这样。最好是能够被拆分成零件，放在桌上，仔细清洁上油，然后再重新组装，这样就能顺畅地运转。但是在有些时候看来，杰瑞米的人生似乎是由一个不怎么熟练的工匠组装的，组装的时候肯定有一些小而重要的零件“叮”的一声滚到房间角落里去了。

他希望自己能够多多喜欢旁人，但是却一直无法和人顺利相处。他不知道该说什么。如果生活是一场派对的话，他甚至不在派对的厨房里。他嫉妒那些能进厨房的人。厨房里可能有喝剩下的茶，一两瓶客人带来的便宜酒水，要是把酒里头的烟屁股捞出来说不定还能喝。而且厨房里说不定还会有个姑娘……杰瑞米知道自己想象力有限。

可是他从来都没收到过邀请啊。

钟表，话说回来……钟表就不一样了。他知道怎么让钟表走起来。

他全名叫杰瑞米·钟生，这可不是巧合。他刚出生没几天就成了钟表匠行会成员，人人都知道这是什么意思。意思就是，他的人生是从一个篮子里或者一级台阶上开始的。大家都知道该怎么办，行会成员收留了这个还带着奶味的弃儿。这是一种古老的慈善行为，毕竟更悲惨的命运也是可能出现的。这个孤儿保住了小命，被抚养长大，学会了手艺，有了未来，有了自己的名字。很多手艺好的男女匠人或者城里的显贵都有意味深长的姓氏，比如叫路德、面坨、普纳或者钟生。这些名字都来自于本行业的传奇人物或者庇护他们的神灵，这些名字让他们结成了某种程度上的家庭关系。年长的人都记得自己是从哪里来的，在圣猪节的时候，他们慷慨地将食物和衣服赠给那些生在篮子里的后辈弟弟妹妹。这种生活虽不完美，但还能怎样呢？

所以杰瑞米健康长大了，只不过人有点奇怪。对于自己所从事的这门手艺，他很有天赋，这份天赋可以说补偿了他的其他一切缺陷。

店门口的铃响了。他叹口气放下寸镜。不过不用着急，店里有很多新奇的东西，有时候他不得不咳嗽几声才能引起客人注意。据说有时候杰瑞米在刮胡子的时候，甚至要咳嗽几声才能让自己的影子集中精神。

杰瑞米努力想当个有趣的人。但是问题在于，在“努力想当有趣的人”的人之中，杰瑞米属于那种……首先他会找一本名为《当个有趣的人》的书看看，然后再去找找有没有什么课程教人当个有趣的人。别人都觉得他是个无聊的话痨，他对此很是不解。为什么呢？他懂得各种各样的钟啊。机械钟、魔法钟、水钟、火钟、花时钟、蜡烛钟、沙子钟、布谷鸟钟，以及特别稀有的赫舍巴蜜蜂钟……但是不知为何，每次还不等他把钟表的话题说完，听众就跑光了。

他来到店里站定了。

“哦……对不起，让各位久等了。”他说。来客是一个女人。另有两个巨怪占据了店门入口的位置，他们戴着太阳镜，穿着很不合身的大号西装，看起来确实像是专门揍人的人。其中一个发现杰瑞米正在看他，于是将手指关节掰得咔咔响。

那个女人穿着一件大而昂贵的白色毛皮大衣，所以怪不得有巨怪跟着呢。她长长的黑发垂在肩头，脸庞十分苍白，几乎和大衣一个颜色。她……很漂亮，杰瑞米心想，毫无疑问非常漂亮，但这是一种死气沉沉的美。他怀疑对方可能是僵尸。如今城里有好些僵尸，有些精明的人死了之后就跟僵尸在一起，精明的人大概能买得起这种皮大衣吧。

那个女人先是在看店里那座圆顶玻璃缸，她抬头问：“是甲虫钟？”

“哦，嗯，是啊……赫舍巴的律师甲虫每天的行动极为规律，”杰瑞米说，“我，呃，我觉得很有趣，所以摆在店里。”

“这真是非常……有机。”女人回答。她打量着杰瑞米，神情如同看另一种蜜蜂，“吾辈乃米莉娅·勒让。米莉娅·勒让小姐。”

杰瑞米老老实实地伸出手。钟表匠行会里有些耐心的人曾花了很长时间教杰瑞米如何与人打交道，后来他们都绝望地放弃了。不过他们终究算是教了点儿东西。

那位尊贵的女士看着杰瑞米的手。过了好一会儿，一个巨怪笨重地走了过来。

“我们尊贵的小姐不握手，”他说，巨怪的悄悄话在店里反复回荡，“她志不可触碰的。”[1]

“啊？”杰瑞米说。

“好了，不用说了，”勒让小姐后退几步，“你做钟表，吾辈——”

杰瑞米的衬衫口袋里忽然发出一阵丁零零的声音，他掏出一个挺大的表。

“这是报时吗？你的表快了。”勒让小姐说。

“呃……嗯……不是……嗯，你还是用手捂住耳朵比较好……”

现在是三点钟。店里所有的钟齐声响了起来。布谷鸟钟布谷布谷地叫，蜡烛钟上面的整点指针掉下来，水钟发出汩汩的声音，空了的水桶像跷跷板一样上升下降，各种铃铛叮当作响，各种锣咣咣响，闹铃叮叮当当，赫舍巴的律师蜜蜂集体翻跟头。

两个巨怪都用大手捂住耳朵，但勒让小姐只是用手叉着腰，歪着头，等着钟声结束。

---

1 雪怪说话有口音，此处做了处理。下文中的伊戈同理，不再另行说明。——译者注

“全都很准时，吾辈明白了。”她说。

“什么？”杰瑞米不懂。他在想：这人是个吸血鬼吗？

“你所有的钟全部很准时，”勒让小姐说，“你在这方面要求很严格吗，杰瑞米先生？”

“不能准点报时的钟表是……不好的。”杰瑞米说。他真希望勒让小姐赶紧走。她那双眼睛让杰瑞米很紧张。他听说过有些人眼睛是灰色的，勒让小姐的眼睛就是灰的，仿佛是盲人，不过她显然是在仔细看着杰瑞米，而且看得很通透。

“对，不能准点报时确实很麻烦，对吧？”勒让小姐说。

“我……我不……不……不知道你来——”

“来钟表匠行会做什么？威廉姆森，那个人的钟随时都快了五分钟。而你——”

“我现在好多了，”杰瑞米紧张地说，“我吃了药的。行会的人都很好。现在你可以走了。”

“杰瑞米先生，吾辈希望你建造一座极其精准的钟。”

“我所有的钟都很精准。”杰瑞米看着自己的脚。距离下一次吃药还有五小时十七分钟，可是他现在觉得很需要吃药。“我必须问一下——”

“你的钟有多准？”

“十一个月的误差不超过一秒。”杰瑞米骄傲地说。

“就是非常好的意思？”

“是的。”确实是非常好，所以行会才对他那么宽容。天才总是可以有所偏差的，只要把手里的锤子藏好，把血擦干净就行。

“吾辈希望比这还要精确。”

“那不可能。”

“哦？你是说你做不到？”

“是的，我做不到。如果我做不到，那么城里其他所有钟表匠都做不到。如果他们能做到我早就该知道了。”

“你这么自信？真的吗？”

“我真的知道。”他说得没错。他肯定会知道。那些蜡烛钟和水钟……都是玩具，是他用来当纪念品缅怀过去的计时方法的，即使如此他也花了好几个星期的时间用蜡和水桶做实验，最终证实，原始钟表也可以很准时。它们不必十分精确，因为它们是简朴有机的东西，是对时间的拙劣模仿。这些钟表不会折磨他的神经。但是真正的钟表……嗯，机械的钟表，涉及了数字，数字必须是完美的。

勒让小姐又歪着头。“你是怎么调试到那么精确的？”她问道。

自他的才华显露出来之后，行会里经常有人这么问他。但是他一直不知道该如何作答，因为根本没法回答。造钟表就是为了准确计时。比如说肖像画家画了一幅画，画像和本人很像，那这画就是准确的。如果你造了一个好钟表，它就该是准确的，不需要调试。你心里就知道。

“我心里知道。”他说。

“吾辈希望你造一个无比精确的钟。”

“有多精确？”

“精确至极。”

“我只能根据现有材料做到最好。”杰瑞米回答，“我……技术还行，但是有些东西没法控制……比如道路交通带来的震动、温度变化之类的。”

勒让小姐看着那几个由胖妖精驱动的手表，她拿起一个打开后盖看了看。里头有个小座位还有脚踏板，但除此之外什么都没有。

“没有妖精？”她问。

“那些只是出于兴趣收集的老物件，”杰瑞米说，“那些表每分钟就有好几秒的误差，隔一天也不会彻底停下来。要是你觉得准确就是

‘两点左右’，那倒是可以用这种表。”他说“两点左右”的时候咧了咧嘴，仿佛是听见有人用指甲刮黑板。

“殷瓦钢怎么样？”勒让小姐似乎已然在观赏这座钟表的博物馆。

杰瑞米很惊讶。“那种合金？没想到行会之外还有人知道它。那是一种很贵的材料，比同等重量的黄金贵得多。”

勒让小姐挺直了腰板儿说：“钱不是问题。你用殷瓦钢可以造出极度精确的钟吗？”

“不能，我已经试过了。它确实不受温度影响，但是它总有……局限性。各种细微因素相互影响最终会变成大问题，这叫谢诺悖论。”

“嗯，是啊。谢诺是一位以弗比[1]的哲学家，他说箭永远射不中奔跑中的人，对吧？”勒让小姐说。

“理论上是的，因为——”

“但是我记得谢诺提出了四个悖论，”勒让小姐说，“其中有一点提到，有一种东西是时间的最小组成单位。它必须存在，对不对？想想眼下的时间。它肯定有长度，因为它的一端联系着过去，另一端联系着未来，如果没有一定长度的话，‘现在’就根本不存在了。因为根本没有时间可以让‘现在’存在。”

杰瑞米忽然恋爱了。自一岁零两个月时拆掉育儿室的大钟后盖之后，他就再也没有过恋爱的感觉了。

“你说的是……著名的‘宇宙时瞬’理论，”他说，“任何工匠都做不出那么小的齿轮……”

“那取决于你怎么定义齿轮。你看过这个吗？”

勒让小姐朝一个巨怪招招手，那巨怪笨拙地走上前，将一个长条

1　以弗比是碟形世界上一个充满哲学家和数学家的国家。他们还发明了一人一票的民主选举制度。——译者注（摘自碟形世界维基百科）

形的包袱放在柜台上。

杰瑞米打开包裹，里头是一本小书。“《硌棱童话》[1]？”

“看《坏蛋假沙恩的玻璃钟》那个故事。”勒让小姐说。

“童话故事？”杰瑞米说，“童话故事能有什么用？”

“谁也说不准呢。吾辈明天再来，”勒让小姐说，“等你的计划。另外，这是一点小意思，表示吾辈的诚意。”

巨怪将一个大皮口袋放在柜台上。口袋很重，里头的金子叮当作响。杰瑞米不怎么在意金子。他有不少金子。很多技艺娴熟的钟表匠都来买他的钟表。金子的用处就在于，可以让他有更多时间研究钟表，然后他又挣到更多金子。金子对他来说就是一种填满钟表之间的空隙的东西。

“吾辈也可以给你提供大量殷瓦钢，”她说，“算是报酬的一部分，但是吾辈也认为殷瓦钢达不到你的要求。杰瑞米先生，吾辈都知道，对你来说，有机会造出世界上第一台真正精确的时钟这件事本身就是最好的报酬了，对吗？”

杰瑞米紧张地笑了笑：“如果能完成，那……真是太好了。真的，那就是钟表制造业的终结。”

“是啊，”勒让小姐说，“任何人都不必再做钟表了。”

嘀嗒

这张书桌很整齐。

桌上有一堆书，还有一把尺子。

此时桌上还有一个纸板做的钟。

---

1 这里影射著名童话书《格林童话》。——编者注

老师把钟拿起来。

学校里别的老师都叫斯蒂芬妮、琼之类的，唯有在她的课堂上，学生们必须一丝不苟地叫她苏珊老师。事实上“一丝不苟”这个词总结了苏珊老师的方方面面。在班上，她坚持要求学生叫她苏珊老师，那劲头堪比国王坚持要国民称他为陛下，甚至连理由都差不多。

苏珊老师穿着黑衣，校长女士对此很不赞同，但也无能为力，因为黑色是一种值得尊敬的颜色。苏珊很年轻，但是有种难以描述的年长气质。她的头发是浅浅的金色，其中夹杂有一缕黑发，头发被梳成紧紧的小圆髻。校长女士对此也不赞同，她说，这是对教师的刻板印象，让人一看就想用黑体字。但是她从来不敢对苏珊老师的行事方式表示异议，因为苏珊老师行动起来像只老虎。

事实上，要当面反对苏珊老师是很困难的，要是你提了，她肯定会看你一眼。当然不是威胁的眼神，而是平静又冷淡的眼神。你绝对不想看第二次。

这种眼神在教室里非常管用。就拿家庭作业来说吧，家庭作业是校长女士极力反对的另一种刻板规矩。但是在苏珊老师班上，任何人的作业都不会被狗吃，因为苏珊老师的某种影响力会随着作业一起放学回家；狗不但不吃作业，还会帮忙把笔叼过来，眼巴巴地看着孩子们把作业写完。苏珊老师永远都能准确无误地发现谁偷懒谁勤奋。另外，和校长女士的理念截然不同的是，苏珊老师从来不让学生们做自己喜欢做的事情。她要求学生做她喜欢的事情。结果大家都觉得她的事情更有趣。

苏珊老师拿起那个纸板做的钟说：“谁能告诉我这是什么？”

大家齐刷刷地举手。

“米兰达？”

“是一个钟，老师。”

苏珊笑了笑。旁边有个叫文森特的男孩子正拼命挥手，嘴里不停地说“哦哦哦，哦哦哦，哦哦哦”，苏珊小心地绕过他，叫了后面的一个学生。

“部分正确。”她说，“萨缪尔？”

“这是一个纸板做的东西，看起来像是一个钟。”叫萨缪尔的男孩说。

“正确。一定要看到事物的本质。而我竟然要用这个教你们认时间。”苏珊老师冷笑一声把它扔了。

“我们换个方法学吧。”她说着打了个响指。

“好！”全班齐声回答。接着墙、地板、天花板渐渐消失，书桌飘到了城市上空，大家惊呼：“哇！”

不远处就是幽冥大学的钟楼，那个破破烂烂的钟面近在眼前。

孩子们兴奋地互相推来推去。他们现在离地三百尺高，但是大家一点都不担心。而且似乎也不觉得奇怪。他们只觉得有趣。他们仿佛已经见过其他各种好玩的事情了一样，全都见惯不惊了。在苏珊老师的课堂上，这种事确实没什么好奇怪的。

“梅勒妮，”苏珊点名道，此时有一只鸽子停在她的桌子上，“时针指到十二，分针接近十，这是几点？”

文森特迅速举手：“嗯嗯嗯，老师，嗯嗯嗯……”

“将近十二点。”梅勒妮认真地回答。

“很好。那么现在……”

周围变得模糊起来。所有的课桌虽然还保持着整齐的队形，却都降落在另外一座城市铺满卵石的广场上。绝大部分的教室也来到了广场上，柜子、讲台、黑板都来了，墙还稍微落后些。

广场上谁都没注意到他们，不过奇怪的是也没有人走到他们中间去。天气很暖和，空气中有股海水和沼泽的味道。

“谁知道现在是哪里？”苏珊问道。

“嗯嗯嗯，我，老师，我我我……”

即使双脚离地，文森特也只能显得比平时高一点。

“佩内洛普，你来说说看？”苏珊老师说。

“唉，老师啊。”文森特十分失望。

佩内洛普长得很漂亮，温柔又内向，她看了看周围人潮拥挤的广场和挂着褪色雨棚的建筑物，不禁有些惊慌。

“上周地理课我们来过，”苏珊老师说，“这座城市被沼泽环绕，它建在维厄河上，以美食著称，有很多海鲜……？”

佩内洛普那漂亮的小眉毛皱起来。苏珊老师桌上的鸽子飞走了，和广场上的鸽群一起飞去扒拉石头缝里的剩饭去了，它咕咕咕地对鸽群说着蹩脚的鸽子语。

苏珊老师知道要大家等着佩内洛普慢慢想明白是不太可能的，于是她朝着广场对面一家商店的钟挥了挥手说：“谁能告诉我，现在是热努阿的几点？”

“我我我，老师，老师，我我我……”

一个叫戈登的男孩小心地回答现在应该是三点钟，自信满满的文森特失望至极。

“正确，”苏珊老师说，“谁能告诉我，为什么现在在热努阿是三点，而在安卡-摩波却是十二点？”

这次必须是文森特了。谁还说他举手的速度不够快就只能怪空气阻力太大了。“好吧，文森特？”

“嗯，老师，光的速度吧，老师，大约是每小时六百英里，这时候太阳照着环海地区的热努阿，所以安卡-摩波的十二点还得花三个小时才能追上我们！”

苏珊老师叹了口气。“非常好，文森特。”她说着站起来朝文具柜的方向走去，班上所有人都看着她。柜子仿佛跟着他们一起来了，如果此时有人注意到这个现象，他们很可能会看见空气中有一些线条显示墙壁、窗户和门的位置。如果他们观察得仔细的话，可能会说：那么……这个教室既是在安卡-摩波同时又在热努阿，是这样吗？这是魔术吗？是真的吗？是幻景吗？或者对这位老师而言，魔术、真实和幻景都没什么区别？

柜子里头的东西也一应俱全，她把星星放在那个昏暗、充满纸张气味的小壁龛里。

星星有金色和银色两种，一颗金星等于三颗银星。

校长女士对星星这事也很不赞成。她认为星星是在鼓励竞争。苏珊老师则说就应该鼓励竞争，校长女士赶在苏珊使出那种眼神之前落荒而逃。

很少有人得到银星奖励，金星更是两周都不会发一个，所以竞争非常激烈。这一次苏珊老师选了银星。好学的文森特很快就能攒够一个星系了。不过一定要说的话，他倒不介意自己得的是哪种星星。他算是重量不重质的那种人。苏珊老师暗地里认定他将来很有可能被自己老婆杀掉。

她回到讲台上，将星星放在自己桌上，故意吊大家胃口。

“提一个附加问题，”她有些坏心眼儿地说，“这是否说明一个地方的‘过去’是另一个地方的‘现在’？”

文森特举手举到一半忽然慢下来。

“嗯……”他说不出话来了，“老师，这没道理啊……”

“问题不需要有道理，文森特，”苏珊老师说，“答案才讲道理。”

佩内洛普叹了口气，她的小脸漂亮极了，总有一天她父亲得雇一群保镖。苏珊老师惊讶地发现，那张小脸似乎从愉快的白日梦中清醒过来忽然想出了答案，她举起雪白可爱的小手。

全班都惊讶地看着她。“你说吧，佩内洛普。”

“是……”

“是什么呢？”

“每个地方都只有现在，老师。”

“非常正确，说得对！好了，文森特，银星给你。至于佩内洛普嘛……”

苏珊老师又来到文具柜旁拿了一颗星星。光是让佩内洛普集中精神她就花了不少功夫，她能回答一个问题就值得奖一颗星星了，而如此富有哲理的一个回答更是应该奖励一颗金星……

“希望大家拿出笔记本记下刚才佩内洛普说的话。”她坐下来愉快地说道。

这时候她忽然看见桌上的墨水瓶飘了起来，那情景就和佩内洛普举手了差不多。墨水瓶是瓷的，恰好严丝合缝地放在木头底座的小圆洞里。那个瓶子平稳地升起来，原来是那个乐呵呵的小骷髅鼠之死神把它托起来了。

眼眶里一团蓝色的小火光朝着苏珊老师眨了眨。

苏珊甚至没低头看，一只手迅速把墨水瓶拿开，另一只手拿起一本厚厚的故事书，重重地朝墨水瓶底座上砸去，由于用力过猛，蓝黑墨水都洒在广场的卵石上了。

然后她掀开课桌盖子往里头看。

桌子里当然什么都没有，至少没有任何以死亡为主题的东西……

……只不过有被老鼠咬过几口的巧克力，以及一张用加粗哥特字体写的纸条，上面写着：

见个面。

签名是她非常熟悉的风格，写的是：

祖父。

苏珊拿起纸条揉成一团，她知道自己已经气得发抖了。他凭什么？居然还派那个老鼠来！

她把那个纸团扔进了废纸篓。她从来都是百发百中的，有时候为了能接住纸团，废纸篓会自己挪个位置。

“接下来我们去看看克拉奇现在是几点。”她对认真上课的孩子们说。

桌子上的那本书翻到了某一页。稍后是讲故事时间了。苏珊老师会觉得奇怪，这本书为什么会跑到自己桌上来？之前她根本没见过这书，然而那时候一切都太晚了。

蓝黑墨水的痕迹会一直留在热努阿广场的卵石上，等傍晚风暴来临时就会被洗掉了。

嘀嗒

在世界的中轴地区，雪怪出没在隐秘山谷里，不时鸣响的铜锣声中，寻求启示的人看到《永恒惊诧者·文的一生》时，说出的第一句话都是问句。

他们提的第一个问题都是：“他为什么老是觉得惊诧？”

于是就有人回答：“文研究了时间的本质，他发现宇宙在一刻不停地重建。因此他明白了，其实没有过去，只有对于过去的记忆。你一眨眼，就再也看不到你闭眼之前的世界了。所以他说，唯一适当的精神状态就是惊诧，唯一适当的心情就是愉快。你现在所见的天空是你之前从未见过的。最完美的时刻就是现在，感到高兴吧。”

年轻的卢泽身处安卡-摩波城那黑暗喧嚣的雨夜中，他迷惘地找了老半天，看到的第一句话是“房间出租，价格公道”。他很高兴。

嘀嗒

有适合种地的地区，人们就会种地。他们知道肥沃的土壤是什么味儿。他们会种下谷物。

有适合冶铁的地区，就会有高炉将午夜都映得通红。锤子的叮当声永远不会停息，人们会锻造出钢铁。

还有适合采煤的地区、适合养牛的地区、适合长草的地区。世界充斥着各种各样的地区，地区的特点塑造了不同的土地和人。在世界中轴地高高的峡谷上方，到处都是积雪，这里是适合得到启示的地区。

这里的人知道本地区没有钢铁，只有“钢铁”这个概念[1]。他们给各种新事物命名，给各种不存在的事物命名。他们寻找存在的基础和灵魂的本质。他们创造了智慧。

冰河顺着峡谷移动，山谷里建着寺庙，即使是盛夏风也会把冰碴子吹得到处都是。

这里居住着凝听派僧侣，他们试图在世界的喧嚣中听到宇宙初始之时那个声音所遗留下来的微弱回响。

这里还有冷静兄弟会，这是个组织严密的秘密结社，他们坚信只有在绝对的冷静中才能理解宇宙，并且认为黑色适用于一切事物，铬黄色永不过时。

---

1 但他们还是会用叉子，至少是要用“叉子”这个概念。还有哲学家会说，这一地区没有勺子，但这就引出另一个问题——这里为什么会有“汤”的概念。

此外还有平衡派僧侣，他们的神庙被交错的绳索系着，看起来颤颤巍巍的，这些僧侣测试世界的拉力，然后他们经历漫长危险的旅行让世界再次平衡。在高高的山峰和偏僻的孤岛上都能看到他们为世界平衡做出的努力。他们用的是小小的黄铜砝码，最大的也不超过拳头大。这些东西很有效。嗯，它们肯定是很有效的，毕竟世界至今也没失去平衡。

在最高、最绿、空气最清新的山谷里，杏树生长，盛夏时节的溪流中也漂浮着冰块，那里就是假沙恩，里头住的是文派的武僧。别的派别把他们叫作历史派僧侣。别人都不知道他们到底干些什么，不过有一个奇怪的状况是，在他们那个小山谷里，永远是美丽的春天，樱花树永远盛开。

有传闻说，这些僧侣似乎有义务确保明天严格按照某个神秘计划发生，计划则是由某个一直很惊诧的人制订的。

事实上，真相比这要奇怪得多也危险得多，而且已经持续一段时间了，但要说到底是多久却又说不出来，要说也显得有些可笑。

历史派僧侣的工作就是确保明天会到来。

新进大师和仁波见面，仁波是寺院侍僧的头领。至少在目前，侍僧头领这个职位非常重要。目前寺院需要新进大师做很多事情，而他的注意力十分有限。在这种情况下他就需要有人主动来分担工作。因此仁波这种人无处不在。

“又是路德。”新进大师说。

“哦，天哪。不过一个不听话的小孩还不至于让您烦恼吧？”

“普通的不听话小孩当然没问题，但这一个是从哪儿来的？”

“苏托大师送他来的。你知道吗？从安卡-摩波分部来的？他在城里发现了路德。那孩子天赋异禀，我很理解。”仁波说。

新进大师似乎很惊讶：“天赋异禀？他是个坏透了的小偷！他是小偷行会的学徒！”

“嗯？有时候孩子们确实会偷东西，教训他们一下就没问题了，基础教育嘛。”仁波说。

“有一个问题。”

“什么？”

“他动作非常非常快。只要有他在，周围的东西就会消失。各种小东西，各种不重要的东西。但是你仔细看的话，会发现他并没有拿任何东西。”

“也许真的不是他偷的？”

“他从屋里走一趟，东西就不见了！”新进大师说道。

“有那么快？怪不得苏托大师会看中他。但是小偷——”

“之后那些东西又会出现在奇怪的地方，”新进大师似乎不愿承认这个情况，“我看，他是在恶作剧吧。”

微风带着樱花的香味吹过阳台。

“不听话的小孩我见多了，”新进大师说，“新来的学徒大多不听话。但是他真的很过分。”

“怎么过分？”

“他上课迟到。”

“我们的学生怎么会这么随意？”

“路德先生根本不在乎。他觉得自己可以为所欲为，但他……很聪明。”

仁波点点头。聪明，在这个山谷里“聪明”别有一番特殊的含义。聪明的小男孩觉得自己比导师懂得多，喜欢顶嘴，喜欢打断别人说话。聪明的小男孩不如笨的小男孩好。

“他不遵守戒律吗？”侍僧头领问道。

“昨天，我带全班去石室领会暂时论，正好发现他在盯着墙看。绝对是没有认真听讲。我知道他肯定没听，就让他回答黑板上的问题，结果他立刻就回答正确了。”

“是吗？你也说了，他很聪明。”

新进大师觉得有些尴尬：“只是……那个问题不太对。那天早些时候我给第五德基姆的外勤人员讲过课，黑板上剩下一些试题没擦掉。是个特别复杂的相位空间问题，涉及N段历史中的残余谐振内容。那群外勤人员没一个答对。说实话，我都得去看参考答案。”

“那么你惩罚他是因为他没有回答他该回答的问题？”

“没错。那是不守纪律的行为。我觉得他大部分时候都心不在焉。从来都不认真，但是他每次都知道答案，又从来不说自己是怎么知道的。他给别的学生做了个很坏的榜样。聪明小孩根本没法教。”

侍僧头领仁波看着寺院外头绕着屋顶飞行的白鸽，过了好一会儿才说：“我们现在不能把他送走。苏托说他见过那孩子演练郊狼式[1]！所以他才发现那孩子的才华！你能想象吗？他根本没受过训练！你能想象吗？有那种才能的人居然在外头乱跑！多亏了苏托警觉啊。”

“可是他把这个烫手山芋塞给我了。那孩子让人心神不定。”

仁波叹了口气。他知道新进大师是个善良谨慎的人，可是大师和外界脱节太久了。而苏托这样的人则是整天都在外头的世界。他知道要灵活变通，死板的人在外头就是死路一条。苏托这样的人……对了，他有主意了……

他看着阳台另一边，那边有几个仆人在清理掉落的樱花花瓣。

“我有个很好的解决办法。”他说。

“是吗？”

“像路德这样天赋异禀的男孩子需要的是导师，他不需要一板一眼的教室。”

---

1 历史派僧侣演练的一种非常特殊的武术。——译者注

“有可能，但是——”

新进大师随着仁波的眼光看去。

“哦，”他的微笑似乎不是那么友善，其中包括了某种预料之中的元素，暗示了他认为麻烦应该放在某个活该倒霉的人那里。

“我想到一个人。”仁波说。

“我也想到了。”新进大师说。

“是一个最近经常听到的名字。”仁波继续说。

“我觉得他要么会毁了那孩子，要么那孩子会让他崩溃，或者两败俱伤……”大师似乎很开心。

“所以，常言道啊，”仁波说，“完全没有坏处。”

“住持同意吗？”大师在反思这个好主意中是否有什么弱点，“他一直都……挺看重清洁工的。”

“住持是个大好人，不过现在他没牙齿，根本没法走动。”仁波说，“现在是非常时期，我相信他肯定会接受我们的联合建议，毕竟这只是日常事务中一点小事而已。”

于是未来就此决定。

他们不是坏人。他们为了维护这个山谷努力工作了数百年。但是在一段时间后，很可能会发展出某种危险的思维方式。其中之一是，一切重要事业都需要认真组织，但是不是事业需要组织，而是组织本身需要认真组织。而另一个则是：内心平静是好事。

嘀嗒

在杰瑞米床边的桌子上有一排闹钟。他不需要闹钟，他只要想醒就能醒来。闹钟是用来测试的。他把闹钟设在7点，自己则在6点59分醒来，检查闹钟有没有按时响。

今天晚上他喝了点水，拿着《硌棱童话》早早上床了。

他一直都不喜欢看故事书，不管几岁都没喜欢过，也不理解其中的主旨。他从未看过任何虚构作品。他记得自己小时候特别讨厌《嘀嗒嘀嗒钟声响》那本童谣里头的插图，因为图里的钟根本对不上故事发生的时间。

他努力阅读《硌棱童话》。那些故事的标题都是《坏皇后是怎么穿着烧红的鞋子跳舞的！》《烤箱中的老太太》之类的。任何故事里都没提到钟表。作者似乎根本没想到过钟表。

不过《坏蛋假沙恩的玻璃钟》里头确实提到了钟，某种形式的钟吧。不过很奇怪，一个坏人——读者知道他坏，是因为故事一开头就说了他很坏——他造了一座玻璃钟，然后将时间姑娘抓住关在里头。但是事情却出了差错，钟里头的一个弹簧不能用玻璃制作，弹簧因为受到拉力断裂。时间姑娘重获自由，那个人则在一秒钟之内老了一万岁，随后变成了尘土，消失无踪——在杰瑞米看来，这个结局一点也不奇怪。这个故事最后还附了一段教训：细节决定成败。杰瑞米觉得奇怪，这个故事的教训为什么不是“不能把某个不存在的女士关在大钟里”，或者“换成玻璃弹簧就行了”？

虽然杰瑞米读的故事不多，但是他也察觉到这个故事有点不对劲。作者似乎对某个所见所闻的事情产生了误会，但又努力想要把它写得合理。另外还有——哈！——虽然故事设定在几百年前，但那时候就连尤伯瓦尔德都只有纯天然的布谷鸟钟，故事里画的那种大座钟最早也是十五年前才出现的。有些人真的蠢！要不是故事这么惨，你简直要被蠢笑了！

他把书放到一边，晚上剩下的时间他一直在做行会要的设计。他们给的报酬很高，前提是杰瑞米绝不再出现在他们面前。

然后他把今晚的工作成果放在床边放钟的桌子上。他吹灭蜡烛。

他睡了。他做了个梦。

玻璃钟在嘀嗒作响。它就摆在商店木地板的正中间，散发出银色的光。杰瑞米绕着它走着，也许是玻璃钟在绕着杰瑞米走。

它有一人多高。那透明的外壳里闪耀着星星般的红蓝两色电光。空气中有股酸味。

他全神贯注地观察这个钟，这是个完全透明的东西，全然是层层叠叠的玻璃和石英制成。这些东西从他身旁升起，形成高达数英里的光滑墙壁，他在缝隙中下落，随后发现这些光滑墙壁也不是完全平整的……

……那上面全是小洞。红色和蓝色的光点也在墙里，而且全都朝他喷出来。

此时忽然出现了声音。那声音来自前方的黑暗中，是一种缓慢的拍击声，莫名地很耳熟，仿佛是心跳声被放大了一百万倍……

……砰砰……砰砰……

……每一次拍击声仿佛都比山还厚重，比世界还深广，而且是血一般的红黑色。他听着那声音拍过几次之后，他下降的速度慢了下来，最后停下了，他又飞上去穿过斑斑点点的光芒，最终眼前的光芒变成了一个房间。

他必须要记住这一切！这情景只要看一眼就会觉得十分清晰！太简单了！太轻松了！他能看清楚每一个零件，能看见它们是如何环环相扣的，能看到它们是如何制作出来的。

接着这个梦渐渐消失。

当然了，这只是个梦而已。他对自己说，想到这点他觉得安心不少。但是他必须承认自己很喜欢这个梦，比如说，工作台上放着一杯热腾腾的茶，门外有敲门声……

外头确实有敲门声。杰瑞米想，门一开梦会不会就结束了，接着门也消失了，但敲门声还没停。是从楼下传来的。

此时是6点47分。杰瑞米看了一眼闹钟，确保它们都准时，接着他穿上睡袍迅速下楼。他吱嘎一声打开前门，外头没有人。

“这儿，先生，下头。”

站在低处的那位是个矮人。

“你姓钟生吗？”他说。

“有事吗？”

他递过来一个写字板。

“在这儿签字，这里写了‘在这儿签字’。谢谢。好了，孩子们……”

他身后冒出来两个推着手推车的巨怪，一个大木箱被“咚”的一声扔在石子路上。

“这是什么？”杰瑞米问。

“快递包裹。”矮人拿回他的写字板，“从尤伯瓦尔德寄来的。肯定花了不少钱。看看这上头的封印和贴纸。”

“能帮忙搬进来……”杰瑞米话还没说完，手推车就被推走了，车子发出轻快的铃铛声，里头有些易碎品叮当作响。

下雨了。杰瑞米看了看箱子上的标签。这东西显然是寄给他的，在箱子的把手附近，靠近封印的位置是尤伯瓦尔德的双头蝙蝠标志。除此之外箱子上没别的标志了，只在靠近底部的地方写了一句：

这面向上

箱子突然开始骂人。虽然它说的是外语而且很模糊，但所有骂人的话都是世界通用的。

“呃……你好？”杰瑞米说。

箱子晃了几下，翻了个面，接着又传出一声咒骂。里头传出敲打的声音，还有更加大声的咒骂，然后箱子又翻到正面朝上，所谓的“顶部”在上头。

一块板子挪开，接着一根撬棒被咣当一声扔到街上。刚才骂人的那个声音说：“能帮个忙不？”

杰瑞米将撬棒卡在箱子的裂缝处用力拉。

箱子分崩离析。他放下棍子。那箱子里头有个……生物。

“我不懂啊，”那生物推开身边的包裹填充物，“怎怎八天都没什么问题，结果那两个寸货居兰把我丢在门口。”他朝杰瑞米点点头，“早安，先森。你就四杰瑞米先森吧？”

“是的。不过——”

“我叫伊戈，先森。仄里四我的证苏，先森。”

他把一沓文件递给杰瑞米，那手仿佛是遭遇了工业事故之后勉强缝合起来的。杰瑞米下意识地想后退，然后又有些尴尬地接过证书。

“可能是搞错了吧。”他说。

“不，没有搞错，”伊戈说着从箱子的废墟里拖出来一个毛毡旅行包，“你需要组手。要组手的话，澡伊戈总没错。人人都懂。我们还四别淋雨了吧，先森？我膝盖都要森锈了。”

“我不需要助——”杰瑞米说了个开头，就觉得不对，真的不对。他根本留不住助手。助手们待不到一个星期就都走了。

“早上好，先生！”一个开朗的声音说。

又一辆手推车跑过来。这辆车涂着看起来明快健康的白色，车上装满牛奶桶，车子一侧写着“罗纳德·泡湿，牛奶坊”。杰瑞米被打断了思路，他抬起头看着神情开朗、两手各拿一瓶牛奶的泡湿先生。

“和平时一样，大师，一品脱。你有客人啊，那再来一瓶好吗？”

“呃，呃，呃……好，谢谢。”

“这周的酸奶特别好，大师。”泡湿先生继续推销。

“呃，呃，酸奶就算了，泡湿先生。”

“还需要鸡蛋、奶油、黄油、脱脂牛奶或者奶酪吗？”

“不用了，泡湿先生。”

“那好吧，”泡湿先生大大咧咧地说，“明天见啦。”

“呃，好。”杰瑞米说话时，手推车已经走了。泡湿先生是他的朋友，在杰瑞米有限的社交词汇中，朋友的意思就是“每周说上一两次话的人”。他挺喜欢这个卖牛奶的，因为他每天都来而且很准时，每天早晨就是七点整把牛奶瓶放在门口。“嗯嗯……再见。”他说。

他又转身看着伊戈。

“你怎么知道我需要——”他想问问，可是那个怪人已经进门去了，杰瑞米赶紧追着他来到工作间。

“哦，好，非常好，”伊戈俨然是一副内行的语气，“那四转球MK3微型机床，四吧？我在他们的目录上见过。曾四太好了——”

“我没有让任何人介绍助手！”杰瑞米说，“谁派你来的？”

“姆们伊戈很能干的，先森。”

“对，你说了！但是，我没有——”

“不，先森，‘姆们伊戈’是个组兹，先森。”

“什么组织？”

“外派钴业人四，先森。仄么说吧，先森，其斯吧……伊戈的人总四不滋道为森么就澡不到雇祖啦。另一方面呢——”

“——你有两个拇指，”杰瑞米惊讶地说，他刚才注意到这点，所以没忍住，“每只手都有两个！”

“哦，对啊，先森，可方便啦。”伊戈一点都不尴尬，“另一方面呢，想要聘请伊戈的人也很多。我姑姑伊戈妮娜四我们小斯务所的负责人。”

“有……很多个伊戈？”杰瑞米说。

“哦，有好多人呢。我们四个大家族。”伊戈说着递给杰瑞米一张卡片。

上面写着：

姆们伊戈

随时随地的好帮手

老市政厅

坏蛋假沙恩市

c-mail[1]：好嘞老板@尤伯瓦尔德

杰瑞米看着那个通信地址。一般来说他不关心任何与钟表无关的事情，但是此时却不可能不关心。他对这项最新的跨大陆通信系统非常感兴趣，因为系统里采用了不少钟表的机械原理来加快信息传递速度。这么说来，发出一串噼噼啪啪的信号就能雇用一个伊戈？哦，怪不得这么快呢。

“市政厅，”杰瑞米说，“意思就是一个会议大厅之类的地方吗？”

“通常四的，先森……通常四的。”伊戈肯定地回答。

“你们在尤伯瓦尔德真的有办事处吗？”

“哦，有啊。我们已经两手牢牢攥组了未来，先森。”

“——四个拇指呢——”

“对啊，先森。我们能攥组任何东西。”

“所以你就把你自己邮寄来了？”

“当然啦，先森。我们伊戈能吃苦。”

1 碟形世界中的邮件名称。——编者注

杰瑞米看着伊戈刚才递给他的那一沓纸，上头有个名字吸引了他的眼光。文件最上头签了个名。大体上算是个签名吧。而且用整齐得如同印刷一般的大写字母写了一句话，最后附了个名字。

他很有用

勒让

他想起来了。“哦，是勒让小姐啊。她派你来的吗？”

“没错，先森。”

伊戈似乎希望他继续好好看看文件，于是杰瑞米又继续看，原来那些是推荐信。有些是褐色的字迹，杰瑞米衷心希望是用褐色墨水写成，一条是蜡笔写的，还有些写在边缘处。所有的推荐都很夸张。杰瑞米看了一会儿，那些签名似乎有着某种趋向性。

“这一个签的名字是疯医生阿勺？”杰瑞米说。

“哦，其斯他不叫疯医森。那四个绰号而已。”

“那他疯吗？”

“不滋道呀，先森。”伊戈说得很平静。

“还有这个神经男爵哈哈？这里说你离开的原因是，他被一座燃烧的风车砸死了？”

“四搞错身份了，先森。”

“是吗？”

“四啊，先森。好像四土匪把他认成尖叫博丝巴萨卡了，先森。”

“哦。好吧，”杰瑞米接着往下看，“我看看你还给谁工作过。”

“好的，先森。”

“这人死于血液中毒？”

“四啊，先森。被一把脏擦子刺中了。”

“还有……穿刺者尼普斯？”

“呃，他开了个烤肉窜的店，你想不到吧？”

“是吗？”

“不四搀统的那总烤肉店，先森。”

“你是说他也挺疯的？”

“啊。要我嗦啊，他确斯有他自己的行四方法，不过伊戈从不评论自己的祖人和女祖人，先森。仄四姆们伊戈的信条，先森。”他耐心地说，“大家都仄样的话，四界就会成为老可爱的好地方了，先森。”

杰瑞米完全不知如何是好。他从来就不擅长与人交谈，除了之前跟勒让小姐的谈话，以及因为不想买奶酪和泡湿先生多说过几句话以外，伊戈是他这一年来说话最多的人了。

也许是因为伊戈不算人类的缘故吧。到目前为止，杰瑞米定义中的“人”不包括身上针脚比手提包还多的那种。

“我不知道有没有工作给你做，”他说，“我有个新任务，但是我不知道怎么样……总之，我不疯。”

“疯不四必要条件，先森。”

“事实上我有个证书证明我不疯，你知道吗？”

“那可曾好啊，先森。”

“可不是所有人都有这个证书。”

“的确啊，先森。”

“我吃了药的，你知道吧。”

“干得好，先森，”伊戈说，“我现在去做点早餐好吗？你就去窜衣服吧……祖人。”

杰瑞米挠了挠汗津津的便袍。“我马上就下来。”他说着就赶紧上楼去了。

伊戈看着架子上满满当当的工具。那些工具一尘不染，文件、锤子和钳子都是按照大小顺序排列整齐的，工作台上的物品以几何学一般的精确度摆放着。

他拉开一个抽屉，螺丝刀整整齐齐地排列成行。

他又看了看墙上。墙上除了放满钟的架子以外什么也没有。这可真是惊人——就连尿床博士外布斯好歹也在墙上挂了个挂历，也算是增添了一笔色彩。必须要说的是，那个挂历是由乌格利的酸浴与约束公司出品的，整个看起来就是红的，但是至少说明屋里的人知道四面墙以外还有别的世界。

伊戈很疑惑。他此前从未在理智的人手下打过工。他倒是协助过好多个……嗯，好多个世人所谓的疯子，也给几个普通人当过助手，那几个人就是在小范围的、社会尚可接受的某种程度内发疯。但是他真的没有和完全理智的人一起工作过。

当然了，他心里想道，如果把螺丝刀插在鼻子上是发疯，那么与之相反的就是清点刀的数目并按顺序仔细排列，这是理智——

啊，不，才不是呢。根本不是……

他笑起来。他忽然觉得自己又回到了熟悉的日常中。

嘀嗒

清洁工卢泽正在他的五重惊诧花园中，他小心翼翼地培育自己的山。他的扫帚正靠在树篱上。

在他上方隐约可见寺院的花园，花园里有一座永恒惊诧者·文的石头雕像，雕像面部呈现出一种瞪大了眼睛的表情，对，就是愉快的惊诧神情。

养育山脉这种爱好一般情况下只适合有很多空闲时间的人。卢泽平时非常忙。时间那都是别人的东西，他看待时间有如其他人在海滩上看待大海——在那里，很大，有时候可以拿脚指头沾一沾，但是肯定不能整天都住在里头。再说了，在里头泡久了皮肤会起皱。

此时，在这无穷无尽、不断重复的时刻，在这个阳光普照的平静小巷里，他正在摆弄小镜子、铲子、形态谐振器，以及其他各种奇怪的设备，这些都是六英寸以下的山生长必需的。

樱花树还在开花。它们一直都在开花。寺院后面有人在敲锣。一群白鸽从寺院屋顶上飞起来。

一个阴影落在他的山上。

卢泽看到一个人进入了花园。他为这个一脸不耐烦的新进小侍僧制作了一个马马虎虎的小标志。

“什么事啊，小师父？”他说。

“我找一个叫作卢泽的人，”男孩说，“事实上我个人认为他根本不存在。”

“我有冰川了，”卢泽没理会他说的话，“终于有冰川了。看见了吗，小师父？只有一寸长，但是已经开始侵蚀山谷了。放大点看，是不是？”

“是啊是啊，非常好，”那个侍僧似乎是在迁就下属，“这里是不是卢泽的花园啊？”

“你是说，最擅长制造山脉盆栽的卢泽？”

那个侍僧看着那一排花盆，又看了看这个满脸皱纹微笑着的小个子。

“你就是卢泽？你是清洁工啊！我看到你在扫宿舍！我还看到有人踢你！”

卢泽仿佛没听见似的，他端起一个约一尺宽的花盆，盆里有个小小的锥形正在冒烟。

“小师父，你觉得这个怎么样？”他说，“火山。难做得要死——对不起，我又说克拉奇方言了[1]。”

那个侍僧走上前，弯腰凝视着清洁工的眼睛。

卢泽是个波澜不惊的人，但现在他确实有些惊诧。

“你就是卢泽？”

“是的，孩子。我就是卢泽。”

那个小侍僧深吸一口气，伸出一只瘦巴巴的胳膊，递给他一个小卷轴。

“住持给的……呃，上师！”

他很紧张，卷轴被捏得皱巴巴的。

“孩子，大家通常都叫我卢泽，或者清洁工。等到他们更了解我之后，有些人叫我‘滚开’。”卢泽一边说一边把工具收拾好，“我从来就不是什么上师，除非是有人写错字了。”

他四下看了看，方才卢泽制作冰川用的小铲子就放在旁边的碟子里，但现在已经不见了。他肯定是刚才收起来了吧？

小侍僧既敬畏又有些怀疑地看着他。卢泽这人挺有名。这人……怎么说呢？根据传闻，他制造了一切。但是他看起来并不像是制造了一切的那种人。他只是个长了几缕胡子的光头，随时带着和蔼的笑意。

卢泽拍拍那孩子的肩膀，让他放松下来。

“我们看看住持要干什么，”他说着展开那张米纸，“哦，这里说你要带我去见住持。”

小侍僧脸上露出惊慌的神情：“什么？我怎么能带您去？侍僧不能进入内院！”

“是吗？那么，我就带你去吧，我带你带我去见他。”卢泽说。

1　克拉奇是碟形世界上的一个国家。但是不知道为什么，每次安卡-摩波人说脏话之后，就会补充一句“对不起，我又说克拉奇方言了”。——译者注

“你可以进入内院？”小侍僧捂住嘴，“但你只是清洁——啊……”

“没错！甚至不是真正的僧人，更不是硐僧。”清洁工愉快地说，“挺神奇的，是不是？”

“大家说你跟住持的地位一样高！”

“天哪，不是的，”卢泽说，“我不是什么圣人，甚至没弄明白宇宙和谐什么的。”

“但是你做出了那些让人难以置信的——”

“我确实善于完成自己的工作，”卢泽说着把扫帚扛在肩上，“但不是个崇高的人。我们走吧？”

他们沿着古老的砖石路走着，小侍僧忽然说：“呃……卢泽？”

“什么事？”

“这里为什么叫五重惊诧花园？”

“真是个心急的孩子啊，你在外头世界叫什么名字？”卢泽问道。

“纽门。纽门·路德，上——”

卢泽警告似的竖起一根手指：“嗯？”

“清洁工。”

“路德啊？安卡-摩波的小孩？”

“是的，清洁工。”他语气突然有些沮丧，显然是知道对方下一句要说什么了。

“是在盗贼行会长大的？‘路德之子’之一？”

这个本名叫纽门的男孩看着老人的眼睛，他回答的时候声调平淡，因为已经回答过类似问题无数次了。“是的，清洁工，我是捡来的孩子。是的，我们这种小孩叫路德之子或者路德之女，路德是行会创始人之一。是的，所以我也姓这个姓。是的，当时生活不错，有时候我希望自己还在行会。”

卢泽仿佛没听见他说话似的："谁送你来的？"

"一个叫苏托的僧人发现了我。他说我有天赋。"

"马可？有头发的那个？"

"对。不过我以为所有的僧人都必须剃光头。"

"哦，苏托说他头发底下就是光头，"卢泽回答，"他说他的头发是一种独立的生物，只是恰好住在他头顶。他提出这个观点之后，庙里就立即调他去做外地工作了。他这人很努力，也很友好，只要你不动他的头发就什么都好说。所以，一个很重要的经验就是：想要过得好就不需要遵守所有的规则，包括那些和精神过程相关的规则。你进寺庙的时候改了个什么名字？"

"洛布桑，上——嗯，清洁工。"

"洛布桑·路德？"

"呃……是的，清洁工。"

"了不起。那么，洛布桑·路德，你想知道我的五重惊诧是哪五重，对吧？每个人都想知道。惊诧是时间的本质，五则是惊诧的数目。"

"是的，清洁工。我发现那座小桥会翘起来，把人掀翻丢进鲤鱼塘里……"

"很好，很好。"

"……我还发现，那个蝴蝶的铜像，如果你吹气的话，它就会拍翅膀……"

"两个了。"

"还有那些小雏菊，居然可以喷出那么多花粉……"

"啊，对。很多人都觉得这点最令人惊诧。"

"第四个惊诧的地方就是会唱约德尔调的竹节虫。"

"说得对，"卢泽高兴地笑着，"很好玩是不是？"

“但是我找不到第五个惊诧的地方。”

“是吗？你发现之后再告诉我吧。”卢泽说。洛布桑·路德跟在清洁工后面认真思考着。

过了好一会儿，他说：“最后一个是，五重惊诧花园本身其实是个测试。”

“嗯，是吗？！基本上所有的事情都是测试。”

洛布桑点点头。四大元素花园也是这样，每个侍僧都能发现其中三个青铜标志——一个在鲤鱼池里，一个在岩石下面，一个画在风筝上——但是洛布桑的同学们谁都没发现火元素的标志。花园里似乎根本没有火。

过了一段时间，洛布桑想通了：他们上课学到共有五种元素。其中四种构成宇宙，第五种是惊诧，惊诧让一切发生。谁都没说过花园里的四种元素是物质的四种元素，因此花园里的第四种元素应该是惊诧，因为这里居然没有火元素。再说了，火本来就很少在花园里出现，另外三种标志倒是按照他们原本的元素出现了。于是他去了面包房，打开一个烤箱，面包块下面就是红热的炭火，那才是火元素。

“那……我认为第五重惊诧是：根本没有第五个惊诧。”他说。

“继续猜吧，肯定不是冒烟的圆筒，”卢泽说，“也没有写‘哇，你好聪明，总有一天你会自食其果’之类的话。”

“我在经文里没读到那些内容，清洁工。”洛布桑有些疑惑。

“是啊，读不到的。”卢泽说。

他们离开灿烂的阳光，进入冰冷的寺庙内部，穿过古老的大厅，又沿着从岩石里凿刻出来的楼梯下去。他们身后回荡着合唱诵经的回音。卢泽由于不是崇高神圣的人，所以可以想一些不崇高不神圣的念头，有时候他会想，这些合唱诵经的僧人到底是在念什么具体的东西呢，还是只是在“啊啊啊哈哈哈嗯嗯嗯”？反正光听回声是听不明白的。

他离开大走廊，来到两扇涂红漆的大门前，握住了门上的把手。然后他回头看了看，发现洛布桑站在几码[1]开外不动了。

“来啊？”

“硐僧都不准来这里！”洛布桑说，“至少得是第三德基姆[2]才行！”

“是啊，对。不过这里比较近，来吧。这边通风不错。”

洛布桑非常犹豫地跟上清洁工，生怕有上级僧人突然气急败坏地出来骂他。

那人可只是个清洁工啊！是专门扫地、洗衣服、清理厕所的人啊！谁都没提过这事啊！小侍僧们刚进来就听说过卢泽的事情——他被卷入了时间之中最复杂的一些状况里，然后都顺利解决了，他巧妙避开了历史各个十字路口的交通拥堵，他只用一个词就能扭转时间的方向，并且利用这点发展出了非常精妙的战术……

……而眼前这个瘦小的老人看起来真的非常普通，也看不出他是哪里人，那身僧袍以前应该是白色的，现在全是污渍和补丁，那双凉鞋也是用绳子修补过的了。他笑得很和蔼，仿佛总是在期待什么有趣的事情发生。他连腰带都没有，就用一条绳子把僧袍系起来。有些小侍僧在头一年就能达到灰硐等级了！

道场里有好些高级别僧人在联系。两个人打成一团突然就滚过来，洛布桑赶紧让到一边，那两个人胳膊和腿都看不清楚，他们都努力捕捉周围的时间，将其切分成越来越细的碎片——

“你！清洁工！”

洛布桑转头一看，那人是在喊卢泽。原来是个廷僧，他刚刚才升

1　1码≈0.9144米。——编者注

2　寺庙里僧人的修行等级。——译者注

上第三德基姆，腰带看起来簇新簇新的，他气得面红耳赤地朝小个子的卢泽走来。

“你到这里来干什么，清扫污秽之人？这里是禁地！”

卢泽依然带着愉快的微笑。他从僧袍里掏出一个小袋子。

“这里比较近，”他说着掏出一小撮烟丝，那个廷僧走过来开始卷烟卷，“再说到处都有脏东西。我会跟负责这层的人说一声。”

“你竟敢无礼！”那个僧人尖声说，“拿上扫帚回厨房去！”

洛布桑躲在卢泽后面，他意识到道场里所有人都在围观，还有几个僧人在窃窃私语。穿棕色袍子的是道场的师父，他坐在椅子上手撑着下巴无动于衷地看着。

卢泽以巨大的耐心和让人火冒三丈的细致态度卷烟卷，就像武士耐心整理花朵一样，最终用薄薄的卷烟纸卷成一支烟。

“不，如果你不介意的话，我从那边的门出去。”他说。

“大胆！那你们就是准备一战了，渣滓们？”那人说着往后一跳，举起双手摆出鳕鱼格斗式。他一个回旋踢在重重的皮子沙袋上，这一下踢得相当重，连挂沙袋的链子都断了。然后他转身面对卢泽，摆出毒蛇前进式。

“啊！哨！哈噫——”他喊道。

道场师父忽然起身喝令：“住手！”

“你想毁了这人，你知道他的名字吗？”

那人保持姿势看着卢泽说：“我不需要知道清洁工的名字。”

卢泽将烟卷搓成细长条，然后朝那个怒气冲冲的人渣眨眼睛，那人更生气了。“知道清洁工的名字才是明智之举，孩子，”道场师父说，“另外，我不是在问你问题。”

嘀嗒

杰瑞米看着自己的床单。

床单上写满了字。都是他自己写的。

从枕头上一直写到墙上。还有图画，都深深地印在石膏板里。

他从床底下找到自己的铅笔。铅笔居然被削得尖尖的。他在睡觉的时候居然还削铅笔！他看了看自己写写画画了好几个小时的内容。他是想把梦境画出来。

而且还有一份零件清单，就写在他的鸭绒被内侧。

他看到这些内容的时候应该能明白才对，这些就像锤子或者棍子或者维尔布莱特墓室逃生戏法一样简单。他应该是像见到了老朋友一样亲切。可是……现在他看着那些潦草的字迹。他在梦里写得太快了，根本没打标点，还漏掉了好些字母。不过大体还是能看明白。

他听说过这种事。伟大的发明有时候就是从梦或者白日梦里出现的。赫普滋拔·维特矮不就是在当绞刑行刑人的时候发明了摆钟吗？维尔框·巴德通不是经常说，鱼尾逃脱术是他吃多了龙虾才想出来的吗？

是的，梦里的情景非常清晰。在白天看来可能需要再加工一下。

工作间后面的厨房里传来一阵碗盘的叮当声，他赶紧拖着床单下楼。

“我一般是在——”他想说点什么。

“吐司，先森，”伊戈站在炉架面前转身说，“轻微焦褐感，我觉得四有的。”

“你怎么知道？”

“伊戈要学会提前计划，先森，”伊戈回答，“你仄个小厨房曾好啊，先森。我从没见过一个贴‘调羹’标签的凑屉，里头曾的子有调羹。”

杰瑞米没理他，直接问：“你会制作玻璃器具吗，伊戈？”

“不会，先森。”伊戈边说边给吐司涂上黄油。

“不会？”

“不会，先森。我一自觉得做玻璃特别神奇，先森。我的好多祖人都要求我懂一些特苏技能……但那些技苏在别处也学不到，先森。你到底想要做森么？”

“我们怎么制造这个东西？”杰瑞米把床单铺到桌上。

伊戈的指甲缝黑乎乎的，吐司从他的手指之间掉下去。

“有什么问题吗？”杰瑞米问。

“我觉得可能四有人刚从我的坟头桑走过去了，先森。”伊戈依然非常震惊的样子。

“呃，你根本还没有坟头呢，是吧？”杰瑞米说。

“仄四修辞，先森，修辞。”伊戈似乎挺介意这个的。

“这是我的一个想法……我想做这样的钟……”

“玻璃钟，”伊戈说，“四啊，我滋道。我祖父伊戈帮某人建造过第一台玻璃钟。”

“第一台？但那是个童话故事！我梦见这个钟，然后——”

“我祖父伊戈经常嗦那个斯情从头到尾都有些奇怪，”伊戈说，“爆炸，还有其他各种斯情。”

“那个钟爆炸了？因为那个金属弹簧的缘故？”

“其斯也不四个爆炸，”伊戈说，“我们伊戈不会觉得爆炸有多奇怪。当斯……就很奇怪。不过我们伊戈其斯也不觉得奇怪的斯情有森么奇怪。”

“你是说，那个玻璃钟真的存在？”

伊戈显得有些尴尬。“四啊，”他说完立刻又改口说，“其斯也不四。”

“一个东西要么存在要么不存在，”杰瑞米说，“我很清楚，我吃了药的。”

“它存在过，”伊戈说，“然后存在过了之后，就从来没有存在过了。我祖父四仄么跟我嗦的，他就四用仄两个手亲手建造了那个钟！”

杰瑞米低头一看。伊戈那双手粗糙极了，现在他再看，终于注意到在手腕处有很多疤痕。

“我们家族特别相信窜承。”伊戈看着他的眼睛说。

“这还真是……手手相传啊，哈哈哈。”杰瑞米说。他不禁想吃药了。

“曾好笑啊，先森，”伊戈说，“不过我祖父伊戈总四嗦，回想起来，那件斯好像做梦，先森。”

“做梦……”

“工作四变得不一样了。钟不见了。当斯他的主人四疯癫博丝温格尔，结果博丝根本没在研究玻璃钟，他在研究怎样从橙子里萃取阳光。总滋斯情变得完全不一样，而且好像从一开死就完全不一样似的，先森。仿佛一切都没发森过似的。”

“但那是童话书里的故事！”

“四啊，先森。很奇怪吧，先森。”

杰瑞米看着床单上满满当当的草稿。那是一台精准的钟，肯定是的。这样的一台钟会让别的钟都变成废品，勒让小姐是这么说的。建造这样一个钟就好比让钟表匠重塑了计时的历史。没错，那本书上说，时间被困在了钟里，但是杰瑞米对于那些编造出来的事情毫无兴趣。总之，钟表就是用来计时的。距离不会被绑在卷尺里。所有的钟都是在计量轮子上的刻度。或者……光……

光的刻度，他在梦里看到过。梦里的光不是天空中那些明亮的东西，而是活跃的线条，像波浪一样上下翻滚。

“你能不能……造出类似这样的东西？”他问。

伊戈又看了看那些草图。“能。”他点头，然后又指着图上中心轴柱周围的几个大型玻璃容器说，“我滋道仄些四森么。”

“我……我梦见它们发出嗞嗞的声音。”杰瑞米说。

“那些罐子四非常非常隐秘的滋思，”伊戈小心地无视了他的问题，“你仄里有黄铜棍子吗，先森？”

“在安卡–摩波吗？有啊。”

“锌呢？”

“有，很多。”

“硫酸？”

“那个套了藤编罩子的大玻璃瓶里就是。”

“我肯定已经死了进天堂了，”伊戈说，“给我足够的黄铜、锌和酸，先森，”他说，“就有火花了。”

嘀嗒

那个气愤的廷僧抬起手，卢泽靠着自己的扫帚说：“我的名字叫卢泽。”

道场一片寂静。攻击那方抬着手忽然僵住了。

“——哎！吼——咣！嗯？哇嘻噫噫噫噫噫噫噫噫噫噫噫噫……”

那人没动，似乎不打算认输，但是因为太害怕所以战斗姿势全无，他跪下表示忏悔。

卢泽弯腰在他低垂的下巴上划了根火柴。

“你叫什么名字，孩子？”他说着点燃了纸烟。

“他的名字叫泥，卢泽，”道场师父走上前，朝那位一动不动的廷僧踢了一脚，“好了，泥，你知道规则。要么直面这个人继续挑战，要么放弃你的腰带。”

那人呆了一会儿，然后小心得近乎夸张地，尽可能恭敬地，准备解开自己的腰带。

“不，不，这就不用了，”卢泽温和地说，“这次挑战很精彩。我认为他‘哎！’的喊声很庄严，‘哈噫！’的声音也很流畅。战斗时的喊声很有气势，最近都不怎么能听到这样的口号了。再说我们也不希望他的裤子掉下来，对不对？”他抽了口烟又补充道，“尤其不希望是在这种时候。”

那人都缩成一团了，卢泽拍拍他的肩，说：“你一直牢记着导师第一天对你的教导呢，是吧？对了……你去收拾一下自己吧。我们中总有一个人要把这里打扫干净才行。”

然后他转身向道场师父点头。

“师父，我来这里是要带洛布桑去看随机球装置。”

道场师父深深地鞠躬：“请便，清洁工卢泽。”

卢泽从容地走了，洛布桑跟在他后面，道场师父忽然发话了，他俨然是那种不会放过任何机会训导弟子的人，他说：“道场！首要规则是什么？”

包括那个畏缩在一旁的廷僧在内，所有人都齐声回答：

“面对笑眯眯的光头老年人时不要轻举妄动！”

“这条首要规则真不错。”卢泽说着带领自己的新学徒来到旁边的一个房间，“我认识很多人，他们本来都可以用这东西做好事。”

他停下脚步，根本没看洛布桑·路德一眼，直接伸出手。

“如果你愿意的话，现在请把小铲子还给我，我们刚见面的时候你从我这里偷走的那个。”

“我根本没靠近过你，大师！”

卢泽依然满脸微笑：“嗯，是啊。这倒是。抱歉。是我老糊涂了。你不知道吗？‘不用钉子钉住的话，我连自己的头都找不到。’我们走吧。”

那个房间里铺着木地板，墙很高而且装了软垫。屋里到处都是棕红色的污迹。

洛布桑说：“呃，在侍僧道场我们也有一个这样的房间，清洁工。”

“但那里的球是用软皮子做成的，对不对？”老人说着来到一个很高的木质方块旁。方块的上半部分有一排小洞，长度大约等同于房间的长度。“而且我记得那些球速度很慢。”

“呃，是，”洛布桑看着他拉下一根很大的挡杆。下方传来一阵金属撞击的声音，接着是一阵湍急的水流声。气流从房间接缝处呼呼地吹进来。

卢泽平静地说：“这些是木头球，抓住其中一个。”

有什么东西碰到了洛布桑的耳朵，他身后的垫子动摇了一下，一个球深深地陷进去然后掉在地上。

“也许还是慢一点好……”卢泽说着扭动一个旋钮。

在随机跳过十五个球之后，洛布桑总算用肚子接住了一个。卢泽叹了口气，把那个大挡杆推了回去。

“干得好。”他说。

“清洁工，我不习惯——”那孩子慢慢爬起来。

“我知道你一个都接不住，”卢泽说，“外头道场里那些吵吵闹闹的朋友也接不住这么快的球。”

“你刚才说已经放慢速度了！”

“慢到不至于撞死你而已。这是个测试。每件事都是测试。我们走吧，孩子。不能让住持等我们。”

卢泽不紧不慢地走了，留下一阵烟味。

洛布桑跟着他，不禁越发紧张起来。这人无疑就是卢泽，在道场的时候已经证实了。其实他自己也明白。那个圆脸的小老头当时和蔼地和愤怒的武僧对峙，洛布桑当时就已经明白了。但是……他只是个清洁工？没有徽章？也没有雕像？雕像肯定是该有的吧，道场师父给住持鞠躬也没那么恭敬，但是……

现在他跟着那人穿过走廊，这条走廊一般僧人都不准走，违令者死。他早晚会遇上麻烦吧。

“清洁工，我真的该回厨房干活了——”他说。

“哦，对，厨房的工作。”卢泽说，“厨房的工作能教会你服从和勤奋，对不对？”

“是的，清洁工。”

“教会了吗？”

“教会了。”

“真的？”

“嗯，没有。”

“看来事与愿违啊，”卢泽穿过一道拱门说道，“我必须告诉你，孩子，我们这里就是教育！”

眼前是洛布桑所见过的最大的屋子，一束束的光从屋顶的采光孔照下来。下面大约一百码远的地方，有一些高级别的僧人踩着绳索做成的纤细通道照料着下方的某个东西，那是……

洛布桑听说过曼陀罗。

大体上就是某人弄来了好几吨彩色沙子，铺在地板上形成巨大又混沌的彩色旋涡图案。但是在这混沌之中还是有某种秩序顽强存在着，它起伏扩散。数百万颗随机翻滚的沙粒总能形成某种图案，这些图案互相重叠，以环形扩张，然后和别的图案重叠混合，最终依然变为普通的无序状态。这个过程不断反复，曼陀罗就成了色彩之间一场无声的激烈战斗。

卢泽来到那木板和绳子组成的脆弱吊桥上。

“看，”他说，“你有什么想法？”

洛布桑深吸一口气。他觉得如果自己从桥上摔下去了，就会被卷入汹涌的色彩之中，永远也落不到地面。他眨眨眼睛，搓搓脑门。

“这个……很邪恶。”他说。

“是吗？”卢泽说，“很少有人第一次见到曼陀罗就说这种话。大家都说‘奇妙’之类的。”

“它全错了！”

“什么？”

洛布桑抓住绳子做的围栏说：“这些图案——”

“历史不断重复，”卢泽说，“它们一直就在那里。”

“不，它们——”洛布桑注视着这一切。图像之下又是图像，图像伪装成混沌的一部分。“我是说……别的图案……”

他忽然一头栽倒。

空气很冷，周围天旋地转，大地仿佛要冲上来把他辗碎。

但是又在距离几英寸远处停下来。

他周围的空气咝咝作响，仿佛是被油炸了一样。

“纽门·路德？”

“卢泽？”他回答，“那个曼陀罗……”

那些色彩到哪儿去了呢？为什么空气如此潮湿，闻起来像是城里的味道？然后它们就消失了，它们说：明明是正要发生的事情，为什么会成了回忆？你记得自己爬到烘焙师行会房顶上，找到某人撬松了的压顶石，因为这是发生过的事情吗？

最后一个正在消失的记忆说：嘿，那是几个月之前……

之前叫他的那个声音说：“不，我们不是卢泽，莫名掉下来的小孩啊，你能转身吗？”

纽门非常艰难地转过头。他觉得自己仿佛被粘在沥青里了。

不远处有个胖胖的年轻人穿着一身脏兮兮的黄色长袍坐在一个底朝天的箱子上。他看起来似乎是个僧人，不过头发不像，因为他的头发看起来像是个独立的有机体。就是说整个黑漆漆的，绑成个马尾辫，免得被人说像乱鸡窝。总之这是具有人格的头发。

“一般来说我的名字叫苏托，”下面的那个人说，“马可·苏托。我懒得去记你的名字了，也不知道你到底能不能活下去是吧？告诉我，你有没有想过精神生活带来的好处？”

“现在就说吗？当然想过！”那个谁……纽门，嗯，这就是我的名字对吧？男孩心想，可是为什么我记得我叫洛布桑呢？“呃，我想，它可以为我开辟新的职业路线吧！”

“真是不错的职业选择。”苏托说。

“这是某种魔法吗？”纽门想动，但是整个人悬在空中，他轻轻地转过身，等待落地。

“也不算魔法。你好像可以塑造时间。”

“我吗？我怎么可能干那种事？”

“你不知道？”

“不知道！”

“哈，你信他说的吗？”苏托仿佛是在跟某个隐身的好朋友说话，“因为你的恶作剧对整个世界带来了不可估量的损害，以致整个延时器的时间回旋都要用来帮你收拾烂摊子，你居然不知道？”

“不会吧！”

“那我们就教教你吧。那种生活很不错，而且前途一片光明。”他吸了吸鼻子补充道，“至少比你目前的生活好。”

纽门想努力多转转头：“到底是要训练我什么？”

那人叹了口气："你还要问啊，孩子？你到底来不来？"

"怎么就——"

"总之，我给你提供了你一辈子的好机会，你懂吗？"

"为什么是一辈子的好机会呢，苏托先生？"

"你误会了。我向你，纽门·路德，提供一个机会，这个机会让你能够过完一辈子的时间。这个时间比你目前拥有的人生长不少。"

纽门犹豫了。他觉得自己身上很刺痛，也就是说他还在下落。他不明白自己为什么会知道还在下落，但是这一点认知和他脚下的卵石一样真切。如果他做出错误的选择就还会继续下落。目前为止还比较简单。最后的几英寸才是最困难的。

"必须承认我确实不喜欢目前的生活，"他说，"找到新的方向可能确实有好处。"

"好。"那个头发鲜活的人从袍子里拿出一个东西。看起来像是折叠起来的算盘，但是打开之后其中一部分变为几簇闪光消失了，仿佛是跑到某个他们看不见的地方去了。

"你在干什么？"

"你知不知道什么叫动能？"

"不知道。"

"你就是个动能过剩的人，"苏托飞快地拨动珠子，有时候珠子消失，有时候又再次出现，"我觉得你体重大约是一百一十磅[1]，对不对？"

一个小东西从附近的手推车上滚下来，被他揣进兜里。他做了一些纽门看不见的事情，然后又回来。

"再过几秒钟你就会落到底了，"他说着弯腰把一个东西放在地

1　1磅≈0.453千克。——编者注

上，“想想你的新生活吧。”

纽门继续下落。终于落到底了。空气中闪烁着紫色，街上装满货物的手推车重重地颠簸了一下，一个轮子崩掉了。

苏托弯腰摇晃着纽门那一动不动的手。

“你还好吗？”他说，“撞伤了吗？”

“有点疼，”纽门抖抖索索地说，“可能你实际上还要重一些。让我看看……”

苏托架着他的胳肢窝把他拖下来，走进雾气中。“我可以走了吗？”

“不能。”

“但是行会——”

“你在行会那边根本不存在。”

“不可能，我在行会有记录。”

“不，没有。我们马上就取消。”

“怎么会？你不可能改变历史！”

“你要打赌吗？”

“那我加入什么地方了？”

“我们是你能想象的最秘密的秘密组织。”

“真的？你们是什么人？”

“我们是历史派僧侣。”

“嗯？我没听说过。”

“你看，所以我们特别秘密吧。”

他们确实特别秘密。

接着时间飞逝。他又回到了现在。

“你还好吧，孩子？”

洛布桑睁开眼睛，胳膊仿佛被卸下来了似的。

他看着自己的胳膊，以及对面的卢泽。卢泽整个人趴在摇摇晃晃的吊桥上抓着他的手。

“怎么回事？”

“我觉得你可能是太激动了，孩子。或者可能有点晕吊桥吧。别往下看。”

洛布桑的下方传来一阵轰隆隆的声音，仿佛底下有一群暴怒的蜜蜂似的。

他不由自主地扭头去看。

“我说让你别看！放松。”

卢泽站起来。他像拎羽毛似的把洛布桑整个拎了起来，然后把那孩子放在木头搭的桥面上。底下的僧侣们沿着走道跑来跑去大声讲话。

“现在闭上眼睛……不准往下看！……我带你走过去，好吗？”

“我，呃，我想起……在城里的事情，苏托找到我的时候……我想起……”洛布桑一边说一边跟跟跄跄地跟在卢泽后面。

“在这种情况下很正常。”卢泽说。

“我虽然想起那时候，但是又还记得我在这里，也记得你和曼陀罗。”

卢泽说：“经文里不是写了吗，‘有很多我们不懂的事情发生，如是我闻’？”

“我……我还没读到那一句，清洁工。”洛布桑说。他觉得周围空气变凉了，说明他们来到房间另一边的岩石隧道里了。

“很遗憾，在这里你可能永远读不到。”卢泽说，“好了，可以睁开眼睛了。”

他们继续走，洛布桑一路揉着自己的脑门，想把那些奇怪的想法赶出去。

他们身后那一圈一圈的色彩里，以洛布桑掉下去的地方为中心形成了铅灰色的旋涡，现在旋涡渐渐消失不见了。

根据永恒惊诧者·文所著的《第一书卷》记载，文和土泊来到位于两座高山之间的翠绿山谷，文说："就是这里了。这里将会建立一座致力于把时间折叠或展开的寺庙。我能看见。"

"我看不见啊，师父。"土泊说。

"它就在那边。"文说着抬手一指，他的手臂消失了。

"啊，"土泊说，"就在那儿呢。"

小河边的樱花树上飘下来几片花瓣落在文头上。

"这完美的一天将持续到永远，"他说，"空气清新，阳光灿烂，河里漂着浮冰。这山谷里未来的每一天都是完美的今天。"

"那就有点重复了啊，师父。"土泊说。

"那是因为你不懂怎么处理时间，"文说，"不过我可以教你如何处理它，就像对待衣服一样简单，需要的时候穿上，不用的时候放在一边。"

"需要清洗吗？"土泊问。

文慢慢地、十分深沉地看了他一眼："土泊，你这个说法，要么是某种非常深奥的思想，要么就是在用一种愚蠢的方法表达某种夸张的比喻。你觉得是哪种？"

土泊看着自己的脚，接着又看看天。然后看着文。

"我觉得我很愚蠢，师父。"

"很好，"文说，"你这次能成为我的徒弟实属幸运，土泊，我可以教你，我可以教任何人。"

土泊似乎松了口气，他鞠躬道："你对我助益良多，师父。"

"然后我的计划还有第二步。"文说。

“啊，”土泊露出那种自认为聪明的表情，但是实际上他那样子看起来就好像忽然想起自己肚子疼似的，“有第二步计划的计划都是好计划，师父。”

“给我找各种各样颜色的沙子来，再找一块平整的石头。我会让你看到时间的每一条流向。”

“哦，好。”

“我的计划还有第三步。”

“啊？第三步？”

“我可以教少数有天赋的人控制他们的时间，可以减慢时间，也可以加快时间，或者把它储存起来，或者像引流河水一样让它改道。但我担心大部分人都不愿意学习这个。我们应该帮助他们。我们要建造……一些设施，用来储存时间，或者在必要的时候将时间释放出来，因为人如果像河里的树叶一样随波逐流的话是不可能进步的。人要能够浪费时间，能够制造时间，能够失去时间而且还要可以购买时间。这将是我们最主要的任务。”

土泊努力想要理解，努力得脸都扭曲了。然后他慢慢举起手。

文叹了口气。

“你要问那件衣服怎么了，对吧？”他说。

土泊点头。

“忘了衣服的事情吧，土泊。那件衣服不重要。只要记住，你是一张白纸，我会在上面书写——”土泊刚要张嘴，文赶紧抬手制止他，“我只是比喻，只是又一个比喻而已。好了，做午饭去吧。”

“比喻的午饭还是真正的午饭，师父？”

“两者都做。”

一群白色的鸟从树丛中飞起来，在空中盘旋之后飞出山谷。

“会有鸽子。”文说。土泊正在旁边抓紧时间生火。“每一天，都有鸽子。”他补充道。

卢泽把那个小侍僧留在候见室。那些不喜欢他的人看到他花时间整理了僧袍才去见住持大概会很惊讶，其实卢泽虽然不关心规矩却还是关心他人的。他掐灭了自己的烟别在耳朵上。他知道住持已经快九百岁了，他尊重住持。能让卢泽尊敬的人可不多。大部分人都觉得卢泽令人痛苦。

一般来说，这位清洁工对人的态度和对方的地位成反比，反过来也一样。那些高僧……嗯，那些有慧根的人当然不会鄙视别人，但是卢泽在寺庙里闲庭信步的样子确实种下了一些因果。对某些僧人来说，那位清洁工的存在就是在侮辱他们，卢泽没受过任何正式的教育，也没有正式雕塑，但是他自有一套做法并且获得了令人难以置信的巨大成功。住持居然偏偏就喜欢他，因为住在这个山谷里的人中，没有一个人像卢泽这样不像清洁工，没有一个人如此博学、如此不切实际、如此虚弱。所以说，惊诧是宇宙的本质。

卢泽朝旁边的侍从点点头，那人去打开涂了清漆的门。

“住持今日怎样？”他说。

“牙齿还是不舒服，卢泽，不过他还维持着连贯性，今天他以十分满意的态度迈出了第一步。”

“是啊，我听见锣声了。”

一群僧侣正聚在屋子中心，卢泽朝婴儿护栏走去，他们就让开了。很不幸的是，护栏必不可少。住持一向都掌握不好返老还童的程度。所以他不得不通过化生[1]尽量活到长得不合常理的长度。

“啊，清洁工，”他高兴起来，一边含含糊糊地说着一边尴尬

1 佛教术语，意为无所依托自然地变化生出。——编者注

地把黄色的球扔开，“山的情况怎么样了？要饼干干要饼干干要饼干干！”

“我已经完全做好了火山，一个很不错的火山。很令人激动。”

“你身体还好吗？”住持用短胖的小手拿着一个木头长颈鹿敲围栏。

“是的，住持。看到你再次站立成长起来真令人高兴。”

“目前只能走几步，饼干干饼干干要饼干干。很不幸，幼儿的身体不受控制，饼干干！”

“你给我发了一条信息对吗，住持？说‘让这一个接受测试’。”

“你觉得我们这位要饼干干要饼干干要饼干干够了！洛布桑·路德小朋友如何？”一位侍从捧着一盘甜面包上前。“你要顺便吃点甜面包吗？”住持说完又加了一句：“很好吃饼干干！”

“不用了住持，我牙都长全了。”清洁工回答。

“路德是个谜啊，对不对？他的导师好吃饼干干姆姆姆姆姆姆饼干干跟我说他很有天赋，但都没用在正路上。你从没见过他，不知道他的过去，因此我觉得你可以很客观地观察他姆姆姆饼干干。”

“他速度快得异常，”卢泽说，“我觉得他能在事件发生之前就做出反应。”

“怎么可能有人做到这点？要小熊要小熊要小熊！”

“我带他去了高级道场的随机球装置，球出来之前，他就朝着球即将出来的洞跑去了。”

“是某种感应吗？”

“如果那个简单的机械也有思想的话，我们可就麻烦大了，”卢泽深吸了一口气，“在曼陀罗大厅，他看清了混沌的图形。”

“你让新来的弟子去看曼陀罗了？”侍僧首领仁波惊恐地说。

“想知道某人能不能游泳，就要把他推进河里，”卢泽耸耸肩，“不然还能怎样？”

“但是没有经过训练就去看——”

“他看出了其中的模式，”卢泽说，“并且对曼陀罗做出了回应。”他没说曼陀罗也回应了路德。这点他还得想想。当你凝视深渊的时候，深渊本来是不会回望你的。

“即使如此，带新人去看曼陀罗小熊小熊小熊小熊也是命令禁止的。”住持说。他笨手笨脚地摸索着地垫上的玩具，捡起一个画着微笑蓝色大象的大积木笨手笨脚地朝仁波扔去。“有时候你太肆意妄为了，清洁工，看，大象！”

周围侍从纷纷为住持辨认动物的能力叫好。“他看出了模式，他知道什么事情将会发生。但是他不知道自己知道什么，”卢泽固执地说，“我们刚见面没一会儿，他就偷了我一样东西，我也不知道他是如何做到的。不经过训练他真的可以这么快吗？这孩子到底是谁？”

嘀嗒

这姑娘是谁呢？

弗洛特学院的校长女士、弗洛特快乐教育法的先驱，弗洛特女士觉得自己经常在和苏珊老师对话之后思考这个问题。当然了，那姑娘是她的雇员，但是……嗯，弗洛特女士在纪律方便比较松懈，所以才发明了快乐教育法——就是不要求纪律严明。她通常都是用愉快的语气跟人对话，说到对方尴尬不已最终不得不同意她。

苏珊老师对任何事情都不觉得尴尬。

“苏珊，我叫你来的原因是，呃，原因是——”弗洛特女士结巴了。

“有人投诉吗？”苏珊老师说。

“呃，不……呃……史密斯老师告诉我，你班上的学生都很不消停。史密斯老师还说，他们的阅读能力，嗯，都很不幸地提高了……”

“史密斯老师认为好书应该写男孩和小狗玩球，”苏珊说，“我们班的学生希望能读有剧情的书，所以他们都不怎么耐心。我们班现在读的是《硌棱童话》。”

“你也太粗鲁了，苏珊。”

“不，校长，我很礼貌了。我要是粗鲁的话，就会直接说，史密斯小姐这样的老师将来肯定下地狱。”

“那本书太坏——”弗洛特校长停了一下，随后厉声说，“你现在不准教他们阅读！”不过她那种严厉的语气也很没说服力。苏珊抬起头，弗洛特女士不禁往椅子里缩了缩。这姑娘有种超能力，她能全神贯注地盯着你。要承受她全部的注意力你必须当个比弗洛特女士更认真的人才行。苏珊的眼神能看透你的灵魂，并且给其中的缺点画上小红圈。当苏珊老师看你的时候，她就是在给你打分。

校长女士嘟哝着说：“我的意思是，童年应该玩耍和——”

“学习。”苏珊小姐说。

“通过玩耍学习，”弗洛特女士很庆幸话题进入了自己熟悉的领域，“毕竟，小猫小狗——”

“——会成为大猫大狗，这是非常无聊的，”苏珊说，“还好小孩会长成大人。”

弗洛特女士叹了口气，这场谈话不会有任何成果，每次都这样。她知道自己说不过苏珊。有很多关于苏珊老师的传闻，忧虑不已的家长们纷纷转投快乐教育法，因为他们特别希望自家小孩能认真听人说话然后随便学点什么。结果他们发现孩子们回家都挺安静的，似乎在想事情，还带了一堆家庭作业回来，而且神奇的是，没人催他们就自己把作业写了，就连狗都能去帮忙。而且他们在家说了不少关于苏珊老师的事情。

苏珊老师会说所有外语。苏珊老师什么都懂。学校的郊游活动，苏珊老师想到了一个好点子……

……这真是太奇怪了，据弗洛特女士所知，学校从未组织过郊游。她从苏珊老师的教室经过时，里面总是一片繁忙的寂静。她不禁想起以前学生们在教室里受到严格管制的时代，那时候的教室等同于小朋友思想的刑讯室。但别的老师说苏珊老师的教室里很吵。有时候有隐隐约约的海浪声，还有树林里的声音。只有一次，弗洛特女士发誓——虽然她不是那种喜欢赌咒发誓的人——她发誓自己经过教室时，听见里头正上演着一场大规模战斗。虽然快乐教育法常常涉及打闹，但是那一次除了有小号声以外，还有弓箭嗖嗖的声响，而且里头的惨叫声也太逼真了点。

她推开门，感觉有个东西从她头顶呼啸而过。苏珊小姐正坐在凳子上读书，全班的孩子都安安静静地盘腿围坐在她身旁。这是弗洛特女士很不喜欢的老式教学场景，学生们好像坐在知识的祭坛边祈求恩赐似的。

当时谁都没说话。听故事的孩子们、苏珊老师，以一种礼貌的沉默态度表明他们希望校长赶紧离开。

她回到走廊上，门在她身后轻轻关上。这时候她忽然发现，对面墙上插了一支做工粗糙的长箭。

弗洛特女士看着教室门，门依然是她熟悉的、涂着绿色油漆的门，然后她又看了看那支箭。箭消失了。

她后来把詹森转到苏珊老师班上。这事做得很不地道，但是弗洛特女士认为学校里正上演着一场心照不宣的战争。

如果孩子们是武器的话，詹森就是那种被国际条约明令禁止的武器。詹森的父母特别溺爱孩子，而詹森自己根本没法集中注意力，只在虐待小动物的时候特别起劲特别有耐心。他会踢人、打人、咬人，还吐口水。他画的画把史密斯老师吓得半死，要知道史密斯老师通常是无论如何都能找些话出来夸人的。詹森这孩子绝对需要特别指导。按老师们的意见，首先得给他驱魔才行。

弗洛特女士偷偷凑在钥匙孔上偷听。她听见詹森发了一通脾气，接着就安静了。她没听清苏珊老师说了什么。

半小时后，她找到借口去教室，发现詹森正在帮两个小姑娘用纸板做兔子。

后来詹森的父母说，他们惊讶地发现詹森变了，只不过现在他坚持要求开着灯睡觉。

弗洛特女士很想问问这位新来的老师。毕竟，她的推荐信内容很完美，而弗洛特女士也只是个雇员而已。另外麻烦的事情在于，弗洛特女士发现，苏珊跟她说话的时候有种特别的表达方式，每次她心满意足地问完话之后，回到办公室才发现其实自己什么都没问出来，要再去问已经来不及了。

而且之后也找不到机会再问了，因为突然有很多很多人申请入学，大家都抢着上苏珊老师的课。至于说他们在家听到的那些故事嘛……嗯，小孩子想象力就是很丰富，对吧？

不过丽晨妲·希格斯写过这么一篇作文。弗洛特女士摸出眼镜戴上，她对自己的眼神很自信，所以不肯一直戴眼镜，而是用绳子把眼镜挂在脖子上，此时她戴上眼镜又看了一遍那篇作文。文章开头是这样写的：

> 一个全是骨头架子的人来跟我们说他一点都不可怕，他有一匹大白mǎ。我们摸了那匹mǎ。他有一把年刀。他跟我们说了很多好玩的事情，还说过路要小心。[1]

---

1 小孩子的拼写错误，此处用拼音和近音字表示。下文同。——编者注

弗洛特女士把作文递给桌子对面的苏珊老师。苏珊严肃地看了看，然后掏出一支红色铅笔，做了几处修改，又递了回去。

“如何？”弗洛特女士问。

“嗯，我看有些字她还没记住。‘年刀’这个词她倒是尽力了。”

“那人……教室里为什么会有一匹大白马？”弗洛特女士问。

苏珊老师颇怜悯地看着她说：“校长，怎么可能会有一匹马在教室里呢？要走上两层楼梯啊。”

弗洛特女士这次不肯让她糊弄过去。她拿起另一篇小作文。

今天袁先生跟我们说了好久，袁先生是个吓人怪，不过跟我们说话的时候还挺好的。他gào诉我们怎么对fu怪物。你可以用毯子wǔ住头，不过最好还是用毯子wǔ住吓人怪的头，这样吓人怪就觉得自己根本不存在就消失了。他还跟我们说了好多他跳出来吓人的gù事。他说ji然是苏珊老师在教我们，那肯定没有吓人怪敢进我们的房间了，yīn wèi吓人怪都怕被苏珊老师找到。

“吓人怪是怎么回事，苏珊？”弗洛特女士问。

“孩子们真是想象力丰富啊。”苏珊一脸坦然地回答。

“你给孩子们讲超自然的东西？”弗洛特女士怀疑地问。这种事在家长中绝对会引起大麻烦，她向来很警惕。

“哦，讲了。”

“什么？为什么？”

“这样他们遇到了才不会惊慌失措。”苏珊老师平静地回答。

“罗伯森太太跟我说，她女儿艾玛把家里所有的柜子打开找怪物！她一直都很怕怪物！”

“她有棍子吗？”苏珊问。

“她拿了她父亲的剑！”

“干得好。”

“听着，苏珊……我知道你打算做什么，”弗洛特女士其实是不知道的，“但是家长们不理解。”

“对，”苏珊回答，“有时候我真的觉得必须考试合格之后才能当父母。我是说，不能光靠实践。”

“总之，我们必须尊重家长的观点。”弗洛特太太这话说得毫无诚意，因为有时候她也觉得当父母必须考试。

今晚有个家长会，校长女士非常担心新来的苏珊老师会做些什么。结果她看到苏珊老师一直坐着安安静静地跟几对父母谈话，后来詹森的妈妈抓起椅子追着詹森的爸爸跑出房间，她也跑了出去。第二天詹森的妈妈送来了很大一束花，詹森的爸爸送来了更大的一束花。

有几对夫妇看起来忧心忡忡地离开苏珊老师的办公桌，还有几对夫妇离开的时候显得很疲惫。不过到了交下学期学费的时候，弗洛特女士从没见过大家缴费那么自觉。

日常担忧着名誉、收入和支出的校长弗洛特女士，不禁又一次听见某位遥远的弗洛特老师为苏珊鼓掌叫好的声音，弗洛特老师曾经是一位害羞而负责的好老师。

苏珊关切地看着她：“校长，你对我的工作还满意吗？”

弗洛特女士一时语塞。她不满意，但是不满意的原因却有所不同。谈话进行到现在，她逐渐明白了，她不敢解雇苏珊老师，更糟糕的是，她也没法让苏珊放弃自己的主张。要是苏珊自己开办学校，大家知道之后，快乐教育小学就会流失大量的学生，以及经费。

“嗯，当然……不，不满意……很多方面……”她忽然发觉苏珊正盯着她身后。

是什么呢……弗洛特女士又去摸眼镜，却发现系眼镜的绳子缠在衬衣扣子上了。她努力看着壁炉架，想看清楚那团模糊的影子是什么。

“看起来像是……一个白色的老鼠穿了一件小黑袍子，怎么回事？”她说，“还是后腿直立走路！你看见了吗？”

“老鼠怎么可能穿袍子？我想象不出。”苏珊老师叹了口气，打了个响指。其实不一定要打个响指，但总之时间停止了。

至少是除了苏珊以外其他所有人的时间都停止了。不过壁炉架上那只老鼠也没受影响。

其实那是一个老鼠的骷髅，但身为骷髅也不影响它去偷弗洛特女士糖罐里奖励好孩子用的水果糖。

苏珊走过去揪住它的小袍子领子。

吱吱？鼠之死神说。

“我就知道是你！”苏珊厉声说，“你怎么还敢来！那天你已经收到回复了吧？上个月仓鼠亨利死的时候你就来过了，别以为我没看见！你在那里踢仓鼠笼里的大便，我还怎么上地理课？”

鼠之死神偷偷笑了，**嘻。嘻。嘻。**

“你还吃糖！马上把它放回去！”

苏珊把鼠之死神扔到桌上，对面就是暂时一动不动的弗洛特女士。她一时没说话。

她一直在很努力地妥善处理这类事件，但是有时候你不得不直面自己的身份。于是她拉开最底层的抽屉，看了看酒瓶里还剩多少。在教育这个美好的世界里，酒可是校长女士的坚强护盾兼灵丹妙药。而且如今老校友们对这种事情也宽容多了，她觉得很开心。绝大部分人都需要一些东西来填充现实跟理想之间的鸿沟，何况，比杜松子酒恶劣的东西多了去了。

她又花了一点时间看了看校长女士的私人文件。这里要替苏珊说一句：她不觉得这种事有什么不对，同时她也清楚地知道，如果你不是苏珊·斯托-赫里特的话，这么做肯定是错的。那些文件放在一个很牢固的保险柜里，技艺高超的盗贼至少要花二十分钟才能打开。苏珊摸了摸那个保险柜，门就自己开了，因为此处要遵循一些特殊的规则。

对苏珊老师而言，世界上所有门都是敞开的。有些遗传特征是通过灵魂传递的。

她此时检查学校的日程安排，主要是为了向老鼠表明，自己不是那种随叫随到的人，她站起身。

“好吧，”她很厌烦地说，“你就偏要缠着我，是吧？就要这样永远不停地烦人是吧。”

鼠之死神偏着头用它的骷髅眼窝看着苏珊。

吱吱。它充满胜利感地说。

“对，是的，我喜欢他，”她说，“某种意义上确实喜欢。但是，你也知道，这样不对。为什么他需要我？他是死神！他神通广大！我只是个人类！”

老鼠又吱吱叫了一声，接着跳到地上直接穿过了关着的办公室门。随后它又再次钻回来朝苏珊点点头。

“好吧，”苏珊对自己说，“绝大部分是人类。”

嘀嗒

这位卢泽是谁呢？

寺院里每个新来的小侍僧早晚都会问出这个深奥的问题。他是个扫地的矮个子，是个毫无怨言替他们把宿舍垃圾装车运走的人，是个偶尔会说些外国名言警句的人，但好几年后，他们会发现这个人其实是他们梦想着能够见上一面的传奇英雄。然后他们就会直接去问卢泽，有些聪明的僧人则会自己思考。

庙里绝大部分的清洁工都来自山谷里邻近的村落。他们也是庙里的成员，但不算僧人。他们负责完成所有乏味琐碎的工作。他们是……背景人物，主要是修剪樱花树、擦洗地板、清洁鲤鱼池，还有就是时刻打扫卫生。他们没有名字。聪明的小侍僧会意识到清洁工肯定都有名字，这样才能和别的清洁工区别开，但是至少在寺院之内他们是没有名字的，只有工作介绍。没人知道他们晚上住在哪儿。他们只是清洁工而已，卢泽也不例外。

有一天，几个级别较高的侍僧为了恶作剧，把卢泽睡觉的垫子旁边的小神龛踢翻了。

第二天早上，所有清洁工都没去工作。他们都待在自己的房间里，门都锁着。住持那时候又到了五十岁左右，他去询问了一番之后，将恶作剧的几个侍僧叫到自己的房间来。屋子墙边摆了三把扫帚。住持对他们说：

“你们知道吗？那场惨烈的五城之战之所以没发生，是因为信使及时传递了消息。”那几个人都知道，这是他们很早就学到的内容。他们紧张地鞠躬，因为对方毕竟是住持。

“那你们知道吗？那个信使的马在半路上掉了一只马蹄铁，接着他就忽然发现，路边有个人带了个便携式熔炉，还推了个推车，车上放着铁砧？”

他们知道。

“你们知不知道，那个人就是卢泽？”

他们知道。

“那你们肯定也知道，简达·崔普、‘好的好的’的大头领、托罗-甫、长-甫，终生只向一个人投降过。”

他们知道。

“你们也知道，那个人就是卢泽？”

他们知道。

“你们知不知道，昨天晚上你们踢翻了一个小神龛？”

他们知道。

“你们知道那是谁的神龛？”

几个人沉默了一会儿。最聪明的侍僧恐惧地看着住持，紧张地吞了口口水，拿起一把扫帚就走出了房间。

另外两个稍微迟钝一点点的，也想通了前因后果，也拿起扫帚走了。

然后有一个说：“那只是某个清洁工的神龛而已！”

住持说：“你们拿上扫帚去扫地。每天都扫，扫到你们找到卢泽为止，你们要对他说：‘清洁工，是我踢翻了你的神龛，把里面的东西都撒出来了。现在我满心惭愧，请让我随您去第十德基姆道场学习正道。’学完之后，如果你们还能回来，再继续在这里学习吧。明白了吗？”[1]

一些年长的僧侣会抱怨，有些人则说：“卢泽的道和我们不一样。别忘了，他通过不经意的清扫就领悟了万物，其他人却要接受教育。别忘了，他无处不在，完成过很多任务。也许他确实有一点……奇怪，但是别忘了，他只身去过满是士兵的城堡，也闯过陷阱，还让蒙塔布[2]的帕西被一根鱼刺若无其事地卡死了。在确定时间地点这方面，没有任

---

1 事情的后续是这样的：说“那只是某个清洁工的神龛而已”那个侍僧逃离了寺庙，什么都没说的那个侍僧后来一辈子都是清洁工。还有一个侍僧意识到了某个不可避免的结局，在认真扫地之余苦恼了好几个月，然后找到卢泽，跪在他面前请求学习正道。于是卢泽带他去了第十德基姆的道场，那里头有非常恐怖的组合刀具战斗机器，那些锯齿状的武器发出骇人的咣咣咣的声音。据说后来的事情是这样的——清洁工打开道场墙边的一个柜子，拿出一把扫帚说：“一手握住这里，一手握在这里，明白吗？大家都不懂怎么拿扫帚。拿好，用力均匀，让扫帚发挥最大作用。永远不要想着把垃圾堆成一大堆，那样的话等于把每颗灰尘扫了两次。要灵活运用撮箕，记住：扫角落的时候要用小刷子。”

2 蒙塔布是碟形世界上一个神权政体的小国家，该国纪年法是倒计时的形式。虽然不知道为什么要采取这样的纪年法，但所有人都认为等到归零那一年绝对不好。——译者注（摘自碟形世界维基百科）

何僧侣比卢泽更厉害。”

有些不了解情况的人会说：“那么卢泽究竟遵从了什么道，居然能这么厉害？”

别人就会这样回答：“是‘安卡-摩波，奎尔姆街3号，玛丽埃特·科兹莫皮利特太太，房屋出租，价格公道’。我们也不知道这是什么意思。只是没什么意义的胡话吧。”

嘀嗒

卢泽把扫帚靠在墙边听那些高僧谈话。倾听是他经年累月磨炼出来的技术，如果你认认真真花足够的时间去听别人说话的话，会发现他们说出来的事情比他们自以为自己知道的还要多。

听完了之后，他说：“苏托是个很厉害的外勤员工，虽然有点奇怪，但是人很好。”

“他掉下去的事件也显示在了曼陀罗里，”仁波说，“那孩子完全不知道该如何应对。苏托说他只是条件反射。他认为在他所见过的人中，那孩子是真正的一无所知。他只花了一个小时就让他上了去山里的车。然后花了三天时间在盗贼行会施展了花落之术，因为那孩子是个被丢在盗贼行会门口的弃婴。”

“花落之术成功了吗？”

“我们得到授权使用两个延时器内的时间。也许有几个人会隐约记得一些事情，不过行会毕竟人多事杂。”

“没有兄弟姐妹，没有父母亲情，只有盗贼之间的情谊。”卢泽感叹道。

“不过他是个很厉害的盗贼。”

“我看也是。他多大了？”

“看起来有十六七岁了吧。”

“现在来学也太晚了。”

高僧们交换着眼色。

“我们什么都教不了，”新进大师说，“他——”

卢泽抬起他瘦骨伶仃的手：“我没猜错的话，他已经知道了。”

“仿佛有人告诉他，他暂时缺少了一段记忆，”仁波说，“而他也觉得无聊而且有些生气。我觉得他不靠谱。”

卢泽挠挠自己花白的胡子。“真是个奇怪的小孩，”他陷入沉思，“很有天赋。”

“我们应该自问，要罐罐要罐罐噗噗，为什么偏偏是这个时候？”住持开始咬玩具牦牛的脚。

“但不是‘万物都有时间地点’一说吗？”卢泽说，“不过话说回来，各位，你们数百年来都在教育学生，而我只是个清洁工而已。”他心不在焉地伸出手，那个玩具牦牛恰好从住持笨拙的手里掉下去，卢泽在半空中接住了它。

“卢泽，”新进大师说，“长话短说吧，当年我们也教不了你，你还记得吗？”

“但是后来我找到了自己的方法。”卢泽说。

“你可以教教他吗？”住持说，“那孩子需要姆姆姆卟姆姆姆找到自己。”

“经文里不是写了吗，‘我只有一双手’？”卢泽说。

仁波看了看新进大师。“我不知道写没写，”他说，“你引用的那些东西我们都没见过。”

卢泽似乎还在思考，仿佛他的思维在别处忙碌着，他说：“只有此时此地。因为经文里写了，‘不会洒落，只有倾泻’。”

仁波很疑惑，接着他恍然大悟地说：“是水壶，水壶不会一点一点地洒水，只会一口气倒出来！”

卢泽悲伤地摇摇头。“一只手拍出来的声音只是‘噗噗噗’。”他说，“好吧，住持。我帮他找到属于他的道。各位还有别的事吗？”

嘀嗒

卢泽回到候见室，洛布桑站起来向他行礼，不过他显得有些犹豫，还挺尴尬。

“好了，有一些规则你必须遵守。”卢泽径直走过去，“首先，你不用叫我‘师父’，我也不拿某种虫子来替你起名。我不负责让你遵守纪律，你自己要自觉。经文里写了，‘我做不来那种事。’我说什么你就照办，我们就能相处愉快，明白吗？”

“什么？你愿意收我当徒弟？”洛布桑一路小跑跟上他。

“不，我不愿意收你当徒弟，我都一把年纪了。但是你会成为我的徒弟，我们两个互相帮助，好吗？”

“你会把一切都教给我吗？”

“我不懂‘一切’，经院矿物学我就不懂。不过我会把我懂而且对你有用的东西都教给你。”

“什么时候开始？”

“今天太晚了——”

“明天早上？”

“明天天不亮就开始。我会来叫你。”

嘀嗒

在距离弗洛特女士的学校挺远的某个地方，有条机密街，街上有好几家绅士俱乐部。其实这些地方对“绅士”的定义就是“一年花销超过500元的人”，说起来也真是挺讽刺的，这些绅士也受到其他年消费500元以上的绅士们的认可。

这些人不喜欢和女士们在一起。当然并不是说他们是另外的那种绅士，那群绅士在城里另外一个区有好几家装修更精美的俱乐部，去的人也更多。机密街这群绅士总的来说是从小被女士们欺负的那种绅士。他们的人生被保姆、家庭教师、女舍监、母亲、妻子们掌控着，差不多这样过了四五十年后，这些态度温和的绅士放弃抵抗，尽可能礼貌地逃进俱乐部里。在这里，他们可以整个下午都靠在扶手椅上打盹儿，而且裤腰上的扣子也不用扣[1]。

这类俱乐部中最顶尖的一家是费吉特俱乐部，它的规则是这样的：苏珊不需要隐身就能进去，因为她知道费吉特俱乐部的人都看不见她，就算看见了，也会坚信她不存在。只有在执行34b项规定时，女性才可以进入俱乐部，这项规定勉强同意女性家庭成员或者可敬的已婚女性或者三十岁以上的女性，可以在下午三点一刻至四点半之间，到绿色画室饮茶，在此期间至少要有一位俱乐部成员全程陪同。这项规定由来已久，所以很多成员对此的理解是，女性一天只可以存在七十五分钟，在这段时间以外，俱乐部中出现的女性要么是幻影要么是想象。

就苏珊的情况来说，幻影的解释应该是真的，因为她穿着十分严肃的教师制服和扣扣子的靴子，当她以死神的外孙女身份出现时，鞋跟就显得很高。

她朝图书馆走去，靴子在大理石地板上敲出回声。

她非常不理解死神为什么要到这个俱乐部来。当然，他确实符合

1 不扣扣子的原因之一是俱乐部的伙食不错。在这样的俱乐部里，绅士们能找到学生时代自己喜爱的美食，比如葡萄干布丁、果酱布丁卷及永远吃不够的油炸食品和卡仕达酱。维生素都是妻子们吃的东西。

绅士的条件：他在乡间有一处住所——是某个遥远黑暗的乡间——而且非常守时，对每个人都很礼貌——他早晚会见过世界上每个人——无论在家还是外出都衣着得体，另外还有个很好的男仆。

唯有灵魂收割者的身份这一点不太符合绅士的要求。

图书馆里那些软绵绵的椅子大部分都被吃完午饭后盖着《安卡-摩波时报》舒舒服服打盹儿的人占据了。苏珊看了一圈，最终看到某一份报纸下面露出半截黑色的袍子和一双骨头的脚。另外还有一把镰刀靠在椅子后面。她掀开报纸。

下午好，死神说，**你吃午饭了吗？这里有果酱布丁卷。**

“你在这里干什么，外公？你不需要睡觉。”

我觉得这里很平静。你最近好吗？

“老鼠没来之前我一直都很好。”

工作怎么样？你知道我很关心你。

“谢谢，”苏珊简单地回答，“好了，为什么——”

跟我聊聊不好吗？

苏珊叹了口气。她知道接下来是什么，那可不是个让人高兴的想法。而是一个小小的、可悲的、摇摆不定的想法，内容大体是这样的：他们两个只有彼此做伴了。就这样。这是个自己都会捏着小手帕哭唧唧的想法，但是却很真实。

死神当然有人类男仆阿尔伯特，还有鼠之死神，这些勉强算是同伴？

据苏珊所知……

她是部分不死的，或者可能是整个不死的。她可以看到真正存在的东西[1]，她可以像脱外套一样轻松摆脱时间。重力之类适用于所有人的法

1 看到真正存在的东西比看到不存在的东西困难多了。不存在的东西人人都看得见。

则，必须在征得苏珊同意之后才能对她起效。不管你怎么努力，这种事总会影响到人际关系。当你心里明白，人不过是一堆暂时堆叠起来的原子，过不了几十年就会散架的时候，想要好好相处当然是不可能的了。

她作为死神的那一小部分觉得，把人视为真实存在的话，真的很难应付。

她人生中的每一天都在懊悔自己怎么会有这么个祖辈。此外就是很想知道行走在世间时，对脚下的岩石和天上的星辰一无所知是什么感觉，只有五种感官是什么感觉，又聋又瞎是什么感觉……

孩子们还好吗？我喜欢他们画的我。

“挺好。阿尔伯特还好吗？”

他很好。

……不聊天又是什么感觉呢？苏珊心里继续想。在一个巨大的宇宙里，根本没有聊天存在的空间。

世界快要结束了。

这话倒是够夸张的。“什么时候？”

下周三。

“为什么？”

审计员回来了。死神说。

“那些邪恶的小东西？”

对。

“我讨厌他们。”

我当然是没有任何感情的。死神说，他那种面无表情真的只有骷髅才能做到。

“他们这次要来干什么？”

我不知道。

“你不是记得住未来的事情吗？”

对。但是在星期三之后，有些事情改变了。没有未来了。

“肯定剩了些东西，至少还有些残渣碎片吧？”

没有。在下周三的一点钟之后，就什么都没有了，永远地没有了。没有人活下来。没有人死。我所见的就是这种状况。未来被改变了，你明白吗？

“这跟我有什么关系？”苏珊知道这话其他任何人听着都会觉得有点傻。

我认为世界末日人人有责，你觉得呢？

“我知道我在说什么！”

我认为这件事跟时间的本质有关，关系到神灵和人类。现在出现了一些……波动。

“他们对时间做了什么手脚？他们不是不能够做那种事吗？”

他们不能。但人类可以。而且此前已经做过一次了。

“谁会那么蠢——”

苏珊不说话了。偏偏就是有这么蠢的人。总有人会为了看看事情到底成不成而去做蠢事。如果你在一个山洞里放上一个大按钮，旁边挂个牌子说：“世界末日按钮，切勿按下。”那不等牌子上的油漆晾干就有人去按了。

她又思考了一下。死神认真地看着她。

苏珊说：“真有意思，我最近正给学生们读一本书，是那天突然出现在我桌上的书，叫《硌棱童话》……”

啊，给小人类看的愉快小故事。死神的语气中绝无讽刺之意。

“……其中大部分故事都是讲坏人如何悲惨死去。真的很奇怪，孩子们似乎挺喜欢这种故事，他们一点都不觉得担心。”

死神没说话。

“……不过《坏蛋假沙恩的玻璃钟》这个故事不一样，”苏珊看着那张骷髅脸，“虽然是个大团圆结局，但他们觉得那个故事很令人难过。”

也许因为那个故事是真事。

苏珊太了解死神了，所以她没有争论。

“我懂了，”她说，“是你把书放在那儿的。”

是的，英俊的王子之类的废话都不用管。那个钟当然不是审计员发明的，是某个疯子发明的。但是审计员很擅长改造。他们不会创造，但是可以改造。现在他们要重建那个钟。

“时间真的停止了吗？”

被困住了。只困住了一小会儿，但那次的结果依然影响着我们。历史断裂了，成了碎片。过去和未来没有了联系。历史派僧侣必须将那些碎片一点一点拼合起来。

苏珊没有浪费时间说“不可能”之类的话。只有那些相信自己活在真实世界里的人才说这种话。

她说：“那可真是……花了很多时间啊。”

当然时间不是问题。他们使用一种基于人类脉搏频率的纪年法。那些年，大概花了五百年。

“如果历史碎了，他们在哪里——”

死神竖起手指。

从现世的角度想想吧，苏珊。我认为他们偷走了部分历史。在这个世界形成之前，就已经有了一段时间，那些时间都浪费在了很多爬行类动物身上。不过大蜥蜴拿时间有什么用呢？你有没有见过那些僧侣使用延时器？那个真的很厉害。他们可以挪动时间，把时间储存起来，或者拉伸……总之非常了不起。至于这一切是何时发生的，这个问题其实毫无道理。什么时候瓶子破碎，这和瓶子在哪里碎裂有什么关系呢？总之那次事件的残片在这个重建的历史中已经不存在了。

“等一下，等一下……人怎么可能把一片，嗯，一片过去的时代混入现代？大家会发现的吧……”苏珊胡乱挥挥手，“比如说，哇，那人穿了件奇怪的盔甲，那些房子太奇怪了，几百年前那场战争他们怎么还没打完？”

苏珊，根据我的经验，很多人类把大部分精力都花在了几百年前的战争里。

“这倒也是，但我的意思是——”

你不能把容器和内容物搞混了，死神叹了口气，**你基本上是人类。你需要比喻，看来需要实物教学。来吧。**

他起身穿过大厅走进餐厅。还有几个吃得慢的人一动不动地坐在座位上，下巴底下垫着餐巾，浑身洋溢着愉快的碳水化合物氛围。

死神走到晚餐用的桌边，抓住桌布的一角。

时间是这块布，他说，上面的刀叉碗盘是在时间之中发生的事件——

接着传来一声击鼓声。苏珊往下一看，原来是鼠之死神坐在一面鼓的前头。

看好。

死神把桌布抽走了。桌上的餐具一阵叮当作响，花瓶晃了几下，但基本上都在原位。

“我懂了。”苏珊说。

桌子还在，但是桌布可以拿到别的地方去使用了。

“但是你把盐弄倒了。”苏珊说。

技术不熟练。

“桌布上还有上一顿饭留下来的印子，外公。”

死神笑起来。**没错，**他说，**这个比喻非常好，你不觉得吗？**

“大家会发现的！”

真的吗？人类是宇宙中最不会仔细观察的生物了。通常都是，哦，有好多异常现象啊，有一撮盐撒了，不过历史学家会解释清楚的。历史学家在这方面特别有用。

世界上有种东西叫规则，苏珊知道。这种规则不会被写下来，同理，山脉的存在也不会被写下来。但是它们是宇宙运行的基础之基础，远比重力之类的机械化的东西重要。审计员讨厌生命出现后带来的混乱状况，但是规则不允许他们进行干涉。人类的发展对它们来说一定是好事。总算有一种会被骗去朝自己的脚开枪的生物了。

“我不知道你指望我干什么。”苏珊说。

把你能做的事情都做了，死神说，**我呢，从经验和现实的情况来看，还有别的事情要做。**

“什么事？”

重要的事。

“你不能告诉我？”

我决定不告诉你。但是那些事情很重要。总之，你的洞察力非常宝贵。你的思路也很有用。你能去我去不了的地方。我只能看见未来，你却能改变未来。

“重新造出来的那个钟在哪里？”

我不能说。我虽然可以根据自己知道的内容进行推理，但是这个事件模糊不清。

“为什么？”

因为有些事实被隐藏起来了。有某个不服从我的人参与其中……死神似乎有些尴尬。

“神灵？”

服从其他存在的……人。

“你得再说详细一些。”

苏珊……你知道，我收养了你妈妈，并且把她抚养长大，还为她找了个合适的丈夫——

“对，是，”苏珊不大高兴，“我怎么可能不知道。我每天都照镜子呢。”

这个……对我来说很难。事实上，我并不是唯一一个参与这种事情的神灵。你很惊讶？神不是经常干这种事吗？

“神，对，但是你这样的人——”

像我们这样的人还是很像人……

苏珊干了一件很不寻常的事情，她听进去了。对老师来说这可不一般。

苏珊，你会知道的，在人类之外……我们究竟是什么——

“我不在人类之外，”苏珊果断回答，“我只是……有一点特殊的天赋而已。”

我当然不是指你。我是说那些虽然不是人类但是却部分是人性的存在——战争、命运、瘟疫及其他和我们类似的存在——我们被人类想象成人类的形象，因此我们以不同风格呈现出人性的不同侧面。这是唯一的方式。就连强加给我们的外貌形象也是来自人类对宇宙的某种观察结论。我们有一些人类特性……比如好奇、愤怒、不安……

“外公，这些是基本的。”

是的。这些你都知道，所以我们中有些……对于人性充满兴趣。

“我知道。我就是那种兴趣的结果。”

对。呃……我们中有一些，嗯，对人类的兴趣更加……

“更加感兴趣？”

……更加有个人倾向。你有没有听我说过……时间的拟人化个体……

“你没说太多。你之前说，她住在一座玻璃宫殿里。”苏珊发现死神有些不自在，她不禁既有点羞愧又有点奇怪的满足。死神看起来就像是被迫承认自己的衣柜里藏着一具骷髅似的。

是的。呃……她爱上了一个人类……

“那还真是一段浪漫时光。”苏珊特别强调“时光”二字。她知道这话说得很幼稚，但是身为死神外孙女的人生可不容易，所以有时候她不可避免地十分烦恼。

啊。双关语，文字游戏，死神懒洋洋地说，**不过我觉得你是在表达感觉无聊的意思。**

“嗯，古代这种事情还是很常见的，对吧？”苏珊说，“诗人们常常爱上月光、风信子、各种各样的东西，还有永恒的女神什么的——”

但是这件事是真的。死神说。

“有多真实？”

时间有个儿子。

“怎么可能——”

时间有个儿子，他基本上是个凡人，和你一样的。

嘀嗒

钟表匠行会的一个成员会每周拜访杰瑞米一次。不是正式的拜访。只是偶尔有些工作交给他，或者有时候来取一些东西，因为不管人家怎么说，杰瑞米真的很有天赋。

同时这也是隐晦地提示杰瑞米吃药，不要疯得太醒目，当然也是以不正式的方式。

钟表匠们都明白人类大脑是十分精密复杂的机器，偶尔会出故障。行会成员都是很谨慎的人，总是追求非人类的精确性，此举是会造成损失的，甚至会造成大问题。弹簧并不是唯一一种会卷曲起来的东西。大体上来说，行会委员会都是善良的、理解他人的人。大体上来说，他们都不是会耍阴谋诡计的人。

行会的秘书霍普金斯博士惊讶地发现，一个看起来仿佛是从重大事故中幸存下来的人打开了杰瑞米的店门。

“呃，我来找杰瑞米先生。”他说。

“好的，先森。祖人就在店里，先森。”

“你是，嗯……？”

“我四伊戈，先森。杰瑞米先森很善良地接纳了我，先森。”

“你替他工作？”霍普金斯博士上下打量着伊戈。

“四的，先森。”

“嗯……你之前是不是站在什么特别危险的机器旁边来着？”

“没有，先森。他就在工作室，先森。”

“伊戈先生，”霍普金斯博士一边走进钟表店一边说，“杰瑞米先生在吃药，你知道吗？”

“四的，先森。他经常提起此斯。”

“那他，嗯，他这段时间健康状况……？”

“很好，先森。他对工作充满热情，先森。心明眼亮，摇头摆尾。”

“摆尾？”霍普金斯博士很心累，“嗯……杰瑞米先生一般都不用仆人。上次他把一个钟砸在助手头上了。”

“曾的吗，先森？”

“嗯，他没用钟砸你吧？”

“没有，先森。他表现得很正常，”伊戈居然有四个拇指，脖子周围全是缝合的针脚，他打开工作室的门，“杰瑞米先森，霍普金斯博士来了。我仄就去泡茶，先森。”

杰瑞米端端正正地坐在桌边，眼睛炯炯有神。

“啊，博士，”他说，“你来了真好。”

霍普金斯博士走进工作室。

屋里有些变化。那一大块板条抹泥灰的墙上原本是挂满了铅笔画的草稿，现在草稿都拿走了，房间另一边放着一个画架。工作台上之前都摆满了各种组装到不同程度的钟表，现在却放的全是水晶块和玻璃板。屋里还有股浓浓的酸味。

“嗯……在做新东西？”霍普金斯博士问。

“是的，博士。我正在检查超密度水晶的成分。”杰瑞米说。

霍普金斯博士深吸一口气放松下来。“啊，地质学，真是个不错的爱好！我很高兴。一整天都想着钟表不太好，你也知道！”他怀着少许希望愉快地说。

杰瑞米皱起眉头，他的大脑似乎在努力思考一个自己不熟悉的概念。

思考过后他回答：“是啊，博士，你知道吗，八辛酸铜每秒钟恰好震动两百四十万零七十八次？”

“这么多次啊？”霍普金斯博士说，“我的天哪。”

“是啊。当一束光照在八辛酸盐晶体制成的棱镜上时，就会分成三种颜色。”

“好神奇，”霍普金斯博士觉得他的情况说不定会变得更差，“嗯……不知道是不是我想多了，这里好像……有股很刺鼻的味道？”

“是排水沟的味道，”杰瑞米说，“我们用酸打扫过了。我们用酸就是为了清理排水沟。”

“排水沟啊？”霍普金斯博士眨眨眼睛。他所生活的世界里没有排水沟。然后厨房门的地方传来咔嚓的声音和蓝色的闪光。

“你的，嗯，你的仆人伊戈，”他说，“他还好？”

“挺好，谢谢你，博士。他是从尤伯瓦尔德来的，你知道吧？”

“哦，尤伯瓦尔德很……大。是个很大的国家。”霍普金斯博士对尤伯瓦尔德的情况只知道两点。他紧张地咳嗽了一下，然后说另一点：“我听说那边的人有点奇怪。”

“伊戈说自己跟奇怪的人绝对没有任何关系。”杰瑞米平静地说。

“很好，很好。那就好。”博士说。杰瑞米那种一成不变的微笑让他觉得很不自在，“嗯……他身上有很多伤疤和缝合的痕迹。”

“对，那是他们的文化。”

“是文化啊？”霍普金斯博士似乎放松了不少。他向来努力发掘人性的光明一面，但是他从小就知道这座城市非常复杂，其中生活着矮人、巨怪、泥人地精甚至僵尸。所以他觉得自己不喜欢这个事情的走向，但是既然大部分都是“文化”，那显然就没法反对，所以他也没说什么。“文化”乃是一种解决问题的借口，主要是跟人们解释问题根本不存在。

门缝的光灭了。片刻后，伊戈用托盘端了两杯茶进来。

博士必须承认，茶很好喝，但是空气中的酸味让他直流眼泪。

“那……嗯，导航表的进度怎么样了？”他说。

伊戈在他耳边说：“要姜饼吗，先森？”

“哦，呃，好……哦，真好吃啊，伊戈先生。”

“多拿两个吧，先森。”

“谢谢，”霍普金斯博士说话的时候饼干屑纷纷掉出来。他又说：“导航表——”

“很抱歉，导航表的工作没什么进展，”杰瑞米说，“我一直在研究各种水晶的特性。”

“哦，对，你说了。嗯，当然，要是你有时间做一下导航表就再好不过了。”霍普金斯博士说，“容我说一句，嗯，你有了新的兴趣是好事。过分关注一件事，嗯，容易在脑子里积累怒气。”

“我在吃药。”杰瑞米说。

“是啊，当然。呃，我昨天刚去了药剂师那里……”霍普金斯博士从口袋里掏出一个纸包起来的大瓶子。

“谢谢，”杰瑞米指指身后的架子，“你也看见了吧，我的药快吃完了。”

“是啊，我想你也该吃完了。”霍普金斯博士说得很随意，仿佛钟表匠行会的人根本没有特别关注杰瑞米架子上那个瓶子里还剩多少药似的。“好了，那我就该走了。好好玩水晶吧。我小时候喜欢收集蝴蝶。爱好是好东西。我小时候只要有个杀虫瓶和一个网子就开心得不得了啦。”

杰瑞米依然对他微笑着，那笑容似乎有些玻璃似的质感。

霍普金斯博士把剩下的茶喝完，把杯子放回碟子上。

“我真的必须走了，”他唠唠叨叨地说，“还有很多事情要做。我就不打搅你工作了。水晶是吧？真是漂亮的东西，特别精美。”

“是吗？”杰瑞米说。他犹豫了一下，仿佛是想解决一个小问题似的。“哦，对，光的模式。”

“闪烁。”霍普金斯博士说。

霍普金斯博士出来的时候，伊戈正坐在临街的门口。他点点头。

“嗯……你确定他好好吃了药？”博士非常小声地说。

“四啊，先森。一天两次，我给他倒进调羹里喝的。”

“哦，好。有些时候他可能不太好相处。”

“四吗，先森？”

“在精确性方面要求特别高……”

“没错，先森。”

“……当然那是好事。精确性特别好。”霍普金斯博士吸吸鼻子，“某种程度上真的是好事。好了，再见吧。”

“再见，先森。”

伊戈转身回工作室的时候，杰瑞米正小心翼翼地将那蓝色的药水倒进勺子里。勺子不多不少恰好装满的时候，他就把药倒进水槽里。“他们要检查，你知道吗？”杰瑞米说，“他们以为我没发现。”

“我觉得他们四出于好意，先森。”

“但是我吃了药就没法认真思考，”他说，“事实上，不吃药的时候我觉得好多了，你说呢？吃了药我变得很迟钝。”

伊戈避而不答。以他的经验来说，世界上很多伟大成就都是由传统意义上的疯子做到的。他常说，疯还是不疯全看角度，如果是透过你自己的内裤去看，那一切都没问题。

可是杰瑞米小少爷让他有些担忧。杰瑞米从来不笑，伊戈却喜欢听见疯疯癫癫的大笑声。那种笑声让人安心。

停药之后，他也没有像伊戈预料的那样或是低声唠叨或者高声叫喊着说：“疯了！他们说我疯了！现在我就要让他们见识见识！啊哈哈哈哈哈！”——杰瑞米变得更加专心致志了。

而且他还微笑了。伊戈可是很大胆的，否则他也不会去照镜子，可是伊戈的微笑让他觉得不自在。

“好了，到哪儿了呢……？”杰瑞米说，“哦，对，来帮个忙。”

他们一起把桌子搬到旁边。桌子下面是好几十个呲呲作响的玻璃罐。

杰瑞米把工作台上的盖布扯下来，台面上的水晶玻璃闪闪发光，其中有一些闪得特别奇怪。他昨天就注意到了，其中一些的角度看起来不对劲。杰瑞米现在是很清醒的，他知道每天精确地把两勺药水倒进水槽里。昨天他把一个水晶安装到位之后，那个水晶就消失了，但是很显然它应该是还在原处的，因为杰瑞米能看到它反射出的光芒。

“仄里头的金属还四太多了，先森，”伊戈不太满意，“前一个玻璃钟四弹簧粗现了问题。”

“我们会想办法解决的。”杰瑞米说。

“自滋闪电肯定不如自然闪电好。”伊戈说。

“用于测试一下理论还是可以的。”杰瑞米说。

“测四理论，测四理论，”伊戈低声说，“抱歉，先生，我们伊戈从不‘测四理论’。把它绑在工作台桑，丢一大瓶闪电过去，我们都仄样搞测四。”

“你好像很紧张，伊戈。”

“哦，抱歉，先森，”伊戈说，“我可能四还不四应环境。我比较四应随斯都有打雷闪电的天气。”

“我听说有些人每逢雷电就特别精神。”杰瑞米一边说一边小心检查水晶的边角。

“我替芬克勒斯坦男爵工作的斯候就四仄样。”伊戈说。

杰瑞米后退几步。眼前的作品当然不是钟，还有很多工作尚未完成（但是只要闭上眼睛，他就能看到作品完成的样子）。现在只是个草稿，用来检查思路是否正确。

思路是正确的。杰瑞米知道。

嘀嗒

苏珊穿过完全静止的街道，坐在弗洛特女士的办公室里，然后让自己重回流动的时间之中。

她一直不明白其中的原理。时间不会为了这个世界停下来，也不会为了她停下来——而是她进入了某种时间上的支线环绕部分，周围一切都静止不动，她则可以把自己要做的事情全部做完。这也是一种家族遗传。只要别想太多就会非常有效，和走钢丝的情况类似。但是现在她得想想别的事情。

弗洛特女士从没有老鼠的壁炉架上收回目光。

她说："哎呀，老鼠好像跑了。"

"可能只是反光形成的影子，女士。"苏珊说。她心里却想着：基本上是人类，某个像我一样的人。

"是啊，嗯，当然……"弗洛特女士想把眼镜戴上，但是眼镜的绳子依然缠在扣子上。也就是说她这会儿可能要一直折腾自己的胸口，但是如果她真的要这么做的话就死定了。

苏珊可以让冰川觉得坐立不安。她只需要安安静静坐着，礼貌又警觉地看着对方就可以了。

"具体来说你想要我做什么呢，校长？"苏珊问，"我让学生们做做代数，他们做完之后有点吵。就是这件事吧。"

"代数？"弗洛特女士不得不盯着自己胸口，从来没有人要盯她胸口的，"对七岁的孩子来说太难了！"

"是啊，不过我没提他们也都没发现。"苏珊说，是时候换个话题了，"我记得你是想说说我那封信的事情，校长？"

弗洛特女士有点茫然："什——"

苏珊叹了口气，打了个响指。

她绕过桌子，来到一动不动的弗洛特女士身边打开抽屉，拿出一张纸，然后花了些时间写了封信。等到墨水干了，她把信纸稍微揉了揉，看起来比较旧，然后她把这封信放在弗洛特女士手边的一堆文件下面，特意露出很大一块，让人一眼就能看见。

她回到自己座位上，又打了个响指。

"——么信？"弗洛特女士低头在桌上看了看，"哦。"

苏珊知道这么做太残忍了。弗洛特女士不是坏人，对孩子们也很亲切，不过她时不时的很傻。苏珊没时间应付傻子。

“是的，我希望能请几天假，”苏珊说，“家里有些事情。当然，我给学生们准备好了接下来几天的作业。”

弗洛特女士犹豫了一下。苏珊也没时间让她犹豫，她又打了个响指。

“我的天哪，这可真是太好了，”她用一种直达潜意识的和声说道，“如果不让她放慢进度，我们就没有东西可以继续教孩子了！她在日常教学中创造了奇迹，应该得到奖励才对。”

然后她又坐回自己的座位打了个响指，刚才那些话浮现在弗洛特女士脑海中。她嘴唇动了动。

“当然可以，好的，”她低声说，“你工作努力……另外……另外……”有些事情，就算是用恐怖的声音下达命令也难以办到，让校长花钱就是其中之一，“最近我们会考虑给你加薪。”

苏珊回到教室，这天接下来的时间她继续创造小小的奇迹，包括把丽晨姐头发上的胶水弄下来，清理干净比利鞋子里的尿，带全班去四叉大陆短暂旅游了一趟。

等家长们来接孩子的时候，大家正挥舞着蜡笔绘制的袋鼠图片，苏珊希望家长们千万别注意到他们鞋子上的红色尘土——比利的鞋子上则是红色的泥巴，他对时间的感知没什么进步。总之，他们应该是不会注意到的，除了费吉特俱乐部的成员以外，还有很多成年人都看不到眼前的事实。

现在她背靠椅子坐着。

空荡荡的教室有种令人愉快的特质。所有的老师都会说，最令人愉快的一点就是学生们都不在教室里，尤其是詹森不在。

不过桌子和墙边的架子表明这个学期过得很充实。墙上的图画表明大家观察得认真，配色也认真。班上的学生用纸板做了一个真实大小的白马，在制作过程中他们学到了很多关于马的知识，苏珊发现詹森观察得特别仔细特别精准。她不得不没收了詹森用纸板做的长杆子，并且解释说这匹马特别有礼貌。

这一天太长了。她掀开课桌盖子，拿出《硌棱童话》。几页文件掉出来，接着露出一个黑色金色装饰的小纸盒。

那纸盒是文森特的父母送的礼物。她看着那个纸盒。

每天她都会做这件事，其实有点可笑，倒不是希格斯&米金的巧克力好不好吃的问题。巧克力嘛，就是黄油和糖——

她在盒子里头那些可怜的棕色包装纸里找了一下，拿出一块巧克力。毕竟谁都有可能会想吃一两块巧克力。

她把巧克力放进嘴里。

可恶啊，可恶可恶可恶！是牛轧糖夹心巧克力！她的每日一颗巧克力今天偏偏遇上了一颗可恨的粉白相间的、又黏又软的、愚蠢的牛轧糖夹心！

好吧，这一颗绝对不能算[1]，她可以再拿一颗——

她作为教师的那一部分似乎在后脑勺上也长着眼睛，她忽然看到一团模糊的东西动了动，于是转过身。

“不准拿着镰刀跑！”

鼠之死神在自然课试验台上停下脚步，很惭愧地看着她。

吱吱？

“不准跑到文具柜里去。”苏珊下意识地说。她“砰”的一声关上桌子盖板。

吱吱！

1　没错，你不想吃的巧克力就不算巧克力。这个结论来自厨房物理学的分支。同理，边走边吃的食物没有卡路里。

“你想了，我听见你想了。”对付鼠之死神的办法就是把它当作一个小号的詹森。

文具柜啊！那可是班上的重要战场之一，另一个重要战场是游戏室。不过游戏室的主导权通常可以自然而然地分配好，不需要苏珊去调停，所以她主要负责准备药膏、擦鼻涕的纸以及给失败者的一点同情心。但文具柜那次却是一场消耗战。涉及好几罐粉末涂料、好多张纸、好几盒蜡笔以及很多特殊材料，比如给比利换洗的内裤（比利真的尽力了）。还有剪刀，按照班级规定，剪刀属于毁灭性武器，当然，还损失了好几盒星星。唯一被准许打开文具柜的人是苏珊，另外还有文森特。尽管苏珊想尽办法，除了欺诈手段以外什么办法都用尽了，文森特依然是班上公认的“十项全能”，每天都能得到大家梦寐以求的奖励，奖励的具体内容是：打开文具柜拿铅笔发给大家。对班上其他人来说，尤其是对詹森来说，无论何时文具柜都是一个神秘王国。

苏珊觉得吧，只要你学会了守护文具柜的技巧，同时还能骗得过詹森，还能让班上的宠物活过一个学期，你就是大半个老师了，真的。

她填写了签到表，给窗台上那些可怜巴巴的植物浇了水，又去摘了点新鲜的水蜡树叶子给竹节虫吃，这些竹节虫是在仓鼠亨利死后养的（之所以养竹节虫是因为它们死了也不大看得出），收拾完蜡笔，又看了看教室里那些小椅子。她了解的人都只有一米高，这点有时候让她很担忧。

每次遇到这种涉及“规则”的情况，她都不知道能不能信任自己的外公。死神不能干涉“规则”，但是他知道苏珊的弱点，每次都能想办法鼓动她，让她出去跑腿……

某个像我一样的人。他知道怎么吊她的胃口。

某个像我一样的人。突然世界上就有一座危险的钟。突然世界上就有个像我一样的人。

某个像我一样的人。但是又不完全像，至少我知道我父母是谁。但是她现在却在听死神说，有个高个子黑皮肤的女人，在一座没有尽头的玻璃城堡里游荡，从一个房间走到另一个房间，为她那个虽然能每天看到但却无法触摸的孩子哭泣不止……

等等，这是从哪儿开始的？

嘀嗒

洛布桑学到了很多东西。他学到了，每个房间至少有四个角。他还学到了，每天天亮到能看清灰尘的时候，清洁工就开始工作，然后一直工作到日落。作为师父，卢泽很和蔼。他会时刻指出洛布桑没做好的地方。

在最初几天生气、被以前的同学嘲笑之后，洛布桑觉得清洁工作也很有乐趣。日子就这样一天天在扫帚下面过去……

……直到有一天，他脑海中传来一个响亮的咔嚓声，他忽然觉得自己扫够了。入门阶段结束了，他梦游似的找到卢泽，把刷子丢到阳台另一边去。

“清洁工？”

“什么事，孩子？”

“你想告诉我什么？”

“抱歉，你说什么？”

“我不想成为……清洁工！你是卢泽！我希望成为……成为英雄的徒弟！”

“是吗？”卢泽挠挠胡子，“老天，要命啊。我知道是怎么回事了。你早说啊，你为什么不说呢？我其实已经不做那些事了。”

“不做了？”

“扰乱历史、到处乱跑、让人不安……那些事情都不做了。说实话，我一直不确定自己该不该做那些事。打扫卫生对我来说就足够了。干净整洁的地板才是真实的。”

“这是测试，对不对？”洛布桑冷淡地回答。

“是啊。”

“我的意思是，我知道这是怎么回事。师父让弟子做各种杂务，然后弟子其实从中学到很多有价值的东西……但我觉得自己什么都没学到，真的，我只知道人都很脏乱，而且都很轻率。”

“懂得这点也不坏，”卢泽说，“经文里不是写了吗？‘努力工作总没坏处’。”

“写在哪里的啊，卢泽？”洛布桑已经生气了。

清洁工忽然精神起来。“啊，这孩子好像真的准备好要学点东西了，”他说，“你是不是不想走清洁工之道，而是想走科兹莫皮利特太太之道？”

“谁？”

“我们要好好打扫一下。去花园里吧，毕竟经文里没说‘呼吸新鲜空气对身体好’。”

“说了吗？”洛布桑十分疑惑。

卢泽从衣服兜里掏出一个破破烂烂的笔记本。

“写在这儿呢，”他说，“我该记得才对。”

嘀嗒

卢泽耐心调整小镜子的角度，让阳光充分照在某一个盆景小山上。他自己小声哼哼着。

洛布桑盘腿坐在石头上，认真看着那个老旧笔记本里发黄的页面，上头已经褪色的墨迹写着“科兹莫皮利特太太之道”。

“怎么样？”卢泽问。

“这个道就有一切的答案吗？”

“是的。”

“那……”洛布桑朝那个微微冒着烟的小火山点点头，“那是怎么做到的？它是放在一个盘子上的啊！”

卢泽看着前面，嘴唇动了动。“我记得应该是在第七十六页。”他说。

洛布桑翻到那一页读道：“‘因为’。”

“好答案。”卢泽用驼毛刷子轻轻刷了刷一小块悬崖。

“就只有‘因为’？清洁工，因为什么呢？”

“因为什么？山能有什么原因啊？等你长大了就会知道，绝大部分的回答最终都可以精简为‘因为’二字。”

洛布桑没说话。《道之书》让他很不解。他想说的是：卢泽，这里头只写了一些老太太说过的话。全世界老太太都会说这些话。“挑食没有好下场”“全吃完，头发才会卷”“耐心等待总能成事”这些算是什么公案？这都是圣猪节的拉炮里头写的话！

“是吗？”卢泽还在专心照顾他的山。

“我什么都没说。”

“哼。你说了。你想念安卡-摩波吗？”

“想啊。我在那儿的时候不用扫地。”

“你是个好盗贼吗？”

“我是个好得不得了的盗贼。”

一阵樱花香味的风吹过来，卢泽心想，哪怕能摘一次樱桃也好啊。

“我去过安卡-摩波，”他说着站起来去照顾下一座山，“你见过我们这里的游客吗？”

“见过，”洛布桑说，“大家都笑话他们。”

“真的吗？”卢泽挑起眉毛，“他们跋涉了数千里来寻求真理啊。”

“文不是说过吗？如果真理有可能出现在任何地方，就等于到处都有真理了。”洛布桑说。

“说得对。你确实学到了一些东西。但是我于某日忽然想到，每个人都会认定，只有在走过漫长道路之后才能找到智慧，所以我去了安卡-摩波。别人都是从安卡-摩波来的，所以我去也是理所应当。”

“你去寻求启示吗？”

“不。智者从不寻求启示，智者等待启示。所以我在等待启示的同时，忽然觉得去寻找混乱说不定更有趣，”卢泽说，“毕竟，混乱结束启示就会到来。所以我发现了混乱，也得到了某种启示。比如说，我刚到安卡-摩波不到五分钟，小巷子里就有几个人启发我意识到自己一无所有，这让我充分理解到了物质有多么可笑。”

“为什么偏要去安卡-摩波呢？”洛布桑说。

“看那本书后面。”卢泽说。

有一条几乎发脆的黄颜色纸条卷在那里。洛布桑打开纸条。

“哦，是年鉴，”他说，“那里很流行这个。”

“是的。一个寻找智慧的人落在寺庙里的。”

“呃……这一页就只是月相。”

“背面。”清洁工说。

洛布桑把那页纸翻过来。“只是安卡-摩波商贸行会的广告。‘安卡-摩波无所不有！’”他看着面带微笑的卢泽，“你以为——”

“啊，我老了，头脑简单，但还明白事理，”清洁工说，“而你还年轻，想得很多。文难道不是从稀粥的漩涡和鸟群飞行轨迹里看出了预兆吗？这是有记录的。鸟群飞行的轨迹当然很复杂，但是经文就是这么说的。在经过了一生努力寻找之后，我终于发现了道的起点。我的道。”

“你大老远地去安卡-摩波……”洛布桑有气无力地说。

“我到奎尔姆街的时候，头脑冷静，身无分文，”清洁工回忆往事不禁微笑起来，“我看到窗户上挂了个牌子写着‘房屋出租’，就这样我遇到了科兹莫皮利特太太。我敲了门，她出来开门，我有些犹豫，因为不知道该说什么语言，她说：‘我可没时间等你发呆。’这话几乎和文的箴言一模一样！我立刻知道自己找到了要追求的东西！那段时间，我以每天两便士的价格在一家食堂洗碗，还可以把剩菜带走，晚上的时候我就帮科兹莫皮利特太太收拾房间，认真听她说话。她天生就是个清洁工，行动充满节奏感，有着无穷无尽的智慧。头两天，她对我说了不少文说过的，关于时间本质的箴言！后来我要求减少房租，因为我根本没睡在床上，她说：‘泽先生，我可不是昨天才出生的小孩！’太惊人了！她怎么可能读过《圣书》呢！”

洛布桑管好自己的表情认认真真地问道：“‘我可不是昨天才出生的小孩’？”

“对，你这样的新人可能理解不了，”卢泽说，“当时文在一个山洞里睡着了，他梦见时间出现在他面前，向他展示了宇宙是怎样一秒一秒建立起来的，一切没有止境，过去只是记忆。他从山洞里走出来，以全新的眼光看待世界，并说：‘我可不是昨天才出生的！’”

“是啊，”洛布桑回答，“但是——”

“科兹莫皮利特太太，”卢泽简直要热泪盈眶了，“这样一个女人来打理家务多好啊！如果她是寺庙里的清洁工，任何人都不可能在地板上走路！她的房子！多美好啊！简直是个宫殿！每两周换一次床单！至于食物！尝了她做的烤豆子抹吐司面包，足以让人放弃宇宙的一个轮回。”

洛布桑说：“呃……”

“我住了三个月，做学徒的工作，替她打扫房间，然后我回到寺里，我的道已经清晰地出现在眼前了。”

“那，嗯，那些关于你的事迹呢？”

“绝大部分都是真的。有点夸张，但基本属实。”

“蒙塔布大本营和帕西和鱼骨头那件事呢？”

“是真的。”

“那个地方有六七个训练有素而且全副武装的卫兵把守，你是怎么——”

“我是个拿着扫帚的矮个子，”卢泽简单地说，“每个人都有需要打扫的地方。拿扫帚的人进去了也不会有坏处。”

“什么？就是这样？”

“真的，剩下的事情就是做饭。那位帕西不是个好人，不过他特别爱吃鱼肉派。”

“你没动武？”洛布桑问。

“尽量不要动武。历史需要的是牧羊人而不是屠夫。”

“你知道‘好的好的’吗？”

“流行双脚跳的地方。”

“香蕈那个地方呢？”

“要是我想把手伸进热沙子里，还是去海滩比较好。”

“乌普西达兹呢？”

“浪费了上好的砖头。”

“你没去过坎多？”

“坎多是你瞎编的。”

“通-皮？”

“插花特别丑。”

“德加-甫？”

这个问题带来不一样的回应，卢泽挑起眉毛。

“德加-甫？[1]你听过那个传闻了对吧？哈！这里的和尚都不知道德加-甫，”卢泽说，“如果他们知道，我也会马上知道。听好了，孩子，暴力只能带来更多暴力。绝大部分紧要关头有一把扫帚就足够了。”

“绝大部分？”洛布桑尽量说得非常讽刺。

“哦，我明白你的意思。你想在道场和我打一架？确实有这么一条老规矩：弟子打败师父的话，师父就必须知无不言，因为师徒关系就到此为止了。你想知道吗？”

“啊！我就知道你还有事情没说！”

卢泽站起来。“为什么是你？”他说，“为什么是此时此地？‘万事万物都有时间地点。’但为什么是此时此地？如果我带你去道场，你就必须把之前偷的东西还给我！马上！”

他低头看了看那张制作小山用的柚木桌子。

铲子就放在桌上。

几片樱花的花瓣落在地上。

“我明白了，”他说，“你动作居然这么快吗？我没看见你。”

洛布桑没说话。

“这是个不值钱的小东西，”卢泽说，“你拿它做什么？”

“就想看看自己能不能拿到。我觉得无聊。”

“啊。那我们想想能不能给你找点更有趣的事情。你都能把时间切分成那样了，也难怪会觉得无聊。”

1　原文为Déjà-fu，法语，意为似曾相识，即既视感。既视感是一种生理现象，指没有经历过的事情或场景仿佛在某时某地经历过的似曾相识之感。——编者注

卢泽把小铲子在手里翻过来翻过去。

“非常快。”他说，他俯身将落在小冰川上的花瓣吹走，“你切分时间的速度和第十德基姆的水平一样快。但是你没受过训练。你肯定是个特别厉害的盗贼。现在……啊，我的天，我得去道场跟你对决……”

洛布桑说：“不，不用了！”他觉得卢泽看起来有些胆怯，还很惭愧，而且不知为何整个人抖抖索索的，显得更矮小了。

“一定要去，”那老头说，“我们现在就做个了断。经文里写了，‘当下是最好的时机’，科兹莫皮利特太太对这一点的理解尤其深刻。”他叹了口气，看着文的巨大雕像。

“看看他，”卢泽说，“他是个孩子对吧？被整个宇宙祝福着。以一个活生生的人的身份看过了过去和未来，写下了《历史之书》，告诉我们事件的走向。我们想象不出那双眼睛到底看到了什么。他一生中没有和任何人动过手。”

“那个，我不是真的要——”

“你看过别的雕像吗？”卢泽好像突然忘了道场的事。

洛布桑顺着他的目光漫不经心地看过去。环绕整个花园的石头高台上排列着数百个小雕像，大部分雕像都是木头制成的，涂了极为显眼的颜色。有些雕像的眼睛、腿和尾巴比牙齿还要多，有些怪异的雕像像是融合了鱼、章鱼、老虎和防风草根，仿佛宇宙的造物主随便从装零件的箱子里拿了几样东西拼起来。还有些涂着粉色、橙色、紫色、金色的雕像俯瞰山谷。

“啊，是德朗——”

“恶魔？德朗也是恶魔的意思，”清洁工说，“住持把它们叫作思想的敌人。文写过一卷关于它们的经文，你知道。他说那一个最可怕。”

卢泽指向一个戴兜帽的灰色雕像，在一大堆夸张的胳膊和腿之间显得很特殊。

“它看起来不吓人，”洛布桑说，“清洁工，我不想——”

“看起来不危险的事情往往会变得非常危险，”卢泽说，“看起来不危险正是它们的可怕之处。经文中写了‘不可以貌取人’。”

“卢泽，我真的不想和你打斗——”

“你的导师会教你武术的规则，然后你就能切分时间了，就目前来说确实是这样的，”卢泽显然没听他说话，“不过清扫也能教你切分时间，也许你已经发现了。文说过，要找准最佳时机。但大家都把最佳时机用来踢人后脑勺了。”

“但我不是要挑战你。我只是希望你告诉我——”

“我会告诉你的。来。我曾经做了个交易，所以必须守信，我这个傻老头啊。”

离他们最近的一个道场就是第十德基姆的道场。只有两个僧人在里头，他们在垫子上翻滚蹦跳，将时间裹在自己周围。

洛布桑知道卢泽说得没错。时间是一种资源，你可以学着让它加速或者减速，这样僧人就能轻松快速地穿过人群，而旁人却看不见他。或者也能安静地站立几秒钟，凝望太阳和月亮彼此追逐着跑过忽明忽暗的天空。他能在一分钟的时间内冥想一整天。在这个山谷里，一天的时间持续到了永远。花永远结不出樱桃。

卢泽朝那两个身影模糊的僧人鞠躬，他们慢了下来。

“我需要暂时借用一下这个道场，我的徒弟想让我知道老年的荒唐之处。”他说。

“我真的不是——”洛布桑想辩解，但是卢泽拿胳膊肘捅了捅他的肋骨。那两个僧人紧张地看着卢泽。

“请用吧，卢泽。”其中一个说。于是两人迅速离开了，他们回头看的时候差点绊倒。

“我们在此教授的是时间及如何控制时间，”卢泽看着他们离开，“武术只是辅助，仅此而已，至少本意如此。即使是在外面的世界，只要是受过良好训练的人也会发现时间是很有延展性的。在这里，时间的延展性是基础。将时间压缩、拉伸，将某一时刻停留住，把对手揍到吐血吐肺只是一个愚蠢的副产物。”

卢泽从架子上拿起一把皮卡剑递给惊呆了的洛布桑。

“你之前见过这个吧？学徒不准用，但是你可以试试。”

“好的，清洁工，但是——”

“你知道怎么用吗？”

“我会用练习的剑，但那种剑是——”

“那好，攻击我。”

他们头上传来唰唰唰的声音。洛布桑一抬头，发现是僧人们都到道场的见习区围观了。有些甚至是很高级别的僧人。在这么小的一个世界里，什么消息都传得很快。

“规则二，”卢泽说，“不要拒绝武器。”他后退几步，“支配你自己的时间。”

洛布桑疑惑地挥了挥那把弯曲的剑。

“如何？”卢泽问。

“我不能——”

“这里是不是第十德基姆的道场？”卢泽说，“请原谅，我认为是的。所以这里没有规则，对不对？可以使用任何武器，采取任何策略……没有禁忌。你明白了吗？你傻吗？”

“但不能因为有人让我杀了他，我就真的去杀了他。”

“为什么不能？因为不礼貌吗？”

“但是——”

“你拿着一把致命的武器！你的对手手无寸铁而且愿意投降！你怕了吗？”

“是的！是的，我害怕！”

“好。这就是第三条规则，”卢泽平静地说，“你已经学到这么多了。我让你笑不出来了吧？好，把剑放回架子上，拿——拿达卡棍吧。棍子顶多打出几块淤青。”

“我觉得你还是穿上防具比较好——”

“你擅长用棍子，对吧？”

“我速度很快。”

“要是你现在不动手，我就会夺下棍子打你的头，”卢泽保持着距离，“准备好了吗？我曾听说，进攻是最好的防守。”

洛布桑举着棍子犹豫地行了个礼。

当洛布桑朝卢泽跑去的时候，他合起双手闭上眼睛暗自微笑。

洛布桑再次举起棍子。

他犹豫了。

卢泽在笑。

规则二、规则三……规则一呢？要始终牢记规则一……

“卢泽！”

住持的首席侍僧气喘吁吁地跑到道场门口，急切地挥着手。

卢泽睁开一只眼睛，然后再睁开另一只眼睛，他朝洛布桑使了个眼色。

“好险啊，是不是？”他说着转向那位侍僧，“怎么了？你累坏了啊。”

“你马上过来一趟！所有僧人准备外出！去曼陀罗大厅！赶快！”

围观的僧人们推推搡搡嘈杂地离开了。

“太意外了。”卢泽说着从洛布桑手中接过棍子放回架子上。大家迅速离开道场。假沙恩的锣响个不停。

最后一个僧人也快步离开了，洛布桑问：“发生什么事了？”

“很快就会知道了。”卢泽开始卷烟卷。

“我们是不是也要赶紧走？大家都走了！”凉鞋的声音渐渐远去。

“没有任何东西着火，”卢泽冷静地说，“再说，如果我们等一下，等大家安静了再出去，说不定他们就能理智地采取行动了。我们走钟表小道吧。每天这个时候，路上的装饰就显得特别好看。”

“但是……但是……”

“经文里写了，‘学跑之前必须先学会走’。”卢泽说着扛起扫帚。

“又是科兹莫皮利特太太说的？”

“她是个了不起的女人，打扫卫生的气势堪比饿鬼。”

钟表小道从寺庙大殿延伸出来，上行穿过露台花园，然后并入比较宽的一条路，进入悬崖内的隧道。新来的侍僧总是问这条路为什么叫钟表小道，路上并没有任何钟表。

越来越多的锣开始咣咣响，不过周围的植物阻挡了大部分锣声。洛布桑听见主路上有人跑动。下面的蜂鸟没受到任何惊扰，依然在花丛中飞舞。

卢泽走在前头忽然说：“也不知道是几点了。”

一切事物都是测试。洛布桑看了一眼花圃。

“九点一刻。”他说。

“哦？你是怎么知道的？”

洛布桑回答：“因为平原金盏花开了，红匍雪草也开了，紫旋花谢了，黄花婆罗门参谢了。”

“你自己看懂了花时钟？”

“是的，花时钟很好懂。”

"是吗？白睡莲开花是几点？"

"早上六点。"

"你去看了？"

"是的。这个花园是由你打理的，对吗？"

"我……稍微关注了一下。"

"真的很美。"

"在具体时间上还不是很精确。这里少有夜间开花的植物。它们开花都是为了吸引蛾子——"

"时间就希望被这样计量。"洛布桑说。

"真的吗？我当然不懂，"卢泽掐灭了烟头别在耳朵后面，"好吧，我们接着走。这会儿大家应该不会再为意见不同而争吵了。我们再去一次曼陀罗大厅，你觉得怎么样？"

"我觉得还行，我……我都忘了。"

"真的吗？你之前也没见过。不过时间经常捉弄我们。我曾经有一次——"卢泽忽然不说了，他直盯着眼前的学徒。

"你还好吗？"他问，"你脸色苍白啊。"

洛布桑做个鬼脸摇摇头。

"感觉……有点奇怪。"他说。他朝着低的方向无力地挥挥手，那边地平线上出现一片蓝灰色的图案。"那里有东西……"

玻璃钟。巨大的玻璃房子，玻璃钟就在它本不该出现的地方。那玻璃钟几乎不可见：它仅仅是空气中几组闪光的线条，仿佛一个并不存在的平面上反射出闪耀的光芒。那里每一件东西都是透明的——精美的桌椅、花瓶无一例外。接着洛布桑意识到，那些东西其实不能叫作玻璃。也许该叫作水晶才对，或者应该算是冰——偶尔在严重的霜冻天气之后能见到的那种毫无瑕疵的薄冰。每一件东西都仅有轮廓隐约可见。

透过远处的墙壁，他可以看到楼梯。那座玻璃房子朝着上下左右各方向永远地延伸着。

但是它看起来很眼熟，仿佛是家的感觉。

玻璃屋里弥漫着一个声音。那声音调子很尖锐，仿佛湿手指在摩擦酒杯边缘。里面还有东西在动——在那透明的墙后面，有一些雾一样的飘忽不定的影子……在看着他……

“怎么可能出现在那里？你说奇怪是什么意思？”卢泽的声音飘过来。

洛布桑眨眨眼睛。这地方很奇怪，就是现在眼前这个地方，这个僵硬死板的地方……

接着那种感觉就消失了。

“就是奇怪，已经没事了。”他低声说。他脸上湿乎乎的，伸手一摸全是泪水。

“肯定是他们放在茶里的臭牦牛黄油不好，我说过好多次了，”卢泽说，“科兹莫皮利特太太从来不——啊，这就奇怪了。”他抬起头。

“什么？什么？”洛布桑茫然地看了看自己湿乎乎的手指头，接着又抬头看看万里无云的天空。

“有一个延时器超速了，”卢泽换了个位置，“你能感觉到吗？”

“我什么都听不见！”洛布桑说。

“不用听，要感受。透过你的凉鞋传上来的感受。啊，又来一个……又一个。你感觉不到吗？那一个是……六十六号，它们一直不能准确平衡。过不了一分钟我们就能听见了……哎呀，看看那些花，快看那些花！”

洛布桑转身。

冰叶花开了。苦苣菜花谢了。

“时间泄漏，”卢泽说，“注意听！你能听见了吧？他们在随机倾倒时间！快来！”

根据永恒惊诧者·文所著的《第二书卷》，文是在一棵瓦姆瓦姆树的树干上造出了第一个延时器，他在树干上刻了一些符号，又装上一个黄铜锭子，然后把徒弟土泊叫来。

“啊，这个真不错啊，师父，”土泊说，“这是转经筒吗？”

“不是。这跟转经筒完全不同，也没那么复杂，”文说，“它只能储存或者挪动时间。”

“这么简单？”

“现在我要试试。”文说着自己把那个延时器转了半圈。

“啊，这个真不错啊，师父，”土泊说，“这是转经筒吗？”[1]

“不是。这跟转经筒完全不同，也没那么复杂，”文说，“它只能储存或者挪动时间。”

“这么简单？”

“现在我要试试。”文说着，这次转了少半圈。

“这么简单？”

“现在我要试试。”文说。这一次他把那个延时器轻轻地来回旋转。

“这么么么么这么简简简简、简单？”土泊说。

“现在我要试试。”文说。

“有效吗，师父？”

“有效，”文站起来，“把你用来背柴火的绳子给我。还有……把你昨天砍的樱桃树给我一截。”

他把那根旧绳子绑在圆柱形的延时器上，然后把那截木头扔到一

1　此处转动了延时器，时间发生了改变，所以出现了重复对话。——编者注

坨泥巴上。土泊跳到一旁躲避。

“看到那些山了吗？”文拉紧绳子。延时器转了几下保持住了平衡，发出轻微的嗡嗡声。

“看见了，师父。”土泊很恭顺地说。这里除了山根本没别的东西，有时候山太多了反而看不见，因为山都互相挡住了。

“石头需要多少时间？”文说，“大海需要多少时间？我们都拿走吧——”他将左手放在那个旋转的东西上，“搬到需要的地方去。”

文低头看了看那块樱桃树上的木头，嘴唇无声地嚅动，仿佛在思考某个复杂的难题。然后他右手指向那块木头。

“后退。”他说着用一根手指轻轻碰了碰那个延时器。

周围一片安静，只有延时器移动时空气发出的噼啪声，还有泥土里冒出蒸汽的咝咝声。

文看了看那棵新的树，微笑起来：“我刚才叫你后退了。”

“我，呃，我还是下来吧，好吗？”土泊在开满花的树枝上说。

“要小心。”文叹了口气，土泊随着一阵花瓣摔了下来。

“这里将永远盛开着樱桃花。”他说。

卢泽拉起袍子沿着小路跑过去。洛布桑跟在他身后。岩石之间传来一阵尖锐的哭号。鲤鱼池里涌起奇形怪状的浪花，清洁工在鲤鱼池边滑了一跤，但他爬起来沿着溪流边的小路继续跑。朱鹭飞起来——

卢泽停下脚步，直挺挺地躺在石板路上。

“趴下！”

洛布桑已经冲到前头去了。他听见有什么东西凄厉地叫着从自己头上飞过。他回头一看，看到最后一只朱鹭在空中挣扎，它不断缩小，羽毛不断落下，周身笼罩在淡蓝的光芒中。它大叫一声，然后“噗”的一声消失了。

但不是彻底消失。一个蛋沿朱鹭的飞行轨迹飞了几秒，落在石头上打碎了。

“随机时间！快过来，过来！”卢泽一边喊一边站起来，朝他们前方悬崖上一处装饰用的栅栏跑去，接着他以惊人的力量将栅栏从悬崖边掀开。

“我们现在要往下滑一段，你蜷成一团就没问题了。”他说着钻进洞里。

“这是要去哪里？”

“当然是去延时器所在的地方！”

“新进侍僧都不能靠近延时器，违令者死！”

“那只是巧合，”卢泽尽可能趴下，手指触地，“因为你要是在那里就肯定会死。”

他朝黑暗深处滑去。片刻后，一阵毫无智慧可言的咒骂声从洞里传出。

洛布桑也爬了进去，他用手指摸索着，很快就滚下去，接着就掉在地上了。

“干得好，”卢泽在阴暗中说，“如果遇到疑问，就选择活下去。这边走！”

那条通道通往一条宽阔的走廊。可以听见断断续续的噪声。这里的某种机械快要散架了。

随后传来爆炸般的“咔嚓”声，片刻之后又是一阵含含糊糊的声音。

好几十个僧人头戴厚厚的软木帽子，身穿传统样式的僧袍从拐弯处跑来。其中绝大部分人都在大喊大叫，比较聪明的几个人节省着力气赶紧跑。卢泽抓住其中一个人，那人奋力挣扎。

“放开我！”

“发生什么事了？”

“在人跑完之前出去就行了！”

那个僧人挣脱之后赶紧追上其他人。

卢泽弯下腰，捡起一顶软木僧帽，严肃地递给洛布桑。

“工作的时候安全第一，健康第一。”他说。

“这帽子能保护我？”洛布桑戴上帽子。

“其实不能。不过你戴了帽子的话，等别人找到你的头，就能认出来是谁。我们到大厅里头之后，你什么都不要碰。”

洛布桑原以为那个大厅会是一个有着拱顶的大型复杂建筑。因为大家说起延时器大厅的感觉好像是巨大的教堂。但是现在走到走廊尽头，洛布桑看到的是一片蓝色的烟雾。等他眼睛习惯了看烟雾弥漫的昏暗环境后，他看清了近旁的一个圆柱体。

那是一个矮胖的石柱，六码高三码宽。它转得非常快，看起来如同一团阴影，柱子周围的空气闪耀着细碎的银蓝色光芒。

“看见没？它们倒出来了！这边！快点！”

洛布桑快步跟在卢泽后面，他看到这里有几百——不，几千个圆柱，有一些几乎高至山洞顶部。

这里还有一些僧人，他们从井里打来一桶桶的水，水泼到圆柱体冒烟的石头底座上就变成了蒸汽。

“蠢货。”清洁工低声说。他双手拢在嘴边喊道：“负责人在哪里？”

洛布桑指着大厅墙上一个木质平台的边缘。

那里有一顶腐烂的软木僧帽，还有一双古旧的凉鞋。凉鞋和僧帽之间有一堆灰色的灰。

“可怜的人，”卢泽说，“我估计他瞬间承受了五万年的时间。”他又看了看那群忙忙碌碌的僧人。“你们停一下到这里来！我不会说两次！”

其中几个人擦擦眼角的汗水来到木平台旁边，他们很庆幸还有人发号施令，此时延时器还在尖叫。

人群聚集过来之后，卢泽说：“好！听我说！这是一次瀑布涌流！你们肯定都听说过！我们能处理！我们只需要连线过去和未来，首先连线最快速的部分——”

“可怜的绍布朗先生已经试过了。”一个僧人朝那堆悲惨的灰烬点点头。

“那我需要两组人——”卢泽停了一下，“不，我们没有时间了！我们就按平时的方法，常规操作！一个人控制一个转轴，我给出口令就用力敲杆子！我数一二三准备好！”

卢泽爬到平台上，看到一个放满木头线轴的板子，红蓝两色的光芒飘浮其上。

“太乱了，”他说，“太乱了。”

“这是什么意思？”洛布桑问。

卢泽伸手指了指那堆线轴解释道：“红色是将时间输出，让它加速；蓝色是将时间输入，让它减速。颜色越亮说明时间越快。但是现在它们都不受控制了，因为刚才的涌流将连线切断了，你明白了吗？”

“把它和什么切断了？”

“和负载切断了。和整个世界切断了。看到那里没有？”卢泽朝靠在山洞壁上的两排长架子挥挥手。每一个架子上都有一排旋转的百叶，一排是蓝色，一排是深红色。

“百叶的颜色越深，代表聚集或者释放了越多的时间？”

“真聪明！所以必须保持平衡！我们将转轴两两匹配起来，这样其中一个聚集时间另一个就释放时间。它们可以相互抵消。可怜的绍布朗是想让它们恢复正常工作。但是在瀑布涌流之中是做不到的。你必须等涌流完全落下，然后等它平静之后再捡起其中的碎片。”他看了看那些线轴，又看了看忙忙碌碌的僧人们，“好。你……128连17，然后45连89。你去吧。你……596，嗯，我看看……596连402……”

“790！”洛布桑指着一个线轴大喊。

“你说什么？”

“790！”

“别慌，还在继续释放时间呢，孩子。这里是402，不会有问题。”

“790要再次开始聚集了——”

“它还是亮蓝色。”

“马上就要开始聚集了。我知道。因为，”——这孩子犹豫地指着其中一个线轴，然后又指着板子另一边的一个线轴——“因为它的速度和这个一样。”

卢泽看了看。“经文里写着，‘我会一直走到阶梯尽头！’这是正常的转向。”他朝洛布桑皱皱眉头，“你莫非是某人的化身吗？这里经常发生类似的事情。”

“我不是。但是……这个很明显。”

“刚才你还什么都不懂！”

“对，对，但是你看这些东西……太明显了啊。”

“是吗？是吗？好吧，那你来看着这个板子吧，神童！”卢泽后退几步。

“我来？但是我——”

“去好好看着！这是命令！”

洛布桑身边闪出一道蓝色的光。卢泽不禁好奇这一秒钟之内他在周身聚集了多少时间，显然是有足够的时间去思考。

然后男孩给出几组数字。卢泽转身对僧人们说：“赶紧动起来，孩子们！洛布桑负责管理板子了！你们看好那些轴承！”

“他只是个新来的侍僧——”其中一个僧人说，但是他瞄见卢泽的表情，就立刻改口了，“好的，清洁工……遵命……”

很快传来了条线到位的声音。洛布桑又给出一组数字。

僧人们前前后后忙成一团，卢泽看着离自己最近的一个柱子。它依然转得很快，但是他却能看清上面雕刻的纹路。

洛布桑又看了看那块板子，接着又看着那些嗡嗡作响的圆柱体，然后又去看那一排排的百叶窗。

卢泽知道，经文里没有写到这种情况。尽管大家都有尝试，但是你不可能在课堂上教这些。一个优秀的转子控制员要通过实际操作来积累经验、验证他们教过的一切理论。他知道如何感受时间流动，将一排排的延时器视为时间的水槽和喷泉。绍布朗老头以前就很有经验，他可以把课堂上学生们浪费掉的几个小时全部抽离出来，然后神不知鬼不觉地放到几千里之外忙碌的工厂里，整个过程学生们根本察觉不到。

他会用苹果变戏法来吸引学徒们。他把苹果放在学徒们旁边的柱子上，然后将某个小柱体上的时间转移到苹果上。苹果会迅速长成一丛细长的小树，接着就化为灰土了。他就对大家说：你操作失误就会变得像这个苹果一样。

卢泽匆忙走过，他看了一眼腐朽的僧帽下面那堆灰色的尘土。也许这就是绍布朗想要的结局——

石头传来一阵痛苦的摩擦声，他抬起头。

“给轴承上油，你们这些懒鬼！”他一边喊着一边从延时器中间跑过去，“注意栏杆！不要摸到齿条！我们现在进展顺利！”

他边跑边注意看着那些柱子。它们现在不再是胡乱旋转了，它们现在转得整齐有序。

“你做得不错，孩子！”他朝平台上面的洛布桑喊道。

“还行，但是我不能保持平衡！有太多的时间聚集起来，却没地方存放！”

“有多少？”

“四十年！”

卢泽看着那些百叶。四十年其实还好，但是真的——？

“有多少？”他说。

“四十！抱歉，没地方存放！”

“没关系！直接拿走！减轻负担！我们随时都可以放回去。倒掉！”

“倒到哪里？”

“找个大海沟！”清洁工指着墙上那幅粗糙的世界地图，“你知不知道怎样——你知不知道怎么让它朝正确的方向旋转？”

空气中又一阵蓝色。

“知道！我大概知道！”

“好，我就知道你行！进入你自己的时间！”卢泽摇头。四十年？他会担心四十年？四十年真的无关紧要！那些学徒迄今为止已经扔掉了五万年的时间了。海有一个好处，它永远又大又湿。也许有些渔夫会捞起来一些长胡须的怪鱼，一些此前只发现过化石的怪鱼，但是谁会关心鳕鱼的遭遇呢？

声音发生了变化。

“你在干什么？”

“我在422号位置发现了一些空间！可以放下四十年！不能浪费时间！我现在就把它放回去！”

声音又变了一些。

“好了！我已经弄好了！”

一些大圆柱已经明显减速了。洛布桑正飞快地挪动板子上的木桩，卢泽十分疑惑，根本看不明白。在他们上方，那些百叶一片接一片地关闭起来，每一片都呈现出一种年深日久的木器色彩。

没有人能做到这么精确，没有的吧？

“你现在精确到月了，孩子，月！”他喊道，“坚持下去！啊，天哪，你现在精确到天了……天！看着我！”

清洁工跑到大厅另一头，那边的延时器比较小，那边的时间在白垩石、木头和其他不怎么持久的材料制成的圆柱上进行微调。他惊讶地发现，其中一些也慢了下来。

他沿着一排几尺高的橡木圆柱跑过去。那些在小时和分钟层面上调整时间的延时器也在减速。

周围有种尖锐的声音。

他身边那一排咔嚓作响的柱子末尾，最后一个小白垩石圆柱像陀螺一样转着。

卢泽走过去认真看着那个柱子，他抬起一只手。除了轴承冷却时发出的叮当声以外，现在周围只剩下嘎吱嘎吱的声音了。

“差不多了，”他大声说，“现在慢下来……等待，等……到……”

那个白垩石的延时器大概只有一卷棉线那么大，它旋转减速……停了下来。

架子上的最后两片百叶也关闭了。

卢泽的手放下来。

“好！让板子停止工作！不要碰任何东西！”

大厅里一时间一片死寂。

僧侣们屏息凝气地看着。

这是没有时间的一刻，是完美的平衡。

嘀嗒

这没有时间的一刻在绍布朗先生的鬼魂看来仿佛是隔着一层薄纱一样模模糊糊的情景。“不可能！你看见了吗？”

看见什么？他身后一个黑色的身影说。

绍布朗转身。“哦，”随后他十分确定地说，“你是死神，对吧？”

是的。很抱歉我迟到了。

这位生前名叫绍布朗的鬼魂看着下面那堆灰，那是他此前六百年世俗生活的留念。

“我也一样。”他说着用胳膊肘戳了死神一下。

你说什么？

“我说，‘对不起，我迟到了。’砰砰。”

抱歉，你说什么？

“呃，就是说……对不起，我迟到了。就是……死太晚了？”

死神点头。**哦，我知道了。主要是没明白“砰砰”。**

“哦，砰砰是为了表明我在开玩笑。”绍布朗说。

啊，对。我明白了，确实很有必要。事实上，绍布朗先生，虽然你迟到了，但是其实你提前到了。砰砰。

“什么？”

你寿命还未尽就死了。

“是吗？我看也是！”

你知道为什么吗？这种情况很不常见。

“我只知道那些柱子疯狂转，其中一个超速了，我就去处理负载。”绍布朗说，“但是，嘿，那孩子是怎么回事？你看他把大家指挥得团团转！我真希望亲自教导他！不，我在说什么啊？应该是他教我才对！”

死神四下看了看。**你说的是谁?**

“站在台子上那孩子，你看见了吗？”

没有，我看着台子上没有任何人。

“什么？他就在那里啊！就像你脸上的鼻子——哦，不是你脸上的……”

我能看到那些彩色的木桩在移动……

“那你认为是谁在挪动柱子？你是死神，对吧？我以为你能看到每一个人。”

死神看着那些飞速移动的线轴。

确实……我能看到每一个人。他依然盯着那些线轴。

“嗯哼。”绍布朗说。

嗯，是。我们说到哪儿了?

“哦，是这个，嗯，如果我死早了，你能不能——”

发生过的事情改不了了。

“这是哪种哲学？”

是唯一一种行之有效的哲学，死神掏出一个沙漏仔细看了看，**我明白了，因为你死早了，所以还要过七十九年才能转世。你有什么地方可去?**

“去？我都死了。又不是把自己反锁在房里了！”绍布朗已经开始消失了。

也许你可以附在哪个早产儿身上?

绍布朗消失了。

在这没有时间的一刻，死神转身看着大厅里那些转轴……

嘀嗒

白垩石圆柱又发出吱嘎声轻轻转动起来。

橡木延时器也一个接一个转起来，并且逐渐增加负载。

这一次转轴没有尖叫。它们慢慢地转着，好像一个个年迈的芭蕾舞女，随着外面世界的数百万人将时间聚集在自己的周围，延时器都转起来了。它们发出的吱吱声就好像茶叶运输船乘着顺风绕过激愤海岬。

接着那个巨大的石头圆柱接收到小圆柱处理不了的时间，于是也伴随着低沉的声音转起来。底层装置发出低沉的吱嘎声，但那声音很轻，还在控制中。

卢泽轻轻放下手站起身。

“干得漂亮，”他转身对惊讶不已的僧人们说，“大家都做得很好。”接着他走到近旁的一个高级僧人身边。

卢泽从耳朵后面把剩下的那支烟取下来说：“好了，兰巴特·汉迪赛，你觉得刚才是怎么回事？”

“呃，这个，是有一个涌流喷出来——”

“不，不，那之后呢？”卢泽说着在自己鞋底上划了一根火柴，“我觉得刚才你的手下并没有像无头苍蝇一样乱作一团，也没有让那个小孩爬到台子上去创造我见过的最精妙的平衡。那是不可能的，因为那种事情根本不可能发生。我说得对吗？”

管控延时器的僧人不是寺院里最擅长政治的群体。他们的工作就是维护、上油、拆解、重建，还有就是服从台子上那个人的命令。兰巴特·汉迪赛的眉毛皱成一团。

卢泽叹了口气。“我认为事情是这样的，”他解释道，“你手下的人对这种情况应付自如，我和我的学徒对你们的精湛技艺无比佩服。住持也对你们刮目相看，甚至高兴得吐泡泡了。也许在晚饭之前你还需要在禅房里额外再查看一些经文？你明白我的意思了吗？”

汉迪赛脑海中的经幡一阵狂舞，最终总算接收到一些上天的指示。他露出微笑。卢泽靠近他压低声音说："但是，我近期还会过来，这地方似乎需要好好打扫一遍，要是一周之后，我发现你的手下不好好干活，偷懒磨洋工，我就要……好好跟你谈谈。"

汉迪赛的微笑消失了。"好的，清洁工。"

"你要把这些都测试一下，维护好轴承。"

"好的，清洁工。"

"找人把绍布朗先生清理掉。"

"好的，清洁工。"

"你干得不错。我和洛布桑就走了。你教给他不少东西。"

他拉起还没回过神的洛布桑，穿过有着一排排嗡嗡旋转着的延时器的大厅。靠近天花板的地方依然残留着蓝色的烟雾。

"经书里确实写了，'你用一片羽毛就打败了我'。"他们穿过坡道的时候卢泽低声说，"你在反向发生之前就已经预见到了。而我最少也会把我们扔到下个星期去。"

"抱歉，清洁工。"

"抱歉？你不需要道歉。孩子，我不知道你到底是什么人。你太快了。你做这整件事就像鸭子入水一样自然。你不需要像其他人一样花很多年去掌握这些技艺。绍布朗老头——希望他转世到某个温暖舒适的地方——就连他也不可能把负载平衡到秒。我是指一秒钟，把整个倒霉的世界平衡到一秒！"他哆嗦了一下，"给你一个忠告，别让别人知道。其他人知道你这本事就麻烦了。"

"好的，清洁工。"

"还有一件事，"卢泽走出隧道回到阳光下，"在延时器失控之前发生了什么？你察觉到什么没有？"

"我不知道。我就觉得……有那么一小会儿，事情变得很奇怪。"

"以前有过这种情况吗？"

“没有。感觉有点像在曼陀罗大厅的时候。”

“嗯，不要跟任何人说。如今这些高僧甚至不知道延时器是怎么工作的，大家都不关心那些东西了。但是在以前，你必须要在下头工作六个月，每天给延时器上油、清洁、整理，之后才能当上僧人。当时大家都挺不错。而现在就只知道讲纪律和宇宙和谐。以前你在延时器大厅里就能学到这些。有人喊‘倒时间了！’的时候，你不赶紧躲开，就会马上变老好几年，每个转轴都平稳运转就是最和谐不过的状态了。”

经过走廊进入寺庙大殿。人们依然匆匆忙忙往曼陀罗大厅跑。

“你确定自己能再去看一次吗？”卢泽问。

“是的，清洁工。”

“好，你说了算。”

曼陀罗大厅上面的看台上挤满了僧人，卢泽礼貌而坚决地挥舞着扫帚开出一条路。高僧们都挤在看台边缘。

仁波看到了他，说道：“啊，清洁工，是什么灰尘耽误了你的时间？”

“转轴失控，超速了。”卢泽低声说。

“没错，但是住持要见你。”侍僧头领有些责怪的意思。

卢泽回答：“以前，只要锣响，每个人都必须马上到下面去。”

“是的，但是——”

“啵儿啵儿啵儿啵儿。”住持发话了。洛布桑这才看到住持被一个侍僧背着，他头上还戴着一顶绣花小尖帽免得着凉。“卢泽一向很关注实践啵儿啵儿啵儿。”他把一些牛奶沫喷到了侍僧耳朵里，“我很高兴事情都解决了，卢泽。”

清洁工鞠了个躬，住持拿着一只木头熊轻轻敲那个侍僧的头。

“历史就是不断重复，卢泽。嘟姆嘟姆-啵儿啵儿啵儿……”

“玻璃钟？”卢泽说。

高僧们都倒抽了口冷气。

“你怎么知道？”侍僧头领说，“我们还没有重新运行曼陀罗呢！”

“经文里写了，‘我于水中有所感’。”卢泽说，“这是我第二次知道转轴这样疯狂旋转。每一个都失控了。时间闪失。又有人在制造玻璃钟了。”

“不可能吧，”侍僧头领说，“我们把所有线索都抹消了！”

“哈！经文里写了，‘我虽看似卷心菜却不翠绿！’”卢泽严厉地说，“那种东西不可能被完全抹消掉，它总会渗透回来。故事、梦、洞里的壁画，什么都可能——”

洛布桑看着下面那个曼陀罗。僧人们都聚在大厅尽头几个高大的圆柱形旁边。那些柱子看起来很像延时器，但是只有一个小的在慢慢旋转。其他的都一动不动，柱子从头到脚刻着无数的符号。

那是储存起来的图案——这个念头突然从洛布桑脑海中冒出来。那些柱子是用来储存曼陀罗的图案的，这样就能反复重放。今日的图案刻在小柱子上，长期保存的图案刻在大柱子上。

曼陀罗在他下方形成涟漪，斑斑点点的色彩和零星的图案浮上表面。稍远处有个僧人喊了一声，小柱子便停了下来。

翻滚的沙砾也静止下来。

“二十分钟之前就是这样子了，”仁波说，“看见那个蓝白色的点了吗？接下来它会扩散——”

“我知道我在看什么，”卢泽冷冷地说，“它还没发生我就已经在那里了！上师，让他们显示玻璃钟事件序列！我们没时间了！”

“我真的认为我们——”侍僧头领刚想说话，却被一块橡皮砖打断了。

“要罐子要罐子，如果卢泽是对的，那我们绝不能浪费时间，各位，如果他错了，我们就还有时间，对不对？要罐子要罐子要要要！”

“谢谢。”清洁工说着双手拢在嘴边，“喂！你们！在十九号柱子的位置转两下，然后从十九号柱子附近的第四个发生器跳过去。”

“请容许我满怀敬意地表示反对，上师，”侍僧头领说，“我们仅仅是作为紧急事件演练——”

“对，我知道一切紧急事件演练的流程，”卢泽说，“演练过程总会有疏漏。”

“可笑！我们承受了巨大的痛苦才——”

“你们总是无视最严重的紧急情况，”卢泽回头对大厅里干活的学徒说，“准备好了吗？好！现在把它放到地上！不然我就亲自下去！我不想亲自下去！”

柱子旁边那群人一阵慌乱忙碌，接着看台下方出现了一个新的图案。线条和色彩都换了位置，一个蓝白色的圆圈出现在图案正中心。

“那里，”卢泽说，“那是敲钟之前不到十天的事情。”

僧人们一阵沉默。

卢泽冷酷地笑了。“十天后——”

“时间停止了。”洛布桑说。

“可以这么说。”卢泽说。他脸变红了。

其中一个僧人扶着他的肩膀。

“没关系，清洁工，”他安慰地说，“我们知道你不能及时赶到那里。”

“我们的工作就是要及时赶到，”卢泽说，“我几乎已经在那该死的门口了，查理。城堡太多了，时间却那么少……”

他身后的曼陀罗又恢复到缓慢计时的状态。

“不是你的错。”那个僧人说。

卢泽甩掉他的手，转向趴在侍僧头领背上的住持。

“上师，我希望得到准许立刻追踪此次事件！”他说着拍拍自己的鼻子，“我闻到了气味！这么多年了我都在等待此时！这一次我绝不会失败了！”

在一片寂静中，住持吐了个泡泡。

“它又会出现在尤伯瓦尔德，”卢泽语气中似乎有点高兴，“之前他们就是在尤伯瓦尔德把电时信号弄得一团糟。那地方我了如指掌！给我几个人，我立刻就能把此事消灭在萌芽状态！”

“巴巴巴巴巴……此事还需讨论，卢泽，但是感谢你的提议，巴巴巴巴，”住持说道，“仁波，把所有的叶嘟叶嘟叶嘟外勤高级僧人都叫到静室来，五分钟内集合巴巴巴！所有转轴叶嘟叶嘟叶嘟都运转协调吗？”

一个僧人看了看刚刚收到的卷轴。

“看起来是的，上师。”

“恭喜管理面板的大师，饼干干！”

“但是绍布朗死了。”卢泽低声说。

住持不吐泡泡了。“真是个不幸的消息。他是你的朋友，我理解你的心情。”

“不该是这样，”清洁工低声说，“不该是这样。”

“振作起来，卢泽，稍后我再和你谈谈，饼干干！”侍僧头领被一个橡皮猴子打了耳朵，赶紧走了。

围观的僧人渐渐散去，各干各的工作去了。卢泽和洛布桑还在看台上看着下方一圈圈的曼陀罗图案。

卢泽清清嗓子。“看见那头的柱子了吗？”他说，“小的那个记录今天的图案，如果有什么特殊的图案就记到大柱子上。”

“我刚刚提前想起来你会这么说。”

“说得好，说得好。你这孩子很有天赋，”卢泽压低了声音，

“有人在看我们吗？”

洛布桑往四周看了看，说：“有几个人还没走。”

卢泽又提高了声音说：“你有没有学过‘大碎裂’的知识？”

“只听过一些传闻，清洁工。”

“是啊，有不少传闻呢。‘时间静止之日’之类的，”卢泽叹了口气，“你知道吧，你学的大部分内容都是假的。必须是假的。有时候要是一口气得知了所有的真相，你是理解不了的。你很了解安卡-摩波对吧？甚至去过剧院？”

“只是去练习扒窃的，清洁工。”

“你想过要去剧院吗？有没有隔着马路看那家小剧场？我记得那一家名字叫碟子剧场。”

“是啊！我们以前买站票进去，就坐在地上看，还能往台上扔零食。”

“你没有想过吗？大歌剧院装修豪华，金碧辉煌，还有庞大的管弦乐队。而这种小剧院就是木头盖的房子，没有座位，音乐伴奏全靠一个人吹克鲁姆管[1]？”

洛布桑耸耸肩：“没想。事情就是这样啊。”

卢泽几乎笑出来。“人类思想真是柔软啊，”他说，“适应能力惊人。我们在那边干得不错——”

“卢泽？”

一个低级的侍僧恭敬地等着。

“住持现在想见你。”他说。

“好的。”清洁工回答。他用胳膊肘推了推洛布桑，小声说：“我们要去安卡-摩波，孩子。”

1　一种古代类似双簧管的乐器。——译者注

“什么？你说你想去——”

卢泽积极研究：“经文里写了，‘求问它们，必得不到’，是吧。想噎死一个当当兽，不一定非要给它吃葡啉，孩子。”

“是吗？”

“是啊，如果你有很多葡啉也行。我们去见住持吧，好吗？他现在该吃东西了。谢天谢地，总算能吃固体食物了。不需要奶妈了。他跟年轻女性在一起简直太尴尬了，真的，你不知道脸该往哪儿看，他也一样不知道。毕竟他精神上已经九百岁了……”

“他肯定非常睿智。”

“非常睿智，充满智慧。但是我发现，年龄和智慧不一定同步增长。”卢泽说，他们俩继续朝住持的房间走着，“有些人越有权力越愚蠢。当然不是说住持。”

住持坐在儿童座椅上，他刚把一大勺营养糊糊丢得侍僧头领全身都是，而仁波满脸堆笑，仿佛自己的工作就是要在防风草根和醋栗糊糊从头上滴下来的时候笑得开心。

洛布桑忽然发现，若说是随机打人，住持欺负仁波的次数也略多了些。确实，这位侍僧头领是个稍微有些惹人反感的人物，任何脑子正常的人都会不可避免地产生出朝他头上泼糊糊、用橡皮牦牛打他的冲动，而住持这么年长的人，当然明白要听从自己内心那个小孩。

“上师，你找我？”卢泽鞠躬说道。

“哇哈哈哈哈哈哈，是的，卢泽。你多大年龄了？”

“八百岁了，上师。只是没有显老。”

“不管怎么说，你在这个世界上度过了很多时间。我觉得你也许想退休专心照顾花园？”

“是的。不过——”

“不过，”住持天真无邪地笑着，“就像一匹年老的战马听见号角声就会叫‘嚯嚯’，是吗？”

“我看不是，”卢泽说，“号角声可不好听，真的。”

“我是说你渴望再次外出执行任务。但是你训练这些世界的操作员很多年了，不是吗？还有你们也是吧？”

一群高大壮实的僧人坐在房间另一边。他们都收拾好了旅行装备，背上背着睡袋，穿着宽松的黑色服装。他们恭顺地朝卢泽点头，而露在半截面具外头的眼睛则显得有些尴尬。

“我尽力了，”卢泽说，“训练他们的是别人。我只是尽可能减少损失。我从来没有教他们当忍者。”他拿胳膊肘推了推洛布桑。“徒弟，这个词在阿加丁帝国[1]的语言里是‘吹过的风’的意思。”他故意大声说着悄悄话。

“我打算立刻送他们去那哇哈！”住持拿勺子狠狠敲自己的座椅。“这是我的命令，卢泽。你是个传奇人物，但是你当传奇很久了，还是要相信未来吧。饼干干！”

“我明白了。”卢泽悲伤地说，这件事总会发生，“谢谢你的关心，上师。”

“啵儿姆啵儿姆……卢泽，我认识你很久了！你根本不会去尤伯瓦尔德，连靠近它一百英里的地方也不会去，对不对？”

“没错，上师。”

“这是命令！”

“我当然理解。”

“你之前就违背了我的巴阿巴巴命令。我记得是在奥姆[2]的时候。”

“策略方面是由外勤人员决断的，上师。也许你可以称之为是对

1 野蛮人英雄克恩建立的庞大帝国。——译者注

2 奥姆是一个政教合一的国家，信奉的主神名为“大奥姆”。这位大奥姆在他的教堂范围之内是无所不能的。——译者注（摘自碟形世界维基百科）

你的命令的诠释。”卢泽说。

“你所谓诠释就是跑到被明令禁止的地方去，做一些被明令禁止的事情？”

“是的，上师。有时候必须推动另一端才能让跷跷板动起来。当我在一个不该去的地方做不该做的事情的时候，其实是让该发生的事情在该发生的地点发生了。”

住持严厉地看了卢泽一眼，婴儿们都特别擅长这种眼神。

“卢泽，你不准唔嗯唔嗯叶叶去尤伯瓦尔德，也绝不准靠近尤伯瓦尔德，明白吗？”他说。

“明白了，上师。你无疑是正确的。但是在我这老糊涂看来，我能否采用另一种方法，用智慧而不要用暴力？我希望让这个年轻人看到……道。”

其他僧人都笑起来。

“洗衣妇的道吗？”仁波说。

“科兹莫皮利特太太是个裁缝。”卢泽平静地说。

“她的智慧是否如经文所言‘你们吹毛求疵也不会变得更好’？”仁波说着朝别的僧人挤挤眼睛。

“你挑三拣四的话，什么东西都不会变好。”卢泽说，他的冷静态度就像一池平静的湖水，“那条道可能只是一条羊肠小道，狭窄也没什么用处，但却是我的道。”他转身对住持说：“以前就是这样，上师。你还记得吗？师父带徒弟去周游世界，徒弟通过训诫和例子学习实践知识，然后在路的尽头，徒弟就能找到自己的道——”

“——他会发现自己叶咚。”住持说。

“所以首先他要找一位老师。”卢泽说。

“你愿意叶咚叶咚叶咚当老师是他运气好。”

“上师，”卢泽说，“道的本质是谁都不知道谁会成为老师。我只能为他指出一条路。”

“是通往卟咚城市的路。”住持说。

“是的，”卢泽说，“安卡-摩波距离尤伯瓦尔德很远。你说我老了不让我去尤伯瓦尔德。所以无论如何我请求你让我这老头开心一下。”

“没办法，只能让你去了。”住持说。

“上师。”仁波不自觉地开口说道。

勺子“砰”的一声被丢到盘子里。“卢泽有很高的声誉！”住持喊道，“我相信他肯定会做出正确的行动！我只是希望卟轮卟轮他做我想要他做的事情！我严禁他去尤伯瓦尔德！你想要我禁止他不去尤伯瓦尔德吗？饼干干！我已经说过了！现在，你们所有人可以离开了吗？我有紧急事务要处理。”

卢泽鞠了个躬拽起洛布桑的胳膊。“走了，孩子，”他低声说，“赶紧在其他人想明白之前走！”

他们出去的时候，正好遇到一个低级别的侍僧捧着一个画了兔子图案的小罐子走过来。“转世再生很不容易。”卢泽沿着走廊边跑边说，“现在我们得赶在有人突发奇想之前离开寺庙。去拿上你的包和铺盖。”

他们匆忙跑过一个转角，洛布桑说：“但是谁都不会违背住持的命令吧？”

“哈！再过十分钟他就要睡了，等他醒了之后，如果有人给他一个新玩具，他忙着把绿方块敲进蓝色圆洞里，就再也想不起自己刚才说过什么了。”卢泽说，“这就是政治啊，孩子。就是有无数的傻瓜冲出来说他们知道住持刚才表达了什么意图。你快去吧。一分钟后我在五重惊诧花园等你。”

等洛布桑到达花园的时候，卢泽正仔细地把一座盆栽的山系在竹子框架上。他把最后一个结绑好，然后扛上一个口袋。

“这个不会坏吗？”洛布桑问。

“这是一座山。山怎么会坏？”卢泽拿起扫帚，“走之前我们顺便去拜访一位老朋友。也许还要拿些东西。”

“到底是怎么回事，清洁工？”洛布桑跟在他后面问。

“嗯，事情是这样的，孩子。我和住持还有我们现在要去见的那个人，我们三个已经认识很久了。而现在事情又有些变化。住持不能说‘卢泽，你这个老坏蛋，是你把尤伯瓦尔德这个概念放进了众人的脑子里，不过我知道你有所计划，所以去按你的直觉行事吧’。”

“他难道不是最高管理者吗？”

“正是！当你是最高管理者的时候，反而很难做成事情。有太多的人来碍事，来捣乱。所以当那群新来的小朋友围着尤伯瓦尔德瞎跑高喊‘是！’的时候，我们就去安卡-摩波。住持是知道的，基本上知道。”

“你怎么知道那个新的钟是在安卡-摩波建造的？”洛布桑跟在卢泽后面，他们走在一条长满青苔的低洼小路上，小路穿过杜鹃花丛朝寺院墙壁的方向延伸。

“我就是知道。这么跟你说吧，某天，有人把宇宙底座上的插头拔了，这个连锁反应直通安卡-摩波，然后某个浑蛋说‘我想看看会发生什么情况’。条条大路通安卡-摩波啊。”

“我觉得是条条大路都离开安卡-摩波。”

“我们走的那条不是。啊，到了。”

墙上有一扇大而粗糙的门，卢泽上前敲了几下。与此同时门里头发出爆炸般的声响，一个人——洛布桑立即纠正自己——半个人以极快的速度跌跌撞撞地冲向门旁边的毛玻璃，然后以足以粉身碎骨的冲击力撞上了下面的小路。等它翻滚几下停稳了之后，洛布桑才发现那是个穿着僧袍的木偶。

“看来屈玩得很开心。”卢泽说。木偶从他耳边飞过他也不为所动。

门突然开了，一个老胖和尚激动地探出头。

“你看见了吗？你看见了吗？”他说，“那只用了一勺！”他朝另外两人点头。“啊，你好啊，卢泽。我正在等你。我已经把东西准备好了。”

“准备什么东西？”洛布桑问。

“这孩子是谁？”屈请他们进去。

“一个新来的孩子，名叫洛布桑。”卢泽打量着屈的工作室，石头地板上有个冒烟的圈，周围还有一堆黑色的沙子，“是新玩具吗，屈？”

“爆炸曼陀罗，”屈开心地忙活着，“用一点点特殊的沙子放在一个简单的装置上，任何地方都可以，一旦有敌人踩上去——砰，立刻产生因果！别动那个！”

洛布桑那双好奇的手把面前桌子上的一个化缘钵拿起来，卢泽赶紧给他拿走。

“记住第一条规则，”他把那个碗丢到屋子另一头。碗里隐藏的刀刃突然伸出来，碗爆发出一阵强光。

“那能把人脑袋都削掉！”洛布桑说。他们忽然听见一阵微弱的嘀嗒声。

“……三、四、五……”屈说，“全体蹲下……马上！”

卢泽把洛布桑推到地上，接着碗就爆炸了。金属碎片从他们头上呼啸而过。

他们站起来之后，屈骄傲地说：“你上次来过之后，我又加了点别的东西。这是个非常好用的发明。当然也可以用它吃饭。你看过这个没有？”

他拿起一个转经筒，卢泽和洛布桑赶紧后退。

他转了几下，那沉甸甸的线芯轻快地敲打着转经筒的外皮。

“这个线一抽出来就可以当作简易绞首工具，”屈说，“筒子本身一取出来——像这样——就能成为一把称手的匕首。”

“当然，也可以用来祈祷？”洛布桑问。

“观察得很仔细，”屈说，“真是个聪明孩子。转经筒肯定是可以用来祈祷的。事实上我们一直在研发一种应用前景广阔的诵经方式，与声波调子配合使用，可以对人的神经系统产生切实影——”

卢泽说：“我们不需要这些东西，屈。”

屈叹了口气：“至少你该让我们把你的扫帚改造成秘密武器，卢泽。我给你看过我们的计划——”

“它就是秘密武器，”卢泽说，“它是扫帚。”

“那你要不要我们最新培育的牦牛？只要轻轻一按缰绳，它们的角就会立刻——”

“我们想要那个转子，屈。”

屈看起来似乎很愧疚：“转子？什么转子？”

卢泽走到房间另一头，一只手放在墙上某个部分按了一下，墙滑开了。

“这些转子，屈。别想糊弄我，我们没时间了。”

洛布桑觉得那东西很像是两个小型延时器，每个都自带一组安装在板子上的金属框架。每个板子都连接着一副背带。

“你没把这件事告诉住持吧？”卢泽取下其中一个板子，“如果你说了，他就会阻止你，你心里清楚的。”

“任何人都不知道！”屈说，“你怎么——”

卢泽笑起来。“谁都不会在意一个清洁工。”他回答。

“这些还是试验品！”屈有些慌了，“我当然是要告诉住持的，但是我打算等到做出一些切实成果的时候！而且要是不怀好意的人拿到这些东西，后果会很可怕！”

“那我们就确保它们拿不到，”卢泽检查那些背带，“它们现在效果怎么样？”

“载重和棘轮还有问题，”屈说，“我觉得应该要重新调整……时钟装置。”

卢泽的动作忽然一僵，看着屈说：“时钟装置？”

“是作为动力使用的，只是作为动力！”屈赶紧申辩，“没别的办法了啊！”

“来不及了，只能这么用了。”卢泽说着把另一块板子也取下来，塞给洛布桑，“拿好，孩子。用麻布装起来，看上去就跟背包差不多了。”

“这是什么？”

屈叹了口气：“这是便携式延时器，千万别打碎了。”

“我们要这个干什么？”

“希望你不知道它是干什么用的。”卢泽说，“谢谢了，屈。”

“你确定不要拿点时间炸弹吗？”屈满怀期望地问，“只要往地上丢一个，时间就会慢下来——”

“真的不用，谢谢你。”

“别的僧人都全副武装。”屈说。

“我们轻装出行，”卢泽坚定地说，“屈，我们从后门出去好吗？”

后门是一条窄窄的小路，通往院墙上一扇很小的门。这边到处都是散架的木偶和烧焦的石头，说明屈和他的助手经常过来。在冰冻的溪流旁边还有一条小路。

“屈是好心的，”卢泽快步走着，“但你要是听他的，就会扛着一堆咣当咣当的东西走路，而且一坐下就会爆炸。”

洛布桑快跟不上了。“走路去安卡-摩波要花好几个星期啊，清洁工！”

“我们切分路径去，”卢泽停下脚步转了个身，“你能做到吗？”

“我做过几百次切分了——”洛布桑说。

“是的，在假沙恩做过，”卢泽说，“不过山谷里有很多检查的人和安全护卫，你不知道吗？在假沙恩内做切分很简单，孩子。但是在外面就不一样了，空气会来妨碍你。要是做得不对，空气就会变得像石头一样硬。你必须塑造好身体周边的切分形状，这样才能在空气中如鱼得水一般自由行动。你知道该怎么做吗？”

“我们学过相关理论，但是——”

“苏托说你在城里的时候能让时间停下来。这叫郊狼式，很难做到，盗贼行会不教这些吧？”

“可能是我运气好，清洁工。”

“好。那就坚持练习，在离开雪原之前你有很多时间练习。在到达草场之前要练会，不然你就没有脚了。”

他们把这叫作切分时间……

演奏某些乐器的时候要用到“循环呼吸法”，在演奏迪吉里杜管或风笛的时候，采用这种呼吸法可以避免憋气憋到爆炸或是被吸进管子里。“切分时间”也是类似的道理，只不过材料是时间而不是空气，整个过程也安静得多。一个训练有素的僧人可以将一秒钟拉伸成一小时……

但这还不是全部。他会进入一个完全僵硬的世界。他必须学会看清反射的光线，听清细微的声音，让时间慢慢渗入他这个瞬时的宇宙。只要掌握了诀窍就不难，切分时间后的世界看起来还是平常的样子，只是颜色不一样……

这颜色就像走在夕阳中，只不过太阳还一动不动地高挂在天上。

前方的世界近乎紫色，洛布桑转头去看后方的世界，发现那是一片陈旧的血色。这是一片孤独的世界。但洛布桑意识到，最坏的一点是这里一片寂静。周围确实有某种噪声，但那是一种几不可闻的嗞嗞声。他自己的脚步声听起来很奇怪也很沉闷，而且脚步声和脚步并不同步。

他们来到山谷的边缘，离开了永远的春季进入覆盖着雪白的真实世界。冷气像虐待狂挥舞着刀子一样慢慢扑上来。

卢泽走在前面，似乎毫不介意这点寒冷。

当然了，有一个关于卢泽的故事是这么讲的，是说他曾经在冰天雪地里走了很长的路程，那天气冷得就连天上的云都冻成冰了。于是人们说卢泽不惧严寒。

但是——

在故事里，卢泽变得无比高大强壮……不再是这个不愿打架的干瘦光头老头。

“清洁工！”

卢泽停下脚步转过身。他的轮廓此时看起来有些模糊，洛布桑放开了周身的时间。色彩回到世界中，冷气虽然还是冷，但也不那么刺骨了。

“怎么了，孩子？”

“你会教我，对不对？”

“如果还有你不懂的东西，我就教你。”卢泽语气很单调，“你切分得很好，我都看见了。”

“我不知道你为什么能忍受这样的寒冷！”

“你不知道其中的诀窍吗？”

“是科兹莫皮利特太太的道给了你这种力量吗？”

卢泽掀起自己的袍子在雪地里跳了几步，他瘦巴巴的腿上绑着厚厚的黄色秋裤。

“正确，完全正确，”他说，“她经常帮我做这种双股线针织秋裤，里头缝了丝绸，中间夹了三层羊毛，还垫了三角衬片和方便的活扣。我是老主顾，所以六元一条很划算。经文里也写了，‘穿暖和，不然会冻死’。”

“这是骗人的吧？”

卢泽惊讶地看着他说：“什么？”

“我是说，你那些事迹都是骗人的吧？大家都知道你是个伟大的英雄……你不打斗，他们认为你掌握了所有神秘的学问……还有……就是……骗人。对不对？连住持也被骗了？我以为你会教我一些……值得学习的知识……”

“我有她的地址，你是想知道这个吗？只要说是我介绍的——啊，我明白了，你不是说地址的事情，对吧？”

“我不是想说你坏话。我就是觉得——”

“你认为我应该使用一些穷尽一生而习得的神秘力量来给腿部保暖？是这样吗？”

“嗯——”

“把神圣的学问都用在我的膝盖上？你觉得应该这样？”

“但是你说的就好像——”

有些东西不对劲，洛布桑低头一看。

他站在六英寸深的积雪里。卢泽却不然，他穿着凉鞋站在两摊水里，他脚指头周围的冰都融化了，他的脚趾却是温暖的粉红色。

“脚指头，这是另一个办法，”清洁工说，“科兹莫皮利特太太是做秋裤的天才，但她不会做连裤袜，真的很麻烦。”洛布桑抬头冲他眨眨眼睛，“时刻牢记第一条规则啊。”

他冻得发抖，卢泽拍拍他的胳膊说：“你学得很好，我们去那边坐坐喝点东西吧。”他指着旁边几块岩石，那里至少能避避风，雪在石头边上堆成了白色的小丘。

"卢泽？"

"什么事啊，孩子？"

"我有个问题，你能不能简单直白地回答我？"

"我一定尽力。"

"现在到底是怎么回事？"

卢泽扫掉石头上的雪。

他回答："啊，这可是个很难的问题。"

嘀嗒

有一点伊戈必须承认。如果想做成一件诡异的事情，理智绝对比疯狂更成功。

他见惯了各种奇怪的主人，那些人在精神崩溃的边缘表演着精彩绝伦的手倒立，但是不拿着地图就连裤子都不会穿。他就像所有的伊戈一样，知道如何应付那些人。事实上这份工作不难（只是有时候不得不去墓场值班），而且一旦在安顿下来执行日常程序之后，你就可以专心做自己的工作，他们根本不管你，除非是要你去架个避雷针。

但杰瑞米的情况截然不同。他真的是一个准时到可以用来校准手表的人。伊戈从未见过谁的人生如此有序，如此精确，如此准时。他觉得自己已经把新主人视为一个人形钟表了。

伊戈曾经的一个主人制造过一个人形钟，完全是由拉杆、齿轮、曲柄、发条组成的。那个人形钟没有大脑，只有一条长长的带子上面打了很多孔。它也没有心，只有一个很大的弹簧。如果厨房里每一样东西都放在预先指定的位置，这个东西就能把地扫干净，并泡一杯味道尚可的茶。要是东西的位置摆放得不对，或者这个叮叮咣咣的东西不小心撞到了什么，它就会把墙上的泥灰都剥下来，并且把嗷嗷叫的猫塞进杯子里。

之后他的主人坚信应该让这东西活起来，这样它就能自己给纸带打孔，自己给自己上发条了。伊戈深知应该在什么时候严格遵照指令办事，于是他尽职尽责地在一个电闪雷鸣的夜里架起了一台十分经典的升降台式避雷针装置。后来发生了什么他完全不知道，因为当闪电击中那个人形钟的时候，他不在屋里。当时他用毯子包着自己的全部家当，离开村子往山上仓皇逃命。即使如此，在他跑到半路的时候，仍有一个白热的嵌齿轮从他头顶飞过，深深地陷入树干中。

忠于主人当然很重要，但首先必须忠于伊戈家族。如果步履蹒跚的仆人遍布全世界的话，那么他们所有人绝对都叫伊戈。

在这一个伊戈看来，如果那个人形钟真的活了，就会是杰瑞米的样子。而且杰瑞米嘀嗒嘀嗒走得很快，仿佛一个钟即将走到尽头似的。

伊戈不喜欢钟。他喜欢和人交往。他喜欢会流血的东西。那个玻璃钟逐渐成形，闪亮的水晶零件仿佛部分消失了似的，因此杰瑞米越发专注，而伊戈也越发紧张。绝对有一些新的事情发生了，而伊戈虽然渴望学习新鲜事物，这渴望却也是有限度的。伊戈不相信“禁忌的知识”和“人类不该知晓的知识”之类，但是肯定有一些东西是人类不能知道的，比如说人不能知道全身上下每一个原子都被吸进一个小洞里是什么感觉，然而在即将到来的未来，此事似乎会实现。

另外就是勒让小姐的事情。她给了伊戈不少钱，通常来说伊戈连一点点小钱都不会拒绝。勒让小姐不是僵尸，不是吸血鬼，因为她闻起来不是那些东西的味道。她闻起来不像任何东西。按照伊戈的经验来说，任何东西都应该闻起来像某个东西。

另外还有一件事。

“她脚不蹭地，先森。”伊戈说。

“肯定沾地的，”杰瑞米说着用袖子擦了擦机器，“再过一分十七秒她就会来。我确定她的脚肯定会踩在地上。”

“嗯，有斯候四的，先森。但四你在她桑下楼梯的斯候仔细看。她的脚曾的不对劲，先森。你居然能看到她子头的影子。”

“子头？”

“脚上的子头，先森。”伊戈叹气。他的口音确实是个问题，不过其实伊戈可以轻易改掉口音，但口音是身为伊戈的要素之一。另外跛脚也是可以改的。

“去门口准备着吧，”杰瑞米说，“就算飘着走，她也不是坏人。”

伊戈耸耸肩。他在意的地方是，飘着走很可能说明对方根本不是人。另外，他一不小心发现杰瑞米今早更加仔细地拾掇了一下自己，他对此十分担忧。

在这种情况下他决定还是不要去讨论自己的雇佣关系问题，他自己已经想过了。那位尊贵的女士在雇用他之前，就已经让杰瑞米干这份活了。嗯，一切迹象表明她了解自己的人。不过她是在坏蛋假沙恩大街亲自雇用了伊戈。接着就在同一天，伊戈自己上了邮车。但也正是在那一天，勒让小姐首次拜访了杰瑞米。

在尤伯瓦尔德和安卡–摩波之间，唯一一样比邮车还快的东西就是魔法，不然就是有人想出了办法乘着旗语信号移动。而勒让小姐看起来不像是女巫。

店里的钟齐声鸣响，表示到七点钟了，伊戈打开前门。要始终做了[1]预估到敲门声。这也是伊戈们的守则之一。

他打开门。

泡湿先生拿着牛奶瓶站在门口：“两品脱，新鲜又美味。今天真是个像鲜奶油一样美好的日子，不是吗？”

---

1 不是“做了什么事情”，就只是“做了”。有些事情已经做到了，有些事情没有做到。做得到的事情，伊戈就做了。

伊戈看着他，手里接过瓶子，傲慢地回答：“我更喜欢绿色的。再见吧，泡湿先森。”

他关上了门。

伊戈回到工作室里的时候，杰瑞米说：“不是她？”

“四卖牛奶的，先森。”

“她迟到了二十五秒！”杰瑞米非常焦急，“你觉得她会不会是出什么事了？”

“曾正的贵妇们很流行茨到，先森。”伊戈说着把牛奶放好。奶瓶摸起来是冰冷的。

“嗯，我觉得她肯定是一位真正的贵妇。”

“仄可不好说，先森。”伊戈明明先说她是贵妇，现在却显得无比怀疑。他走回店堂里，手刚放在门把手上，就又传来了敲门声。

勒让小姐从伊戈身边走过。两个巨怪根本没理他，就直接走进工作室。伊戈把他们两个视为受雇而来的石头，两元钱一天，在钱周围走走就行。

勒让小姐惊叹不已。

那座大钟已经快要完成了。它不是伊戈的祖父所说的那个笨重敦实的座钟。杰瑞米将这个钟做得非常漂亮，伊戈对此十分惊讶，毕竟这座房子里没有任何装饰。

杰瑞米曾说：“你祖父帮忙制造了第一个玻璃钟，那么我们就来造一个老爷钟吧。”如今它差不多已经造好了——那是一座修长的水晶和玻璃纤维制成的钟，以某种令人不安的方式反射着光芒。

伊戈在狡猾手艺人大街花了一大笔钱。只要给够了钱，就能在安卡-摩波买到任何东西，包括人。他确保每一个宝石的切割工匠和玻璃工匠都只做少量工作，任何人都猜不出最终是要做什么东西，不过他这么做完全是多心了。钱还能买到大量的不感兴趣。再说了，谁会相信人能用水晶计量时间呢？所有线索最终在工作室里联系起来。

伊戈忙前忙后，给各种东西抛光，杰瑞米夸耀自己的创意时，他也认真听着。

“——不需要任何金属部分，”他说，“我们已经有办法让光线顺服地穿过玻璃里。我们还找到了一个能让玻璃略微弯曲的手艺人。”

“我们。”伊戈发现了关键。这也是常有的事。“我们”发现了什么东西，意味着主人需要一个“他们”，“他们”是什么则要伊戈去想。总之，研究光线的流动也算是一种全家共享的乐趣。只要有沙子、有化学，再加一点小秘密就可以让光线坐端正乖乖听话。

勒让小姐伸出戴着手套的手摸了摸钟的侧边。

“这是分隔装置——”杰瑞米说着拿起工作台上的水晶阵列。

但勒让女士依然看着那个钟，她问：“你给它做了表盘和指针，为什么？”

“哦，是为了它能够计量传统的时间，”杰瑞米说，“当然，所有齿轮都是玻璃制成的。理论上来说它永远不需要校准。它会随着宇宙的时瞬走动。”

“啊，是你发现的吗？”

“时间能让概率最小的事情发生。我知道这时间是存在的。”

她似乎非常满意：“但钟还没有完成。”

“还需要一些试验，另外还有些误差，”杰瑞米说，“但我们会处理好的。伊戈说星期一会有一场暴风雨，到时候会有足够的能量。届时，”杰瑞米笑起来，“全世界所有的钟都会停在同一时刻，除此之外没有别的可能！”

伊戈越发勤快地忙里忙外，勒让小姐看了看他。

“你对这个仆人满意吗？”

“哦，他有时候有点抱怨，但是心眼很好，而且还很节约。他不管做什么都特别熟练。”

“是啊，伊戈都是这样，”勒让小姐心不在焉地说，“他们似乎完全掌握了继承的要领。”她打了个响指，一个巨怪拎着几个袋子走上前。

“我们说好的金子和殷瓦钢。”她说。

“哈，不过等我们做完了这个钟，殷瓦钢也就没用了。”杰瑞米说。

“抱歉，你想要更多金子吗？”

“不，不！你已经非常慷慨了。”

伊戈一边麻利地擦工作台一边想，是啊是啊。

“那么下次再见了。”勒让小姐说。巨怪朝着门口走去。

伊戈赶紧朝前厅走去准备开门，不管他对于勒让小姐这人有何看法，有些传统还是要遵守的。这时候杰瑞米忽然说：“钟建好的时候你会来吗？”

“可能会吧。但是吾辈对你很有信心，杰瑞米。”

“嗯……”

伊戈呆住了。他从没听过杰瑞米有这种语气。作为主人，这种语气很不好。

杰瑞米紧张地深吸一口气，仿佛是在处理座钟上某个细小又重要的零件，若不极其小心，就会引起大量齿轮灾难性地喷涌而出堆在地上……

“嗯……我在想，嗯，小姐您，嗯……也许，嗯，能否今晚，嗯，和我一起吃晚餐，嗯……”

杰瑞米笑了笑。伊戈觉得死人都比他笑得好看。

勒让小姐的表情闪了一下。是真的闪了。在伊戈看来，那就像从一个表情的静止画面跳到另一个表情的静止画面，中间没有任何动作变化。她的表情从平时的面无表情，突然跳到沉思，接着又跳到惊讶。然后伊戈万分惊讶地发现，她居然脸红了。

“哎呀，杰瑞米先生，吾…… 吾辈不知道说什么才好，”勒让小姐结结巴巴地说，她本来是冷若冰霜的，现在却变成了温暖的小水塘，“吾辈真的…… 吾辈也不知道…… 也许换个时间比较好？吾辈今晚真的还有很重要的安排，很高兴见到你，我必须走了。再见。”

伊戈站得笔直地送客，笔直到了所有伊戈的平均水平。勒让小姐快步走出房门下了台阶，伊戈正准备关门。

她在距离街道半英寸高的位置站了片刻，仅仅停留了片刻，然后就向下飘去。伊戈在门槛和门的缝隙中紧盯着这一幕，但除了他别的人都没看见。

他飞速跑回工作室。杰瑞米正呆呆地站着，脸红得和刚才勒让小姐一样。

伊戈飞快地说：“我仄就粗去拿倍增器用的新玻璃元件，先森。应该已经完成了吧？”

杰瑞米转身，迅速走到工作台旁。

“去吧，伊戈。谢谢你。”他的声音有些模糊。

伊戈跑出去的时候，勒让小姐一行人正沿街道走着。他迅速躲进阴影里。

到了十字路口，勒让小姐朝巨怪轻轻摆了摆手，示意它们自行离开。伊戈跟着那位小姐。尽管跛脚，伊戈在必要的时候还是可以跑得很快的。而且他经常跑得快，特别是在土匪进攻风车的时候[1]。

在户外，他发现更多离奇的地方。勒让小姐行走的样子也不对

1　伊戈们都很忠诚，但他们不傻。工作就是工作。当雇主不再需要你的服务时，比方说被一群愤怒的村民戳穿了胸口的时候，那就得赶紧走，免得他们决定接下来把你也戳死。一个伊戈在任何城堡里都能迅速找到秘密出口，还知道把旅行袋藏好。伊戈的创始人有一句名言：“我们要死了？对不起，哪里说了‘们’？”

劲。她仿佛是在努力控制自己的身体，而不是让身体自己好好行动。人类都是让身体自己行动的，就连僵尸在一段时间之后也能掌握这种诀窍。她的行动十分微妙，幸而伊戈善于观察。她动起来的样子就像有人穿着一具自己不习惯的皮囊。

她走进一条狭窄的小路，伊戈觉得要是有盗贼行会的人在附近就好了。他很想看到要是有人砸了勒让小姐的头会发生什么情况，盗贼行会的人都是先砸头再谈判。昨天还有人想用这招对付伊戈，结果一砸就发出金属的咣当声，那人就算没被咣当声吓住，接下来也肯定惊呆了，因为接下来他的胳膊被伊戈以解剖学一般的精确度扭断了。

准确来说，勒让小姐走进两座建筑之间的小巷子里。

伊戈犹豫了。让自己站在巷子口的阳光下是检查是否会带来死亡的第一步。但是另一方面，伊戈并没有做错任何事情，不是吗？而且她也没带武器。

箱子里没有任何脚步声。他等了一会儿，从拐角处探出头。

勒让小姐已经不见踪影了。那个巷子没有出口——另一边堆满了垃圾，是一条死路。

但是空气中还残留着一点淡淡的灰色阴影，那影子在伊戈的注视下逐渐消失。那是一个戴着兜帽，如同雾一样的灰影。它与周围的昏暗环境融为一体，最终彻底消失。

她转进了小巷，然后变成了……别的东西。

伊戈觉得自己的手有些抽搐。

每个伊戈各有各的专长，但是所有伊戈都是外科手术专家，发自内心地绝不肯浪费一点点人体组织。在山区，很多雇主都是伐木工或者矿工，有个伊戈在身边是很幸运的。因为斧头总有突然蹦起来的风险，锯子总有失控的风险，于是大家就喜欢雇用伊戈，因为他可以借你一只手——运气好的话还能借整条胳膊。

他们在外面慷慨大度地施行手术，而在众位伊戈之间他们会更加谨慎。更清晰的视力、更强大的肺、无坚不摧的消化系统……这些强大的能力要是落入坏人手中就太可怕了。因此他们决不允许这种事情发生。这些能力只存在于家族内部。

这个伊戈的手真的来自他的祖父。现在那双手自动握成拳头。

嘀嗒

木头碎片和干牦牛粪组成的火堆上放着一只很小的水壶。

“那是……在很久以前，”卢泽说，“考虑到当时发生过的情况，那究竟是什么时候其实已经不重要了。事实上非要问‘什么时候’也是不现实的，因为‘什么时候’取决于你在哪里。对有些地方来说那是几百年前的事情。对有些地方来说……可能那件事根本没发生过。在尤伯瓦尔德有个人，他发明了一个钟。那是个很神奇的钟，能计量宇宙的时瞬。你知道宇宙的时瞬是什么吗？”

“不知道。”

“我也不知道。住持知道这些事。我想想啊……好吧……你想象一下你能想到的最小时间单位，小到连一秒钟都长如百亿年的那种。明白我的意思了吗？嗯，宇宙量子时瞬——住持是这么叫的——宇宙量子时瞬比那个还要小。是现在和此时之间的差距，是一个原子想要晃一下的时间，是——”

“是宇宙中发生最小状况所需的时间？”洛布桑说。

“没错，理解得对。”卢泽说，他深吸一口气，“这也是整个宇宙在过去毁灭又在未来重建所需的时间。别这样看我——住持是这么说的。”

“当我们说话时，这种情况发生过吗？”洛布桑问。

“发生过几百万次了。可能发生过无量丛次了。”

“无量丛是多少次？”

“这是住持的说法。意思是比你在一永刻内能想到的最大的数目还要大。”

“永刻是什么？”

“是非常长的时间。”

“我们为什么感觉不到？宇宙毁灭了但我们却毫无感觉？”

“据说感觉不到。我第一次听说的时候，我觉得很不安，但是据说发生得太快了，所以注意不到。”

洛布桑看着雪地想了想，然后说：“好吧，继续说吧。”

“尤伯瓦尔德有人用玻璃造了一个钟。我记得是由光驱动的。因为必须是这个程度的驱动才能与宇宙时瞬同步。”

“他为什么要造玻璃钟？”

“听我说，他住在尤伯瓦尔德悬崖上一座老旧的城堡里。有些人就喜欢这样，他们的理由无非是‘我乐意’。他们都有噩梦，都想让噩梦成为现实。”

“但是你不可能造出那样的钟啊，因为它是在宇宙内部，所以……在宇宙重建的时候，它也重建了，不是吗？”

卢泽非常满意，他坦然地说：“真厉害。”

“这就像用撬棒从箱子内部撬箱子。”

“住持认为那个钟有一部分是在宇宙之外。”

“不可能有宇宙外面——”

“你把这话去跟那个九世都在研究这个问题的人说吧。”卢泽说，“你还要不要听这个故事？”

“要听，清洁工。”

“嗯……那时候我们在外头的人手不多，当时有个年轻的清洁工——”

“是你，”洛布桑说，“那是你吧，对不对？”

“是啊，是啊，”卢泽不耐烦地说，“我被派去尤伯瓦尔德。当时历史的分歧还不多，我们知道有大事即将在坏蛋假沙恩大街附近发生。我当时花了好几个星期查看。你知道在那个峡谷有多少遥远的城堡吗？你根本不可能靠近遥远的城堡！”

“所以你才没能及时找到那座城堡，”洛布桑说，“我记得你是这么对住持说的。”

“我刚走进山谷，闪电就击中了塔楼，”卢泽说，“你知道经文里写了，‘大事件总有阴暗面’。但是我找到具体地点的时候已经来不及了。想要以比闪电还快的速度往山上跑半英里……任何人都做不到。我差点就赶上了——我刚走进门，四周就成了一片火海！”

“别责怪自己了。”

“是啊，但你也知道——你会不停地想‘如果我起早一点，如果走另一条路……’”卢泽说。

“那时候钟响了。”洛布桑说。

“不，钟卡壳了。我跟你说过，它有一部分在宇宙之外。它不会随宇宙发展。它是要计量宇宙时瞬，而不是随宇宙时瞬行进。”

“但是宇宙非常大！怎么可能被几块齿轮停下！”

卢泽把烟头丢进火堆里。

“住持说大的和小的根本没区别，”他说，“他花了九世的时间才积累起现在的知识，所以我们不理解也是正常的，对吧？历史碎了，只能这么说，这是很奇怪的事情，各地都有裂痕。嗯……我想不起来那个词该怎么说了……就是连接着现在和相应的过去碎片的连接件，它们掉得到处都是。有些永远找不到了。”卢泽看着渐渐熄灭的火焰。“我们尽最大努力把历史修复起来了。”他接着说，“历史的前前后后都修了一遍。用别处的时间补上了漏洞。真的是在修补。”

“别人都没发现吗？”

“为什么会发现？我们完成之后，就成了事情一直如此。你绝对想不到我们做成了多少事情，比方说——”

“他们肯定会注意到。”

卢泽斜眼瞄了洛布桑一阵，说：“你会这么说还真是奇怪。我一直在想这个问题。人们确实会说‘时间去哪儿了？’‘回忆起来仿佛昨日。’但我们必须这么做。最终效果还是不错的。”

“但是人们会查历史书，然后看到——”

“看到文字，仅此而已。人类自出现以来就一直把时间弄得乱七八糟，浪费时间、杀时间、匀出时间给别人、挤时间，甚至还把时间拿来坐牢。人的脑子天生就是用来折腾时间的。我们也一样，只是我们通过练习还掌握了一些别的技巧。我们花了好几百年让时间重回正轨。你看到延时器在正常状态下的样子了。它们移动时间，这里拉伸一些，那里压缩一些……这是很繁重的工作。我看不到时间第二次被破坏的样子了。因为就算有第二次，也没有多余的时间可以拿来修补了。”

他看着火堆的余烬说：“有个有趣的事情。文本人对时间和时间终结有一些很奇怪的看法。你记不记得我告诉过你，他认为时间是活的。他说他见过了时间，而且时间是个女人。至少对他来说是个女人。每个人都说那是个深奥的比喻。而我呢，说不定是玻璃钟爆炸那天被什么东西砸了头，那天我——”

他站起来抓起扫帚。

“该走了，孩子。再过两三秒，我们就会进入‘普特尖峰[1]’。”

1 请发挥数学上的想象力将时间延长状态想象成一种波形。普特尖峰和下文的长盹区间都是波形上的一小段。——译者注洛布桑赶紧站起来追问：“你刚才想说什么？”

“哦，老年人的胡言乱语而已，”卢泽说，“人到了八百岁就容易走神。我们走吧。”

“清洁工。”

“什么事，孩子？”

“我们为什么背着这两个转子？”

“为了及时赶到，希望可以。”

“我们背着时间，对不对？如果时间停止，我们可以继续走，就像……潜水员？”

“说得对。”

“还有——”

“还有什么？”

“时间是女性？任何一个老师都没提过这点，我也不记得经文里写过相关内容。”

“别想了。文写的那个……标题叫《神秘书卷》，被锁在屋子里，只有住持和最高级别的僧人才能去看。”

洛布桑不肯放过这个话题，他问：“那你怎么——”

“嗯，他们那种级别的人肯定不会自己打扫，你说对吧？”卢泽说，“那地方灰可多了。”

“它写了些什么？”

“我没读多少。感觉那书不对劲。”卢泽说。

“是吗？那它到底写了些什么？”

“像是情诗，而且写得很好……”卢泽切分时间时，身影模糊起来。然后逐渐消失，一串脚印出现在雪地上。

洛布桑让时间聚集在自己周围跟上导师。一段记忆无端浮现在他脑海中，文是对的。

嘀嗒

有很多地方都像仓库。在每一座古老城市里，无论地价多么昂贵，都有仓库似的地方。有时候空间会消失。

一个工作间建起来之后，很快就会出现比邻的工作间。工厂、储存室、棚屋及临时工棚都一间接一间地扎堆出现。两堵外墙之间的空间都盖着沥青油毡的顶棚。形状古怪的小块空地会被钉子钉起来的墙板围住，板子上挖个洞就是门。比较旧的门口会堆满木材，新的门口则放着工具架。老人们知道自己何去何从，也知道自己会如何死去，他们就像是蜘蛛网上斑斑点点的苍蝇，挂在脏乎乎的玻璃窗上。在这个充斥着轰鸣的机床、油漆商店以及无数工作台的世界里，年轻人是没时间去探索的。

所以就有这样的空间，一间光线昏暗的小仓库，有四个业主，每个人想起仓库的时候都觉得另外三人之一才是真正的业主。而事实上他们每人都拥有一面墙，而且谁也不记得天花板是谁加盖的。在四面墙之外，有一些人类和矮人，他们做钣金、锯木板、搓绳子、拧螺丝。但这里有种只有老鼠才了解的沉默。

这一年以来，仓库的空气首次动了动。灰尘球在地板上滚过。光线从天花板强行挤进来，细小的尘埃在这光线中旋转闪耀。周围的区域中有某种无形且微妙的东西蠢动起来。那东西来自工人们的三明治、下水道的污物和各自的羽毛，这里一个原子那里一个粉丝，趁人不备它流向仓库的中间位置。

它旋转升腾。在经历了几个怪异古老又恐怖的形态之后，它变成了勒让小姐。

她跌跌撞撞地晃了几下，最终还是站稳了。

其他审计员也出现了，它们虽然出现，但看起来却像不在此处似的。那死气沉沉的灰色只勉强显露出形状。它们就像雾中的船一样，你盯着雾，忽然一部分雾就呈现出船体的形状，而那船早就跟着你了，现在还是赶紧上救生艇吧……

勒让小姐说："我不能再这样做了，太疼了。"

一个说，啊，你能不能告诉我们是怎样的疼痛？我们一直想知道。

"不。不行，我觉得我说不出来。是……身体上的状况，不愉快。从现在开始我要保持这个形体。"

一个说，那很危险。

勒让小姐耸耸肩，说："我们经历过类似状况，只是外观不同而已。以这个形态对付人类真是简单得难以想象。"

一个说，你耸肩了。你用你的嘴巴说话，那是为食物和空气准备的孔洞。

"是啊，很神奇，对不对？"勒让小姐的身体找到一个旧手推车，她把车子翻过来然后坐上去。她根本没考虑过肌肉运动。

一个说，你没吃东西吧？

"目前还没有。"

一个说：目前？这可暗示了一个很可怕的主题啊……关于身体孔洞的。

一个说，你怎么学会了耸肩？

"身体自然就动了，"这位小姐说，"我们从来没意识到这种事情，对吧？很多动作都是自动出现的。竖直站立完全不费劲。每次运动身体我都觉得更加简单了。"

她的身体稍微换了个位置，她跷起腿。真是神奇啊，她心想。这样子确实挺舒服的。我想都不用想。我们根本没猜到。

一个说，这是个问题。

审计员讨厌问题。它们讨厌问题的程度和讨厌决定相当，而它们讨厌决定的程度则和讨厌独立人格的程度相当。事实上，它们讨厌一切随机移动的东西。

“事情进行得很顺利，相信我，”勒让小姐说，“我们不会违反任何规则。未来只会发生时间停止这一件事。此后一切都会变得非常整洁。活着，但不会移动。很整齐。”

一个说，我们就能把文件做完。

“没错，”勒让小姐说，“而且他愿意做。这是很奇怪的。他根本没想过后果。”

一个说，非常好。

接着出现一阵沉默，似乎大家都没准备好说什么。接着：

一个说：跟我们说说……是什么感觉？

“什么什么感觉？”

一个说，非理性的感觉。当人类的感觉。

“奇怪。无序。同一时间要进行好几个层面的思考，还有……一些我们无法描述的状况，比如吃东西这个想法现在变得很有吸引力。是身体这样说的。”

一个说：吸引力？就像重力一样吗？

“算……是。人会被拉向食物。”

一个说：是大量的食物吗？

“少量的食物也有吸引力。”

一个说：但进食只是一种机能。仅仅实践一种机能……有什么吸引力？能保证存活就足够了吧？

“我觉得不好说。”勒让小姐回答。

一个审计员说：你一直坚持用个人称谓。

一个又补充道：而且你还没死！成了个体就是要活着，活着就会死！

“是啊。我知道。但是使用个人称谓是作为人类的基本。这样可以把宇宙分为两部分，一部分是眼睛后面的黑暗，那里有细小的声音和其他一切。那是……一种很恐怖的感觉，就像……始终被质问着。”

一个说：什么细小的声音？

“有时候思考就像是在跟另一个人对话，但那个人也是你自己。”

她明白，这个说法让审计员们十分困扰。她补充道：“除非完全必要，我也不想再维持这种状态。”但是她知道自己撒谎了。

一个说：我们不怪你。

勒让小姐点点头。

审计员们可以看透人类的思维过程。它们可以看到各种想法发出的噗噗嘶嘶声。它们可以看到能量从一个节点传递到另一个节点，它们可以看到大脑像圣猪节的装饰一样闪闪亮亮。但是它们看不到这个过程中发生了什么。

于是它们制造了一个人。

这是一件很符合逻辑的事情。它们之前也用过人类代理人，因为很早以前它们就发现，只要给了足够的金子，就会有很多很多人愿意做任何事情。这很奇怪，因为在审计员看来，金子不包含对人体有价值的成分——人体需要的是铁、铜、锌，金子只需要可有可无的一点点。因此它们断定，需要金子的那些人都是有缺陷的，所以此前的任务才会失败。但他们为什么有缺陷呢？

制造一个人很简单，审计员非常清楚该如何组合物质。但问题在于成品什么也不会做，就只是躺在那里，最终腐烂了。这就麻烦了，因为人类似乎不需要什么特别的训练和练习就能轻松制造出复制品。

最终他们想通了，他们可以造出一个人类的身体，再让一个审计员待在那个身体里。

这么做当然风险很大，它们中会有一个死亡。审计员们避免死亡的方法是绝不获得生命。它们以全然无差别的氢原子形式存在，但绝不沾染丝毫氢原子的生活乐趣。有些鲁莽的审计员可能会冒着死亡的风险去“操作”一个身体。在经过长期讨论之后，它们认为，只要操作员足够小心，并且随时和其他审计员联系，那么风险就会大大降低，考虑到此行的目标还是值得一试的。

它们造了一个女人。这是个很符合逻辑的选择。虽然男人明显比女人拥有更多权力，但他们通常也承担了更多个人风险，审计员不喜欢个人风险。而美丽的女人往往只需要朝强势的男性微笑就可以做成大事。

但“美丽”这个主题让审计员们很是为难。在分子层面上“美丽”毫无意义。最终研究之后，它们断定奎尔姆的列奥纳多[1]所画的《抱白鼬的女人》这幅画乃是高度概括的美丽，便基于那幅画制造了勒让小姐。当然外表还是有所改变，画上那张脸不对称，而且有很多小缺陷，它们仔仔细细修改过了。

最终结果成功得超乎审计员的想象——假设它们有想象的话。现在它们有了掩护，有了值得信任的人类，什么事都可能成功了。它们学得很快，至少能够很快地收集数据，它们认为收集数据和学习是一回事。

勒让小姐也是这么想的。她以人类外表度过了两周时间，令人无比惊讶无比震惊的两周时间。谁能想到大脑居然是这样运作的呢？谁能想到颜色有着远远超乎光谱分析之外的意义呢？而她居然开始描述蓝色发蓝的程度？大脑自己就要思考无数的事情？真是太可怕了。大半的时间她的思想似乎都不属于她自己。

1 奎尔姆的列奥纳多是碟形世界上最伟大的发明家，他甚至完成了登上碟形世界的月亮，并面见众神的壮举。——译者注她惊讶地发现，自己不想让别的审计员知道这些事情。有很多事情她都不想告诉它们，而且也不需要告诉它们！

她有力量了。原本她毫无疑问可以控制杰瑞米，不过现在头必须承认事情有点令人担忧。因为她的身体会自动做出反应，比如说脸红。另外，她也有着超越其他审计员的力量。她能让它们紧张。

当然，她希望这个计划成功。毕竟他们想要的是：一个整洁且可预测的宇宙，每个东西都各就各位。如果审计员也有梦想的话，这算是梦想之一吧。

只是……只是……

那个年轻人紧张不安地朝着她微笑，宇宙似乎忽然间比审计员预计的还要混沌得多。

勒让小姐的脑子里有大量的混沌正在翻涌。

嘀嗒

卢泽和洛布桑像幽灵一般穿过微光笼罩的普特尖峰和长盹区间。所有的人和动物都呈现出蓝色，卢泽说，任何情况下都不能接触到他们。

卢泽从路上的人家里拿了些食物装进行李包里，他留下了些铜币作为补偿。

“这表示我们对他们心存感激，”他边说边把洛布桑的包也装满，“下一个过来的僧人可能会给他们一两分钟。”

“一两分钟很少。”

“对于临死的女人想和自己的孩子告别的话，这就相当于一辈子了，”卢泽说，“经文里不是写了吗，‘每一秒钟都弥足珍贵’？我们走吧。”

“我累了，清洁工。”

“我说了，每一秒钟都弥足珍贵。”

“但是每个人都需要睡觉！”

“对，但现在还不行，”卢泽坚持道，“我们可以等到了桑塞特之后在山洞里休息。你睡觉的时候不可能折叠时间吧？”

“用那个转轴不行吗？”

“理论上来说是可以的。”

“理论上？它们可以帮我们积累时间。我们只睡几秒钟——”

“它们是在紧急情况下使用的。”卢泽依然坚持己见。

“你怎么判断一个情况紧不紧急，清洁工？”

“我决定可以使用屈做的时钟转轴的时候就是紧急情况，天才儿童。应急包是用来应急的。等到紧急的时候我就会使用这种由弹簧控制的、未校准也未开光的转轴，万不得已的时候用。我知道屈说过——”

洛布桑眨眨眼睛摇摇头。卢泽抓住他的胳膊。

“你又感觉到什么了？”

“呃……就好像我脑子里长牙齿了。”洛布桑揉自己的脑袋。他指着远处说：“是从那边过来的。”

“疼痛的感觉是从那边来的？”卢泽盯着这孩子，“像上次一样吗？但是我们没办法探查到是哪个方向——”

他停下脚步在自己的行李包里翻找了一阵。然后他用行李包把一块平坦石头上的雪扫掉。

“我们看一下——”

玻璃房子。

这一次洛布桑可以集中精神听清空气中的那个声音。仿佛湿手指滑过玻璃酒杯的声音？可以这么说吧。但那个手指应该是神灵的手指从玻璃做的天穹上滑过。那不单是复杂变化的美妙音色弥漫在空中，它们就是空气。

玻璃墙后面那团移动的影子这次变得近了些。似乎就在最近的一面墙边，它找到了开着的门……随后就消失了。

洛布桑身后有个东西。

他转身。但是什么都没看见，他感觉到有东西在动，而且有个温暖的东西忽然摸了一下他的脸……

“——沙子说。”卢泽将一个小口袋里的东西倒在石头上。

彩色的沙粒弹跳扩散。它们虽然不像曼陀罗本体那么敏锐，但是在混沌中还是出现了一块蓝色。

他严肃地看了洛布桑一眼。

“这里显然没有人能做到像你刚才那样，”他说，“我们从来没办法探查到时间中的干扰究竟是在哪里出现的。”

“呃，抱歉。”洛布桑摸摸自己的脸。脸上湿乎乎的：“我干什么了？”

“有个很大的——”卢泽忽然停下，“安卡-摩波就在那个方向，你知道吗？”

“不知道！总之，你说你预感到事情就发生在安卡-摩波！”

“是说过，但是我这辈子积累了各种经验，也说了很多冷嘲热讽的话！”卢泽把沙子铲回袋子里装回旅行袋，“你很有天赋。走吧。”

又经过了被切分得很细的四秒钟，他们到了雪线以下，来到碎石斜坡上，那些碎石随着他们的脚步往下滚。接着他们进入了仅一人多高的桤木丛林。他们在树林中遇到一些围成一个大圆圈的猎人。

那些人没太注意他们，这一带地区僧人很常见。领头的猎人，或者说是在喊话的那个人——喊话的一般都是头领——朝着路过的卢泽和洛布桑挥了挥手。

卢泽停下来，特别留意了一下被围在中间的那个东西。它也看了看卢泽。“好猎物，”他说，“你们现在要干什么啊？”

“关你什么事？”领头的说。

“不，我随便问问。”卢泽说，“你们是从低地上来的吗？”

“是啊。抓个这种东西算是大丰收了。”

“对，”卢泽说，“是惊喜的大丰收。”

洛布桑看着那些猎人。他们一行十几人，个个全副武装，都警惕地看着卢泽。

“皮子卖九百元，腿可以卖一千。”他们的头领说。

“这么多？”卢泽说，“两条腿竟然这么值钱。”

“因为它们脚很大，”猎人说，“你知道人们怎么说长着大脚的人吗？”

“得穿更大的鞋？”

“对，”猎人咧嘴一笑，“净是胡说八道，真的，不过衡重大陆上那些娶小姑娘的有钱老头都肯花大价钱买雪怪的脚。”

“我觉得它们是受保护的物种。”卢泽说着把扫帚靠在树上。

猎人说：“它们不过是一种巨怪而已，谁会保护它们？”而站在他身后的本地向导是个懂得“第一条规则”的人，他转身就跑。

“我会。”

“哦？”猎人这一次笑得有些狰狞，“你连武器都没有。”他转身看着逃跑的向导：“你是住在山谷里的怪和尚，对不对？”

“对，”卢泽说，“我就是个笑眯眯的矮小怪和尚，手无寸铁。”

“我们有十五个人，”猎人说，“你也看见了，我们全副武装。”

“对你们来说全副武装是很重要的，”卢泽挽起袖子，“这样才公平。”

他双手互相搓了搓。双方都没有撤退的意思。

僵持了一会儿，他问：“你们谁听说过关于规则的事情？”

其中一个猎人说：“规则？什么规则？”

“哦，就是那种，”卢泽说，“比如第二条规则、第二十七条规则之类。类似这种描述的任何规则。”

领头的猎人皱起眉头：“大师，你在说什么鬼话？”

“呃，我不是大师，我只是一个矮小博学又手无寸铁的老年怪和尚。”卢泽说，“我只是在想，这种情况下，你们有没有觉得……比较紧张？”

“你的意思是，我们都全副武装，人数众多，你就打算这样击退我们？”一个猎人问道。

“啊，是的，”卢泽回答，“我们或许是面临着一个文化方面的问题。我知道……这个如何？”他单腿站立，稍微晃了一下，然后举起双手。“啊！哈噫噫噫！嚯？耶——唏！不行？有何感想？”

猎人们显然有些疑惑。

“你在背书吗？”其中一个比较聪明的人说，“有多少个字？”

“我想搞清楚的一件事情是，”卢泽说，“你们知不知道，当一群全副武装的人，被一个手无寸铁的矮小老和尚攻击，会发生什么状况？”

比较聪明的那个猎人回答：“据我所知，那会是一个非常不幸的和尚。”

卢泽耸耸肩叹了口气：“哦，好吧。那我们就来硬的吧。”

空气中闪过一团阴影，猛地击中了那个聪明人的后颈。头领上前几步，结果发现已经太晚了，他的鞋带被绑在了一起。其他人伸手去拿刀，结果发现刀鞘空空如也，剑不知何时都被放在了林中空地边缘的一棵树旁。看不见的扫堂腿把他们踢了个遍，无形的胳膊肘把他们身上最容易受伤的地方挨个撞了一遍，拳头如雨点一样凭空落下，被打倒在地的人都赶紧躲开。大家个个都觉得头疼。

这群猎人最终横七竖八地躺在地上哼哼。这时候他们听见一阵低沉、富有节奏的声音。

那个雪怪在鼓掌。肯定是在慢慢地鼓掌，这种生物胳膊很长，两只手要跨越很长的距离才能欣喜地相遇。掌声回荡在山林中。

卢泽弯腰抬起猎人头领的下巴说："今天下午你玩得愉快的话，别忘了跟你的朋友说一声，让他们记住第一条规则。"然后他松开手，来到雪怪面前鞠了个躬。

"先生，需要我放了你吗？你自己就能出来吗？"他问道。

雪怪站起来，低头看着自己的腿认真想了一下，其中一条腿夹在一个吓人的铁质捕兽陷阱里。过了好一会儿，雪怪轻轻离开了陷阱，而陷阱依然藏在树叶中，还是没触发的样子。

"干得好，"卢泽说，"很有技巧，很灵活。要下山吗？"

雪怪弯下腰几乎整个折成了两段，他长长的脸庞凑近卢泽。

"是——呀。"他说。

"你打算拿这些人怎么办？"

雪怪看了看吓得缩成一团的猎人们。

"天快黑——了，"他说，"向导走——了。"

"他们有火把。"卢泽说。

"哈。哈。"雪怪不像是在笑，只是说了个拟声词而已，"啦就好。火把在——夜里醒目。"

"哈哈！是啊。你能带我们一程吗？我们有急事。"

"你和刚才啦——个跑得快的小孩？"

一团灰色的阴影逐渐变得清晰，最终成了上气不接下气的洛布桑。他丢下手里的破树枝。

"这孩子叫洛布桑，我正在教导他。"卢泽说。

"那你要教快点，免得最后没有东西教——他了，"雪怪说，

“哈。哈。”

“清洁工，你刚才——”洛布桑说着快步走上前。

卢泽竖起手指示意他安静。“在这群摔倒的朋友面前别说话，”他说，“我希望经过今天的辛苦工作，第一条规则在本地能有更多人遵守。”

“但就我一个人——”

“我们必须走了，”卢泽挥手不让他说话，“这位朋友会扛着我们下山，我们可以愉快地打个盹儿。”

洛布桑看了看雪怪，又看了看卢泽。然后又看着雪怪。他很高。有点像他在安卡-摩波见过的那些巨怪，但是整体更瘦一些。他有两个洛布桑那么高，主要是腿很长，胳膊也很长。他身上长了厚厚的毛，双脚确实很大。

“他没法从那个陷阱出——”洛布桑说了一半不说了。

“你是学徒，对吧？”卢泽说，“而我，我是师父对吧？我确信自己写在某处……”

“但你说你不会自称无所不知——”

“记住第一条规则！对了，拿把剑，等会儿我们就要用到。好了，尊敬的……”

雪怪轻柔平稳地把他们两个拿起来，一手抱着一个，然后跨过积雪和树林走了。

过了一会儿，卢泽说：“挺舒服的吧？他们的毛皮其实是从石头里提取出来的，但是真的很舒服。”

另一边胳膊没有回答。

“我有段时间和雪怪们住在一起，”卢泽说，“他们真是神奇的人。他们教给我一两件事情，都是很有价值的事情。经文里也写了嘛，‘活到老学到老’。”

依然是沉默，是不高兴的故意沉默。

“要是我在你这么大的时候，被一个真正的雪怪抱着走，我会觉得自己特别幸运。山谷里很多人从来没见过雪怪。提醒你一句，自从有传闻说他们的脚很值钱之后，他们就再也不靠近人类定居点了。”

卢泽觉得自己已经把对话的起头部分说完了。

“你有什么想说的吗？”他问。

“嗯，其实吧，有，还真的有，”洛布桑说，“刚才你让我一个人把所有的事情都做了，你自己什么都没做！”

“我必须努力吸引他们全部的注意力。”卢泽说得很顺口。

“为什么？”

“这样他们就不会看到你。我当然对你很有信心，一个好的师父必须给徒弟提供练习技艺的机会。”

“要是我不在，你又该怎么办？祈祷吗？”

“有可能吧。”卢泽说。

“什么？”

“不过我觉得我能找到办法利用他们的愚蠢打败他们，”卢泽说，“总会有办法。有什么不对吗？”

“嗯，我就是……我想……嗯，我就是觉得你该教我更多才对，就这样。”

“我一直在教你各种东西，”卢泽说，“只不过你多半没学进去。”

“啊，我懂了，”洛布桑说，“这也太自以为是了。你想教我关于雪怪的事情，那为什么让我拿剑？”

“你需要这把剑才能学到关于雪怪的知识。”卢泽说。

“怎么学？”

“再过几分钟，我们找个合适的地方停下来，你把他的头砍掉。

你觉得这样可以吗，先生？”

“好——啊，当然可以。”雪怪说。

在永恒惊诧者·文所著的《第二书卷》中，有一个故事和学徒土泊有关，有一天土泊忽然有些叛逆情绪，他来到文面前这样问道：

“师父，如果说在一个人文主义的信仰修行体系中，人们通过一系列明显混乱的问答来寻求智慧，那么这个体系和一时冲动产生的故弄玄虚的胡言乱语有什么区别？”

文思考了一会儿，最后回答：“一条鱼！”

土泊满意地走开了。

嘀嗒

伊戈们有很严格的行为准则。

永不否定：伊戈们绝不会说“不，先森，那四动脉。”主人永远是对的。

永不抱怨：伊戈永远不会说“那个地方在一千英里滋外啊”！

永不留下任何个人痕迹：伊戈做梦也不会说“如果换作四我的话，肯定会再促理一下那个笑森。”

永远、永远不提出问题。伊戈们必须承认，这一条的意思是，永远不问大问题。“先森，现在四否想喝杯茶？”这种问题是可以提的，但是“你要一百个促女做森么？”或者：“仄大半夜的你让我去哪里澡大脑？”就绝对不能问。伊戈忠诚、可靠，行事谨慎，永远面带微笑——至少是带着某种歪嘴笑，或者是在恰当的地方正好有个弯弯的疤痕[1]。

因此，这位伊戈觉得很担忧。事情不对劲，当一个伊戈这样想的时候，事情就真的很不对劲了。但是想要在不破坏伊戈行为准则的情况下向杰瑞米说明情况实在有困难，伊戈跟某个意志坚定思想正常的人在一起的时候总是非常不安。但他还是努力尝试了。

“那位小姐今早会再来一次。”他说。当时他们正看着另外一块水晶逐渐生长成形。伊戈心想：我滋道你滋道仄件斯，因为你拿肥皂把头发洗得干干净净，还换了件干净衬衣。

“是啊，”杰瑞米说，“真希望我们进展得更顺利一些。不过我确信我们就快成功了。”

“四啊，那可曾四奇怪啊，不四吗？”伊戈抓住这个话头。

“你说奇怪？”

“可能四我笨了吧，先森，但四在我看来，每次那位小姐来的斯候，都四我们擦不多快要取得阶段性成功的斯候，每次她一走，我们就会遇到新困难。”

“你想说什么，伊戈？”

“我吗，先森？我不四个想得多的人，先森。但四，桑一次她走滋后，我们的分隔阵列就碎了。”

“我认为那是因为维度的不稳定性造成的，你也知道。”

“四的，先森。”

“你为什么那么奇怪地看着我，伊戈？”

伊戈耸耸肩。这个动作其实就是他的一边肩膀忽然比另一边肩膀稍微高了些。“连表盘都没了，先森。”

1　必须要说的是，伊戈们本质绝不邪恶。他们从不评判他人。毕竟，你要是给狼人、吸血鬼及把外科手术当作时髦而非科学的人当助手的话，评判完他人也就没时间干别的事情了。

“她不可能给我们一大笔钱，然后又来搞破坏，你说是吧？她为什么要这样做呢？”

伊戈犹豫了。他现在已经到了违背行为准则的边缘了。

“我还四在想她四不四口四心非，先森。”

“你说什么？我没听清。”

“我不滋道我们能不能信任她，先森。”伊戈耐心地说。

“哦，去校准一下复杂度共振仪好吗？”

伊戈不大情愿地去了。

伊戈第二次跟踪了他们的金主，这次勒让小姐去了一个酒店。次日她去了位于国王大道上的一座大宅邸，一个脑满肠肥的人搞了个很夸张的排场送给了她一把钥匙。伊戈跟踪那个肥得流油的人来到邻近街上那人的办公室里——任何事情都瞒不过一个满脸伤疤的人——很快伊戈就得知，勒让小姐用很大一块金条租下了那座房子。

然后，伊戈按照安卡-摩波的古老传统，花钱雇了一个人去跟踪那位小姐。他们工作室里现在有多不胜数的金子，而杰瑞米对金子全无兴趣。

勒让小姐去了歌剧院。勒让小姐去了画廊。勒让小姐过着非常富裕的生活。但是就伊戈目前所知，勒让小姐从来不去餐厅，也没有任何食物送入她的房子。

勒让小姐在密谋什么事情，这点伊戈一看即知。另外伊戈在书里查过了，《特乌尔普贵族全谱》《哥特年鉴》及其他任何相关书籍里都没有勒让小姐的名字，也就是说她隐瞒了一些事情。当然伊戈以前的主人们也有不少事情需要隐瞒，有时候还需要在大半夜里把某些东西埋进深深的洞里。但是眼下的情况从道义上而言是不一样的，原因有两个：勒让小姐不是伊戈的主人，杰瑞米才是，所以伊戈应该对杰瑞米忠诚。伊戈认为这是道义上的区别。

现在他回到玻璃钟旁。

钟基本快完成了。杰瑞米设计了一个机械放在钟的表盘后面，伊戈把它做好了，全都是用玻璃做的。这个装置和普通的机械装置截然不同，它隐藏在钟的摆锤后面，安装好了之后只占据极小的一块空间，因为它的很多零件已经处在另一个维度中了。那个钟有表盘，有脸的话就得有指针，因此那个玻璃摆锤晃动着，指针显示出每一天的普通时间。“时瞬”有一点点像铃声，感觉就像用指甲去刮玻璃酒杯。

伊戈看着自己那双祖传的手。那双手的反应让他很担忧。目前这个玻璃钟看起来很像是一个钟了，每次伊戈靠近它，那双手就会颤抖不已。

嘀嗒

苏珊走进历史学家行会的图书馆时，没有任何人注意到她，她迅速翻阅大量书籍，不时做点笔记。

她不知道自己的其他天赋是否也遗传自死神，不过她经常对学生们说，他们有一只怠惰的眼睛还有一只勤奋的眼睛。有两种角度去看这个世界。怠惰的眼睛看到表象，勤奋的眼睛看到实质。

她翻过一页书。

透过勤奋的眼睛来看，历史确实非常奇怪，到处都是补疤。比如说以弗比的历史就非常奇怪，要么是因为他们那边的伟大哲学家都无比长寿，要么是因为哲学家的名字是代代遗传的，再不然就是因为有额外的时间被塞进了他们的历史中。奥姆的历史也是一团糟，看起来像是把两个世纪的事情塞进了一个世纪里，多亏了奥姆地区的宗教信仰是把过去、现在和未来混在一起讲，这种混乱的历史才没被人发现。

库姆山谷的情况又怎么样呢？大家都知道那里曾经发生过一场著

名的战斗，打仗的双方是矮人和巨怪以及各自的雇佣兵，可是那里究竟打了多少场战斗呢？历史学家们说，那个山谷恰好处于纷争地带，肯定经常发生各种冲突。不过你轻易就能想到——至少如果你外公是死神的话，就能轻易想到，这块补丁可能被反复嵌进历史好几次了，因此不同世代的人都会反复经历这场蠢战斗，一边打嘴里一边喊着："勿忘库姆山谷！"[1]

到处的历史都有异常现象。

但没有任何人注意到。

你不得不佩服人类。他们有着宇宙中最神奇的一种能力，就连她外公都会对这种能力表示惊叹。世界上再也没有其他物种能发明出无聊。或许正是因为无聊，而非智力，才驱使人类进化至今。巨怪和矮人也有类似能力，他们看着宇宙然后心想："哦，跟昨天一样啊，真无聊。我看看把这块石头砸在那人脑袋上会怎么样？"

伴随这个能力而来的辅助能力就是让事情变得普通。世界会发生巨变，然后过不了几天，人类就觉得它很普通了。他们有着很了不起的能力，足以把一切事情都隔绝在外，忘记一切蹊跷。他们会给自己编出各种小故事来解释一切令人费解的事情，最终把事情变得平淡无奇。

历史学家尤其擅长此道。如果忽然发现十四世纪什么都没发生，他们就会立刻提出二十种不同的理论。但是每一条理论都绝对不涉及时间有可能被剪切粘贴进了十九世纪，产生的碎裂影响到了时间的连贯性，以至于每件事都难以顺利发生，因为发明马颈轭只用了一个星期。

历史派僧侣们确实完成了本职工作，他们最大的助手是人类那贫乏的思考能力。要是有人真的遇到这种状况，他们会说："居然已经星

1　每个社会都需要类似这样的口号，但是只有少部分社会会喊出最直白的版本，比如说："不要忘记上次坏人对待我们的暴行，这样我们今天对他们施暴就有理由了！就这样！冲啊！"

期四了？这周我干什么了？”“最近时间过得好快啊”以及“感觉像是昨天才发生……”

但还是有些东西留了下来。

僧人们很仔细地抹去了玻璃钟鸣响时的那部分时间，以手术般的精确度从历史中移除了。基本上是这样……

苏珊又拿起《硌棱童话》。她小时候父母从不给她买这样的书。他们竭力以凡人的方式抚养她，他们知道人类太靠近死神不好。他们教她说，事实比想象更重要。等她长大后，发现真正的幻想不是苍白骑士，也不是牙仙或者吓人怪——这些东西都是客观事实。真正的幻想是，在这个世界里：烤面包片不介意自己涂黄油的一面朝上还是朝下，逻辑就是有道理，以及有些事情可以被阻止。

像玻璃钟这样的事情实在太重大了，根本藏不住。它透过人类意识中阴暗隐蔽迷宫慢慢泄露出来，变成了童话故事。人们试图给它包上糖、魔法和剑的糖衣，但是故事的本质依然藏在深处，就像是生长过度的草丛里的耙子一样，随时准备着趁人不备跳起来。

现在有人就踩到那个耙子上了，而其中关键一点在于，即将被耙子砸中下巴的人，是……

……一个像我一样的人。

她盯着空中坐了一会儿。她周围的历史学家们爬在图书馆的梯子上，找到各种书本放在自己的讲台上，忙着为今日所见的光景编造合适的历史图像。其中一个人其实是在找自己的眼镜。

时间有个儿子，苏珊心想，那人住在这世界上。

死神说，曾经有个人全心全意地研究时间，结果在他看来时间成了真实存在的。他理解了时间的种种，而时间也注意到了他。这是某种类似爱情的东西。

时间有个儿子。

怎么有的？苏珊有这么一种思路，她能随便提个问题就把一个事实显得很蠢。时间和凡人，他们怎么可能……？嗯，怎么可能？

然后她又想：我外公是死神。他收养了我母亲。我父亲给他当了一段时间学徒。然后就顺理成章了。他们两个都是人类，我也是通过凡人的方法出生的。本来我不可能穿墙而过，也不可能脱离时间之外，更不可能有一点点长生不老。但我就是这样了，所以在这个领域没什么逻辑可言，还是面对事实吧，基础生物学不顶用的。

在任何情况下，时间都在不间断地创造出未来。未来包括了过去不存在的东西。对于一个时时刻刻都在不断重建宇宙的东西……的人来说，造个小婴儿应该还挺容易的。

苏珊叹了口气。你必须牢记，此时间非彼时间。同理，死神和死亡也不是一回事，战争也不是一般说的那个战争。苏珊见过战争，他是个大胖子，有种跟他身份不相称的幽默感，而且经常思路混乱，他当然不会亲自参与每一场小型冲突。苏珊不喜欢瘟疫，瘟疫经常冲她做鬼脸，而饥荒就是个很浪费很古怪的家伙。他们谁都不践行……那个什么呢？姑且叫作训诫吧。他们是训诫的拟人化。

考虑到她还见过牙仙、灵魂蛋糕鸭、麻烦老头[1]，苏珊如今能成为一个基本普通基本平凡的人倒也是很神奇了。

她又看着自己的笔记，她的头发原本挽了个小圆髻，现在都自动松开呈现出自然状态，也就是某人刚触了电的状态。头发像云团一样在她脑袋周围伸展，一大片白头发中有一缕基本接近普通状态的黑发。

她外公也许是世界的终极毁灭者，是宇宙最后的真理，但是这并不是说他对小人类不感兴趣。也许时间也一样。

1　这几位都是碟形世界上的小神灵。牙仙用硬币交换小孩的乳牙。灵魂蛋糕鸭是一种在狩猎节日灵魂蛋糕星期四出现的鸭子，据说在这个节日第一只被狩猎到的鸭子能带来无比的好运。唱歌五音不全的人会被麻烦老头找麻烦。——译者注（摘自碟形世界维基百科）

苏珊笑了笑。

人们都说，时间不等人。

也许她曾经等过一个人。

苏珊觉得有人在看自己，她一转身发现是鼠之死神正透过眼镜镜片看着她，眼镜的主人正在房子另一头心不在焉地找眼镜。而渡鸦正在一座长久无人理会的已故历史学家半身像上头整理羽毛。

“什么事？”她问。

吱吱！

“哦，是他，是不是？”

图书馆的门被什么东西用鼻子推开，一匹白马走进来。爱马人士中有个很不好的习惯，总把白马叫作“灰色”，但是这一匹马，就算那群弯脚踝兄弟会的人也必须承认，这一匹马是白的——不是雪白，雪是死的白，而是牛奶白，牛奶是活的白。它的鞍辔和缰绳是黑的，但是这些东西仅仅是为了好看而已。如果死神的马想让你骑上去，那不管有没有马鞍你只管坐上去就好了。马可以承载的人数没有上限。毕竟，有时候会突然暴发瘟疫。

历史学家们全都没注意到这匹马。马是不可能走进图书馆的。

苏珊骑上马。有很多时候，她希望自己是个完完全全平凡的普通人，而事实上，到明天她就可以放弃一切不普通的地方——

——除了冰冰。

片刻后，四只马蹄在图书馆的半空中发出等离子体一般的光芒，然后就彻底消失了。

嘀嗒

雪怪嘎吱嘎吱地在雪地里走着，周围唯一的声音就是永不停歇的山风呼啸。

洛布桑说："'砍掉他的头'意思是说……？"

"让他的头和身体分离。"卢泽说。

"那……"洛布桑用那种小心探索闹鬼山洞里每一个角落的语气问，"他不介意吗？"

"哇，是有点麻烦，"雪怪说，"有点像变戏——法。但是没问题，这样说你能安心吧。清洁工一直——都是我们的好——朋友。我们欠他人——情。"

"我教他们道的知识。"卢泽很骄傲地说。

"是——啊，很有——用，'洗衣锅永不沸腾'。"雪怪说。

好奇心和烦恼在洛布桑脑海里纠缠不清，最终好奇心获胜。

"我是不是错过了什么？"他说，"你不会死吗？"

"我不——会死？我头被砍掉了不会死？真是好笑！哈。哈。"雪怪说，"我当然会死，但不是什么大事。"

"我们花了很多年才搞清楚雪怪们在干什么，"卢泽说，"他们的循环扭曲了曼陀罗，后来住持明白了其中的原因。他们灭绝了三次。"

"三次啊？"洛布桑说，"灭绝可是需要很多时间的。我是说，绝大部分物种只能灭绝一次，不是吗？"

雪怪现在走进一片比较高的树林，里头长满古老的松树。

"这是个好地方，"卢泽说，"把我们放下吧，先生。"

"我们得把你的头砍下来，"洛布桑几乎虚脱，"我说什么来着？我不想砍掉任何人的头！"

"他都说了，他不介意。"卢泽说。他们两个被轻轻放到地上。

"重点不是这里！"洛布桑急切地说。

"他不介意他的头被砍。"卢泽指明重点。

“我介意！”

“嗯，既然如此，”卢泽说，“经文里不是写了吗，‘想要成事，必得躬亲’？”

“是——啊，写了。”雪怪说。

卢泽从洛布桑手中拿过剑，小心地举起来，显然是不习惯使用武器的样子。雪怪很配合地跪下来。

“你是最新的了？”卢泽说。

“是——的。”

“你居然真的要砍他的头！”洛布桑说。

“真有趣，”卢泽说，“科兹莫皮利特太太说过‘眼见为实’，神奇的是，伟大的文也说过，‘我见，我信’。”

他把剑一挥，砍掉了雪怪的头。

嘀嗒

这个声音很像是一颗卷心菜被切成两半，接着一个脑袋滚进篮子里，围观人群一片欢呼叫喊：“哇，干得好！”奎尔姆城是个宁静平和、人人守法的地方，城市议会以刑事手段维持着这份平和，主要方式是将最大限度的威慑和最低概率的重复犯罪结合起来。

屠夫格里泼·斯马兹?

已故的格里泼揉揉自己的脖子。

“我要求重审！”他说。

现在似乎不宜重审。死神说。

“不可能是谋杀，因为……”格里泼·斯马兹的灵魂在它虚幻的衣服口袋里摸出来一张鬼魅的纸条，打开之后他继续念，不过对他而言念文字俨然是一场艰难斗争。“……因为我的思想平衡被打……

搅……搅乱了。”

是啊。死神说。他知道最好是让这些新死的人自己把事情理顺。

“是的，因为真的真的想要杀死他，对不对？你不可能把这说成是正常的精神状态，对不对？再说了，他是个矮人，所以不算是杀了人。”

据我所知你已经杀了七个矮人了。死神说。

“我肯定是被扰乱了，”格里泼说，“真的，我才是受害者。我需要的只是一点点理解，只需要五分钟时间，让人理解到我的观点……”

你的观点是什么？

“我认为所有矮人都应该被狠狠踢打。哦，你是死神，对吧？”

的确如此。

“我是你的忠实粉丝！我一直想见见你，你知道吗？我在胳膊上文了个你的形象，看。我自己文的！”

一阵马蹄声传来，格里泼这傻大个转过身，看见一个穿黑衣的女人牵着一匹大白马朝他们走来。周围的食物小摊、纪念品小店，还有断头台附近都挤满了人，她在人群中一点也不起眼。

“你还有个马童！”格里泼说，“这也太时髦了！”接着他就消失了。

真是个奇怪的人，死神说，**啊，苏珊，谢谢你特意赶来。我们的搜查有结果了。**

“我们的搜查？”

其实是你的搜查。

“现在成了我的搜查了？”

我还有事要办。

“比世界末日更重要？”

有规定说，在世界末日发生时候，四骗士必须出现。

“那个古老传说？你不一定要照办！”

这是我的基本机能之一。我必须遵守这个规定。

“为什么？他们在破坏规则啊！”

是歪曲了规则。他们发现了一个漏洞。我没有那种想象力。

这就像詹森和文具柜之战，苏珊心想。你很快就会发现，七岁小孩根本听不懂“任何人都不得打开文具柜的门”这条禁令。你必须思考，改用更加直接的词汇重新说，比如“詹森，任何人，不管发生什么事情，包括仿佛听见有人喊救命，都不准——詹森，你在听吗？——任何人，都不准打开文具柜的门，也不准不小心撞上了文具柜的把手把它撞开，也不准威胁丽晨姐说不开文具柜的门就要偷走她的泰迪熊，或者当一阵神秘的风不知道从哪里吹过来吹开了文具柜门时也不允许恰好站在文具柜旁边，不准以任何方式打开文具柜的门，不准制造能够开门的状况，不准让别人开门，不准在松动的地板上上蹿下跳促使文具柜开门，不准想任何办法试图进入文具柜，詹森！”

“一个漏洞。”苏珊说。

是的。

“你为什么不也找个漏洞？”

我是死神，我认为人类不希望我……变得有创造力。目前他们希望我按照传统切实完成任务。

“那就是……骑马出去？”

是的。

“去哪里？”

我认为是每个地方。对了，你需要这个。

死神给了她一个生命沙漏。

这是很特殊的一个，比普通的稍微大一点。她犹豫地接过来。虽然它外表是个沙漏，但是里面那些从中段漏下来的闪光颗粒其实是

“秒”。

“你知道我不喜欢……收割什么的，”她说，“不是——喂，这个真的很重！”

这人叫卢泽，是个历史派僧侣，他已经八百岁了。他有个学徒。我虽然知道这件事，但是却感觉不到那个学徒的存在，我看不见他。他就是那个人。冰冰会带你去见那个僧侣，你就能找到那孩子了。

“然后呢？”

我觉得他可能需要某人。你找到他之后，让冰冰回来。我需要它。

苏珊脑海中记忆一闪，嘴唇动了动。

“骑马出去？”她说，“你真的是说天启？你认真的？现在谁都不信那些事情了！”

认真的。

苏珊下巴都要掉了。“你知道了这一切，还真的要这么做？”

死神拍了拍冰冰的鼻子。

是的。他说。

苏珊瞟了她外公一眼。

“等等，还有隐情对不对？你在计划一些事情，但是不肯告诉我，对不对？你不会等着世界终结，然后大肆庆祝，对不对？”

我们必须骑马出去。

“不！”

你不能让河流不流动，你不能让太阳不发光，你不能跟我说该做什么不该做什么。

“但是这也太——”苏珊表情一变，死神似乎有些畏缩，“我以为你在乎人类！”

这个也带上。

虽然很不情愿，苏珊还是从外公那里又接过一个略小的沙漏。

她会和你对话。

“这是谁？”

一个接生婆，死神说，**好了……去找到那个儿子。**

他消失了。

苏珊看着手中的两个沙漏。

他又干这种事了！苏珊暗地里对自己尖叫，你不用去做这事，你可以把这事放一边，回教室去，你可以继续当普通人。但是你知道自己不会回去，他也知道——

吱吱？

鼠之死神坐在冰冰的双耳之间，抓着一撮白色的鬃毛，看起来就像是人紧张时候会有的神情。苏珊抬手想把它拍下去，但是又忍住了。她把那个沉重的生命沙漏放在老鼠爪子上。

“去干点事，”她说着拿起缰绳，“我为什么要做这事？”

吱吱。

“我脾气可不好。”

嘀嗒

毫不奇怪，现场有大量的血。头滚进雪地里，雪怪的身体慢慢向前倒下。

“现在你杀了——”洛布桑说。

“稍等，”卢泽说，“马上就好……”

那无头尸体消失了。雪怪跪在地上转头对卢泽眨眨眼睛说：“刚——才有点——疼。”

“抱歉。”

卢泽转身对洛布桑说：“好好记住！”他以命令的语气说，“这段记忆会试图消失，但是你受过训练。你必须努力记住你看到了一些现在并没有发生的事情，明白吗？记住时间比人的想法扭曲得多，你要头脑清醒！记住这一课！眼见为实！”

“这是怎么做到的？”

“问得好。他们可以挽救自己的生命，如果被杀，他们可以返回死前的状态，”卢泽解释道，“至于是如何完成的……嗯，住持花了好几十年研究这件事，旁人真的很难理解，涉及很多量子方面的问题。”他抽了一口永远只剩一小口的烟卷，“如果谁都不能理解的话，就肯定是正确结论[1]。”

“住——持最近还——好吗？”雪怪站起身，又抱起这两个人。

“在长牙。”

“啊，转世总——是很麻烦。”雪人又开始大步快速前进。

“他说牙齿最麻烦，总是掉了又长。”

“我们现在跑得多快？”洛布桑说。

雪怪的步伐有如两脚交替地跳跃，那双长腿似乎安装了不少弹簧，每次落地仅有轻微的颠簸，感觉十分平静。

“我觉得我们现在大约三十英里每小时，”卢泽说，“休息一会儿吧。到早晨我们就会登上铜头山。从那里开始全是下坡。”

“死而复生……”洛布桑低声说。

1　锤顶山是碟形世界上魔法场最密集的地方，而居住在此的雪怪则是少数几种通过控制时间来获得基因优势的物种，结果就产生了一种物理上的先兆——你允许某件事发生它才会发生。在面临危险或者任何可能导致死亡的情况时，雪怪会把自己的生命存放在某一时刻，然后小心翼翼地继续做事，同时他心里也明白，一切都会平安无事，他会在自己存放生命的那一刻醒来。接下来是最重要的一点：刚才发生的那件事他虽然知道，但是却不会再发生了，因为下次他就不会那么傻了。整个事情并没有表面看来那么自相矛盾，因为在第一次的状况发生了之后，其实整个事情是没有发生的。最终只有雪怪自己记得，而雪怪记得的只是一个很准确的预兆而已。雪怪引起的这点时间小旋涡被其他生物在时间里制造出的疙瘩、坑、节疤完全掩盖了。

“其实更像是一开始就没死，”卢泽说，“我研究过他们，但是……嗯，如果不是生来就会的话，就必须学习，你敢保证自己第一次就成功吗？可不好说啊。学的人肯定挺绝望的。我希望自己永远不用经历那种绝望。”

嘀嗒

苏珊从半空中就认出了兰克里的原野，那是一个由绿树和田野组成的小盆地，像个鸟巢一样位于锤顶山的边缘。她也找到了那间农舍，不是《硌棱童话》或者其他民间故事里说的那种烟囱扭曲、堆着堆肥的女巫房子，而是一座簇新的农舍，有着浓密闪亮的茅草屋顶和精心修剪的门前草地。

花园水塘边环绕着许多装饰品——泥人地精、蛤蟆菌、粉红小兔子、大眼睛小鹿，任何一个脑子清醒的园丁都绝对不会放这么多装饰。苏珊看着一个颜色鲜亮的地精鱼竿——不，它手里拿的可不是棍子，肯定不是吧？一个和蔼的老太太怎么可能在自家花园里放这种东西呢？不会吧？不会吧？

苏珊很聪明，她知道去屋后，因为女巫都讨厌前门。来开门的是个矮胖小老太太，她双颊粉红，两个小葡萄干似的眼睛仿佛在说：对，那就是我的地精，他只在池塘里小便你就谢天谢地吧。

“接生婆奥格太太？”

对方沉默了一会儿才回答：“我就是。”

“你不认识我，不过——”苏珊忽然不说了，她意识到奥格太太在看她身后的冰冰，冰冰正站在门口。这老太太果然是个女巫。

“我确实不认识你，确实。”奥格太太说，“但如果那匹马是偷来的，那你真是闯了滔天大祸了。”

“我是借来的。这是…… 我外公的马。”

又是一阵沉默。那双和蔼的小眼睛像钻子一样钻进苏珊眼睛里，真让人不安。

“你还是进来吧。”奥格太太说。

屋里很干净，和外头一样都是全新的。每件东西都闪闪亮亮，而且东西很多。这房子简直就是花哨劣质瓷器的殿堂，到处都摆满了小玩意儿。不能摆东西的地方就挂着画。两个神色厌倦的女人正在擦拭打扫。

“我有客人了。”奥格太太坚定地说。那两个女人飞快地离开了，事实上应该说“逃走了”比较合适。

“我的两个儿媳妇，”奥格太太说着坐在加了软垫的扶手椅上，椅子用了很多年，已经形成了适应她的形状，“她们愿意来帮助一个孤苦无依的老太太。”

苏珊看了看屋里那些挂画。如果画中都是家庭成员的话，那奥格太太俨然就是军队首领。这位撒谎不眨眼的奥格太太又继续说：“坐吧，小姑娘，说说你的事情。茶就快好了。”

“我想知道一些事情。”

“很多人都想，”奥格太太说，“他们都愿意等。”

“我想知道…… 一个孩子出生时候的事情。”苏珊继续说。

“是吗？我接生过好几百个孩子，说不定有几千个了。”

“据说那一个出生时很艰难。”

“不少小孩出生都艰难。”奥格太太说。

“你肯定记得那一个。我不知道事情的起因，但是最初大概是有个陌生人来找你。”

“是吗？”奥格太太的脸色突然沉下来。那双黑眼睛盯着苏珊，仿佛她是大举入侵的军队。

“你不打算帮我？奥格太太。”

“对，我不想，”奥格太太说，“我认识你，小姐。但是我不在乎你是谁，知道吗？你愿意的话，可以去把那一位请来。别以为我没见过他。我照顾过不少快死的人。大部分临死的人身边都算是公共领域，产房却不是。女士们不愿意被人看见就是不行。就算你把你外公请来，我照样当面吐他口水。”

“这件事真的很重要，奥格太太。”

“你说对了。”奥格太太坚决地说。

“我不知道这是多久以前的事情，有可能只是上周的事情，关键是时间。”

她说到了重点。面对苏珊这样的人，奥格太太可不是对手。她眼中闪过一丝丝动摇。

奥格太太站起身，椅子随着她的动作往后一退。但苏珊却抢先一步来到壁炉架旁，拿走了架子上一个混在众多装饰品之间的东西。

“把它放下！”奥格太太喊道。苏珊拿着那个东西，那里面充满能量，仿佛在她掌心跳动。

“你知道这是什么吗，奥格太太？”苏珊摊开手，她手里拿着一个小玻璃沙漏。

“知道，是个煮蛋用的计时器，但是坏了！”奥格太太重重地坐回自己那把软软鼓鼓的椅子上，由于太用力，她的小短腿一时从地板上弹起来了。

“我看它像是一天，奥格太太。里面装着一天的时间。”

奥格太太看着苏珊，然后又看了看她手里那个玻璃沙漏。

“我确实觉得这东西有点奇怪，”她说，“把它竖着放起来沙子也不往下漏，你看？”

“因为你目前还用不上，奥格太太。”

南妮·奥格一点都不紧张。苏珊再次提醒自己，她是在对付一个女巫。女巫都不好对付。

“这是别人送的礼物，”老太太说，“看起来很漂亮，所以我留下了。边上那些文字说的是什么？”

苏珊看了看那个生命沙漏金属底座上的文字：Tempus Redux。“‘时间回转’。”她说。

“啊，那就是了，”奥格太太说，“那个男的说，他会补偿我的时间。”

“那个男的……？”苏珊小声说。

南妮·奥格眼神炯炯地看着她。

“别以为我有一点点慌张就想诈我，”她厉声说，“谁都骗不过南妮·奥格！”

苏珊看着这老太太，这一次她没有用怠惰的眼睛去看她。确实不可能骗过南妮·奥格。但是还有别的办法对付她，要直截了当地正中目标。

“孩子必须知道自己父母是谁，奥格太太，”她说，“他现在尤其需要知道自己的真实身份。但是他可能一时很难接受，我想帮助他。”

“为什么？”

“因为我希望当初有人帮帮我。”苏珊说。

“是啊，但是接生婆有接生婆的规矩，”南妮·奥格说，“那位女士不同意，我就不能把我的见闻说出来。”

那女巫在椅子里坐立不安，脸色绯红。苏珊知道她是想说出来的。她很想说，我必须认真选择措辞，让她自己坦白说出来。

“我不是问那些人的名字，奥格太太，因为我觉得你可能也不认识他们。”苏珊继续说。

"是啊。"

"但那孩子——"

"听我说，小姐，我不能跟任何一个活人说——"

"我大概也不完全算是活人，你比较容易接受了吧？"苏珊说。她看着奥格太太，过了一会儿又接着说："不过我理解你。做什么都有规矩，不是吗？打搅你了。"

苏珊站起来把储存起来的那一天放回壁炉架上。然后离开农舍，准备关门。冰冰在门口等着。她骑上马，这时候门突然又开了。

奥格太太说："他给我这个煮蛋器的时候，是这么说的，'谢谢你花费时间，奥格太太'。之后他又说，'宝贝，你还是进来吧'。"

嘀嗒

死神在拉蒙多斯一家收容所里找到了瘟疫。瘟疫喜欢收容所，在收容所里有不少事情可做。

眼下他正把一个破洗手盆上方的"请洗手"牌子取掉。他一抬头。

"哦，你是，"他说，"肥皂？我会给他们肥皂的！"

我发出了召唤。死神说。

"哦，是啊，对。是啊。"瘟疫显然有些尴尬。

你的马还在吗？

"当然在，但是……"

你那匹马很不错。

"我说，死神……这……你看吧，我不是不懂你的意思，但是——抱歉……"一个穿白袍的护士走过来，瘟疫让到一边。护士全然没注意到这两位天启骑士，直接从他们中间走了过去。瘟疫抓住机会往她脸上吹了口气。

他看见了死神的表情，于是说了句："轻微感冒而已。"

我们可以把你也算上，对吧？

"骑马出去……"

对。

"为了大事件……"

别人都期待我们这样做。

"你找到多少个人了？"

你是第一个。

"呃……"

死神叹了口气。当然了，在人类出现之前，世界上就有很多种疾病了。但瘟疫毫无疑问是人类创造出来的。人类有种天赋，他们擅长挤在一起，擅长在林子里东戳戳西戳戳，擅长把堆肥堆在离水井很近的地方。所以这样算起来瘟疫部分是人类。他害怕了。

我明白了。他说。

"你说得就好像——"

你害怕了？

"我……想想吧。"

你会想通的。

嘀嗒

奥格太太往她的大杯子里倒了不少白兰地，然后朝苏珊晃了晃瓶子，询问似的看着她。

"不用了，谢谢。"

"好的，好的。"南妮·奥格把瓶子放到一旁，像喝啤酒似的灌了一大口白兰地。

“有个男的来找我，”她说，“在我一生中，他来了三次。最后一次是在，嗯，十天前。每一次都是同一个人。他要找接生婆——”

“十天前？”苏珊说，“但是那男孩至少都十——”她赶紧闭嘴。

“啊，你说到重点了，”奥格太太说，“你确实很聪明。时间对他来说根本不重要。他想找最好的接生婆，所以他找到了我，但是却搞错了时间，就像其他人可能会找错地址一样。你明白我的意思吗？”

“完全明白。”苏珊说。

“第三次，”——她又灌了一大口白兰地——“他有些着急了。”奥格太太说，“所以我明白他只是个凡人，虽然此后发生的事情很不可思议。说实话吧，他当时非常恐慌。妻子快生了当爹的都很恐慌。他跟我说必须马上去一趟，已经没时间了。其实他拥有世界上所有的时间，只是他自己一时没想明白，到这种时候当爹的都想不明白。他们慌是因为世界不再围着他们转了。”

“接下来发生了什么事情？”苏珊问。

“他带我坐上了一辆，嗯，好像古代战车一样的车子，带我去了……”奥格太太犹豫了一下，“先说一句啊，我这辈子见过很多奇怪的东西。”她说这话似乎是要做好准备爆个猛料。

“我相信你。”

“我们到了一座玻璃城堡。”奥格太太用那种“你敢信？！”的神态看了苏珊一眼。苏珊觉得应该让她说快点才行。

“奥格太太，我记得自己很小的时候就去帮忙喂那匹大白马了。你知道吗？就是外面那一匹，死神的马。它的名字叫冰冰。所以不用慢吞吞地讲，真的没什么事情会让我觉得奇怪。”

“城堡里有个女人……嗯，是有一个女人出现了。”那女巫说道，“你能想象一个人炸成几百万个小碎片的情景吗？嗯，想得出吧。那就想象这个过程反着进行。一片雾气飘荡着聚集在一起，然后呼地一下出现了一个女人。然后又呼地一下变回雾气。而且还有这个声音一直响……”奥格太太用手指头摩擦白兰地酒杯的边缘，酒杯发出嗡嗡声。

“一个女人……不停地显形然后又消失？为什么？”

“当然是因为她害怕！第一次，明白吗？”奥格太太笑了笑，“我自己是不怕的，不过我接生过很多次，小姑娘没有经验的话就会怕得不得了，等到宫缩开始的时候——你能听懂吧，我们接生婆的术语——她就会开始尖叫，咒骂孩子的父亲，我猜想她们肯定会不惜一切代价躲到别的地方去。而那位女士确实可以躲到别的地方去。要不是当时那个男的在场，我们真的麻烦大了。”

“带你去玻璃城堡那个男的？”

“他是外国人，你知道吧？有点像中轴地的人，傻大胆。我记得我当时在想：‘你这人看起来很年轻，但是我怎么觉得好像是年轻了很久很久的样子。’一般我不会让任何男的留在旁边，但是那个人坐在那儿用外国话给她说话，给她唱歌、念小诗安慰她，她就又凭空出现，再次回来了。我当时已经准备好了一、二、三完事，然后她又消失了，只不过我觉得她依然在空气里。”

“她长什么样子？”苏珊问。

奥格太太用力看了她一眼说：“你要记住，我当时坐在那里看到的景象，我给你描述的这些，不是多么准确的事情，你明白我的意思吧。生孩子嘛，哪个女人都不好看。她很年轻，长着一头黑发……”奥格太太又给自己倒了杯白兰地，她沉默了好一会儿才继续说：“你非要问个究竟的话，我觉得她也很老，不是我这样的老，是古老。”

她盯着炉子仿佛是对火苗说：“像黑暗和星光一样古老。”

“那男孩被放在了盗贼行会外面，”苏珊打破沉默，“我猜，他们是认为他有那样的天赋，当盗贼也没问题吧。”

“男孩？哈。小姐……我们为什么要说他？”

嘀嗒

勒让小姐变得强壮。

她从未意识到人类其实大部分时候都是被自己的身体控制的。身体这东西吧，整日整夜都不安生。一会儿太热，一会儿太冷，一会儿太饿，一会儿太饱，一会儿太累……

关键在于自律，她明白。审计员都是不死的。要是她搞不清楚自己的身体想干什么，她就不配拥有身体。身体就是人类最大的弱点。

感官也是。审计员有数百种感官，因为每一种可能发生的现象都必须被观察记录。但现在勒让小姐只有五种感官。五种应该是挺容易应付的吧，但是它们全部和身体其他部分直接相连！它们不仅仅是次级信息，它们直接提出需求！

她经过一个卖烤肉的小摊子，嘴里就开始流口水！嗅觉居然不通过大脑就让她的身体想吃东西！这还不是最坏的！最坏的是大脑还有自己的想法！

这点真的最坏。眼睛后面那一小坨软绵绵的组织完全是自己独立运行的。它通过各种感官收集信息，和记忆进行对比检查，然后给出选项。有些时候大脑里的隐藏部分居然想争夺嘴的控制权！人根本就不是一个个体，每一个人都是一个委员会！

这个委员会的其他成员有些是黑的，有些是红的，总之一点都不文明。它们早在文明诞生前就已经组成了大脑，有些成员甚至是在人性出现前就加入的。然后加入了思考的那些成员就会在大脑深处大打出手，争夺关键投票权。

当了几个星期人类之后，勒让小姐这个实体遇到了真正的麻烦。

比如说食物吧。审计员不吃东西，他们认为，只有孱弱的生命形式才会靠着互相吞噬来获取能量、构建身体。所以这位小姐尝试从空气中直接获取营养，然而整个过程效率低得吓人。虽然也可以，但是感觉有点……那个词怎么说来着？哦……诡异。

而且，她大脑的某个部分坚决不相信空气能吃，还坚持认为它饿了。它不停地絮絮叨叨，干扰她思考，最终，虽然很不情愿，她还是不得不面对这一整套，嗯，一整套入口出口的问题了。

审计员们早就知道这些情况。人体似乎共有八个孔，其中一个似乎完全没用，其他的似乎都有多重用途，奇怪的是耳朵似乎只能做一件事情。

昨天她试着吃了一片干面包。

这大概是她存在以来最不好的一次体验。

也是她存在以来最紧张的一次体验。

也许还有一些其他体验。目前为止，以她能懂的语言来说，主要是挺享受的。

人类味觉和审计员的感官是完全不一样的。审计员的感官很精确，主要是衡量和分析。人类味觉更像是整个世界一头撞进嘴里。她脑子里足足看了半小时烟花然后才开始嚼。

人类怎么能忍受这种情况？

她又被艺术画廊吸引住了。显然有些人类能将现实世界展示得更加真实，仿佛是在和观众谈话，在他们的脑海中烙下印记……不过有什么知识能超越天才艺术家对自己面孔上陌生之处的研究呢？难道人类已经习惯这种陌生的脸了？而且脸还只是开始……

大钟越早完成就越好，如此疯狂的物种是不该存在的。现在她每天都去看钟表匠和他那个丑陋的助手，尽可能给予他们各种帮助，可是他们离成功似乎总还剩一步之遥——

太了不起了！她居然可以对自己撒谎！因为她脑子里的另一个声音——也就是那个阴暗委员会的成员说："你根本没在帮忙，是不是？你偷零件，把他们的零件弄坏……你之所以每天都去，是为了他看你的样子，你敢说……"

内部委员会的另一些成员历史非常悠久，所以没有声音，只是直接控制身体，它们想干涉这一观点。她想排除它们的意见却没能成功。

现在她必须面对别的审计员。它们都是很准时的。

她打起精神。最近她眼睛里经常毫无理由地流水。她尽最大努力做好头发，然后走进大画室。

空气中已经出现了灰色。在这片空间里，容不下很多审计员，不过也没关系。它们一个就可以为全体代言。

勒让小姐发觉，当九个审计员出现时，她嘴角自动翘起来。九等于三乘以三，审计员喜欢三这个数。两个可以互相监视，三个就可以两两之间互相监视。它们不信任自己。她心想：是啊。我们，不是它们。我必须记住我是我们。

一个审计员问，*为什么没有进展了？*

她嘴角垂下来。

"在精确度和校准方面有小问题。"勒让小姐回答。她发现自己在不由自主地慢慢搓手，为什么呢？她又没有想要搓手。

审计员不会出现任何身体语言，所以它们也不懂其中的含义。

一个说：*它的本质——？*

另一个忽然插嘴，*你为什么住在这座建筑物内？*这句话有些怀疑的意思。

"身体需要在建筑物内做一些不能在街上做的事情。"勒让小姐回答。而且她现在也知道了一些关于安卡-摩波的事情，于是又补充道："至少是不能在大多数街上做的事情。而且我认为那个钟表匠的仆人已经开始怀疑我了。我必须让这个身体顺应重力，因为它本来就是这样设计的。而且必须有人类的样子。”

一个，依然是刚才那个，问道：这些东西意义何在？

它注意到了那些绘画和画架。勒让小姐不禁由衷希望自己刚才把那些东西都收拾起来了。

那一个说：你在用颜料画图？

“是的，画得很差。”

一个说：为什么？

“我想看看人类是怎么做的。”

一个说，很简单，眼睛负责接收信息，手使用颜料。

“我也是这么想的，但是实际上却复杂得多——”

问起绘画问题的那一个飘到一把椅子旁问：这是什么？

“这是一只猫。它自己跑来，似乎不想走了。”

那只猫是一只凶猛的黄色公猫，缺了口的耳朵晃一晃，身体蜷得更紧了。在安卡-摩波的小巷子里，在一大堆被抛弃的泽龙、野狗和收毛皮的人之中坚强存活下来的生物，都不屑于睁眼去看几个飘浮的睡衣。

那个让勒让小姐紧张的审计员又问：它存在的理由是？

“它似乎能够容忍人类的陪——外观，除了食物、水、庇护所和舒适的环境外别无所求，”勒让小姐回答，“这点让我觉得有趣。我们的目的在于学习，所以如你们所见，我正在学习。”她希望这话在对方听来像是真的。

一个说：你说的那些钟的问题什么时候可以解决？

“很快，很快就能解决。”

那个让勒让小姐有些害怕的审计员说：我们想知道，你是否在故意拖慢工作进度？

勒让小姐觉得前额一阵刺痛。为什么会刺痛?

“没有。我为什么要拖慢进度?太不合逻辑了!”

一个说，嗯……

审计员是不会无意识地说“嗯……”的，“嗯……”是有明确含义的。

它继续说：你额头出汗了。

“是的，身体的状况。”

那一个说：是的。但也是非常特殊而且不吉利的意思。

又一个说：我们想知道，在一个实体的身躯里待太久，你是否染上了弱点。而且我们发现很难看到你的思维。

“恐怕也是身体原因。大脑是个很不精确的组织。”勒让小姐总算控制住了双手。

其中一个说：是的。

另一个说：水被倒进罐子里的时候就成了罐子的形状。但是水不是罐子，罐子也不是水。

“当然。”勒让小姐说。一个念头不由自主地冒出来，这想法从她眼睛后面的黑暗中探头说：我们绝对是宇宙中最愚蠢的东西。

一个说：独自行动不好。

她回答：“当然。”而那个念头再一次从黑暗中冒起来：我现在有麻烦了。

一个说：所以你会有一个同伴。不是批评你的意思。人不该独自行动，团结起来力量大。

空气中的粉尘开始闪光。

勒让小姐的身体自动后退几步，然后她看到某个东西正在成形，她又退了几步。她见过各种形态死人活人的身体，但是目睹一个人体从原材料物质中渐渐成形实在古怪至极，更何况她现在正身处一具类似的躯体之中。这种时候，胃就会开始有想法，它想吐。

六个人出现了，他们眨眨眼睛。其中三个是男性，另外三个是女性。他们都穿着人类尺寸的审计员袍子。

剩下的审计员准备消失，但是一个说：他们会陪你一起去钟表匠那里，今天所有的问题都必须解决。他们不需要呼吸也不用吃饭。

哈！勒让小姐的思维发出这样一个小声响。

其中一个人哼了一声。

“身体肯定会呼吸，”勒让小姐说，“你不可能不准身体呼吸空气。”

她知道那是窒息的声音。

“你们在思考，没错，我们可以和外界交换必要的物质，没错，”她继续说，“但是身体不知道，它认为自己要死了。还是呼吸吧。”

周围一阵喘气的声音。

“你们暂时会觉得挺好。”勒让小姐说，她很高兴听到自己内心的声音说：这些都是你的囚犯，你已经比他们强了。

其中一个人笨手笨脚地摸摸自己的脸，喘了口气说：“你在用嘴跟谁说话？”

“跟你们。”勒让小姐回答。

“我们？”

“我需要解释一下——”

“不，”审计员说，“这样会有危险。我们认为身体将思考方式强加给大脑，倒也无可厚非，只是……非常不好。我们陪你去见钟表匠。我们现在就去。”

“不能穿这些衣服，”勒让小姐说，“你们会吓到他。然后可能会引起非理想的行为。”

大家沉默了一会儿。这些获得血肉之躯的审计员无助地看着彼此。

“你们必须用嘴说话，”勒让小姐继续说，“思维只能留在脑袋里。”

一个说：“衣服有什么问题？很多个人类文明中都有这种简单的款式。”

勒让小姐走到窗边说：“看到下面那些人了吗？你们必须穿得符合城市流行。”

审计员们犹豫地照办了，虽然衣服仍是灰色，但却换成了在街上也不起眼的样子。某种意义上确实还行。

“女性外表的要穿裙子。”勒让小姐继续纠正他们。

一个飘在空中的灰影说：警告，有危险。自称勒让小姐的审计员可能给出了不安全意见。警告。

“明白，”一个实体化的审计员说，“我们知道路，我们带路。”

它走出了门。

审计员们挤在门边停了一会儿，其中一人看着在旁边微笑的勒让小姐。

“门把手。”她说。

审计员们又凑在门边盯着那个黄铜把手，然后把门上上下下看了一遍。门变成了尘土。

“门把手更方便。”勒让小姐说。

嘀嗒

中轴地附近群山环绕。不过比寺庙高的那些山好多都没名字，因为山太多了。只有众神才有时间给沙滩上的每一块卵石命名，然而神没耐心。

铜头山由于很大所以有名字。洛布桑醒来就看到弯弯曲曲的山峰迎着朝阳凌驾于别的小山之上。

有时候众神真的毫无品位。他们居然允许日出日落呈现出一种滑稽的粉色和蓝色，任何专业画家看了都会说这是从没见过真正日落的热情业余画手的作品。这次的日出就是这种业余风格的。人要是看着这种日出，肯定会说：“真正的日出不可能是这种外科手术室似的粉色。”

总而言之，挺美的[1]。

洛布桑盖着一堆干蕨草，雪怪已经不见了踪影。

这里是春天。不过还有雪，雪地里偶尔露出几块土地和点点绿色。他看了看周围，发现枝条上还有花苞。

卢泽站在稍远处看着一棵树。洛布桑走过去的时候卢泽没有转头看他。

“雪怪哪儿去了？”

卢泽小声说：“他不肯再往前走了。你不能让雪怪离开雪。”

“哦，”洛布桑也小声说，“那我们为什么要小声说话呢？”

“看那只鸟。”

它停在一棵树的枝丫上，旁边有个鸟巢，小鸟用一只爪子抓着一根弯曲的小木头片一边去啄它。

“肯定是在修理旧巢穴，”卢泽说，“刚刚才开春，不会这么快就搭好鸟巢。”

“我觉得这像是个旧盒子，”洛布桑眯起眼睛仔细看，“是个旧……钟？”他补充道。

“你看看那只鸟叼的是什么。”卢泽说。

“嗯，看起来像是……一个破齿轮？为什么——”

---

1 但是没品位。

“观察得很仔细。孩子，那是一只时钟布谷鸟。看起来还是一只很年轻的鸟，它想筑好巢吸引伴侣，可惜巢筑得不好……看见了吗？数字都排错了，指针也弯着卡住了。”

“鸟还会造钟？我以为布谷鸟钟就是一个钟里头有个机械布谷鸟，准点出来——”

“你以为人们是从哪儿学到这种怪东西的？”

“肯定是灵光一现啊！”

“为什么？”卢泽说，“布谷鸟钟半小时多就开始闹，时间也走得不准，还有一群傻瓜蛋男士争先恐后地去上发条。”

“但就算——”

“每件事情都会在某个地方发生，我是这么想的，”卢泽说，“不必太大惊小怪。还有吃的吗？”

“没了，我们昨天就吃完了。”洛布桑说，接着他又满怀希望地补充了一句：“呃……我听说一些真正的高僧可以光靠着吸取空气活着……”

“那必须是在香肠星上才行，”卢泽说，“我们到铜头山下另一边的山谷里找点东西吃吧。走吧，没时间了。”

倒是有时间看鸟，洛布桑心想。周围的世界变成褪色的蓝色，想想鸟的事情还是挺放松的。

地上没有雪就更好走了，不过要避开路上那些奇怪的灌木和高高的草丛。卢泽走在前面，整个人五彩斑斓得很奇怪，在这褪色的世界里显得很不真实。

他们从矮人矿场的入口进去，但是矿上没人。洛布桑挺开心的。他知道自己昨天在村子里看到的那些人其实没有死，只是在流速不同的时间中静止了。卢泽禁止他靠近任何人，但其实不用说他也知道。靠近活的人像是一种入侵行为。尤其是当你知道他们其实是在很慢很慢地移动时，感觉就更像了……

他们进入山地边缘更温暖的树林里时，太阳依然挂在地平线上没动过。这片地区的空气更温和。这里只是一片小树林，不是森林。他们顺着小河边的狩猎小道走着跨过了一条溪流，这条路也算是马车道，虽然旧但还没荒废。

走过浅滩的时候洛布桑看了看身后，发现自己在水中留下了脚印，而水正慢慢地流入脚印中。

和别的小沙弥一样，他在山谷上方的雪原上就练习过切分时间了。僧人们说，这么做是为了让他们自身不受伤害，但是谁都不说究竟是什么样的伤害。洛布桑是第一次在寺院以外的世界里切分时间。

太神奇了！鸟悬挂在天空中，早起的大黄蜂悬挂在盛开的鲜花上，世界就像是一块大水晶把众多活物都关在里头。

洛布桑慢慢靠近一群正在吃草的鹿，其中一头鹿以地质运动一般的缓慢速度转过身，近距离看着他。他看到皮肤下面的肌肉慢慢地运动，鼓起，随时准备跳跃……

“到斯莫叩的时间了。”卢泽说。

洛布桑周围的世界瞬间加速。鹿群跑了，那充满魔法的时刻也消失了。

“斯莫叩是什么？”洛布桑不太高兴了。缓慢静止的世界非常有趣。

“你没去过四叉大陆吗？”

“没去过。但我知道那边的一串葡萄酒馆里有个酒保。”

卢泽点起细细的烟卷。

“说了等于没说，”他回答，“世界上所有的酒保都是从那地方出来的。那个国家就很怪。就位于一大堆时间资源的正中间，特别有用。时间和空间都纠缠在一起。可能都混在啤酒里头了。不过是个好地方。现在你可以看到那个国家就在下面。”

在这边空地的另一端是一座陡然直降的悬崖，那边只能看到一些树的顶端，更远处可以看到层层叠叠的群山之间夹杂着一小块一小块的平地。再远的地方有个大峡谷，洛布桑觉得应该在上头架个桥。

“看起来不像个国家，”他说，“像个大架子。”

“那是个充满巫术的国家，”卢泽说，“我们去借一把长柄扫帚，这是去安卡-摩波最快的办法了。唯一的办法。”

“呃，这不是扰乱历史吗？我是说，这种事在山谷里当然没问题，但是听说在下面的世界就……”

“对，是明令禁止的，”卢泽说，“因为这是在扰乱历史。要小心应对女巫，她们中有些人真的很狡猾。”他注意到洛布桑的表情，“所以才会有规则啊，明白吗？就是为了让你感觉到自己在违规。”

“但是——”

卢泽叹了口气，掐灭了烟卷。“我们被监视着。”他说。

洛布桑转过身，后面只有一些树，还有一些昆虫在清晨的空气中嗡嗡叫。

“在上面。”卢泽说。

有一只渡鸦停在松树的破树冠上，那棵树被冬季的风暴吹折了。渡鸦仿佛在和他们对视。

“嘎？”它说道。

“只是个普通渡鸦，”洛布桑说，“山谷里有很多的。”

“我们停下来的时候它就在看我们。”

“山上到处都是渡鸦，清洁工。”

卢泽却坚持己见：“我们遇到雪怪的时候它也在。”

“也很正常啊。是巧合而已。渡鸦不可能移动那么快。”

“也许是一种特殊的渡鸦，”卢泽说，“总之它不是我们山上的渡鸦，它是低地渡鸦。山地渡鸦哇嘶哇嘶地叫，不会嘎嘎叫。它为什么要监视我们？”

“是有一点奇怪……居然被鸟跟踪。”洛布桑说。

“你到我这个年纪就会留心天上的东西了，”卢泽说着耸耸肩笑了笑，“你总担心天上有秃鹫。”

他们再次消失在时间之中。渡鸦抖抖羽毛，“哇嘶”叫了一声，然后说：“呸。”

嘀嗒

洛布桑在一座农舍的茅草屋顶边缘处摸索，终于摸到了插在芦苇秆之间的长柄扫帚尾巴。

卢泽扶他下来，他说：“这不就是偷吗？”

“不，不是偷，”清洁工接过扫帚竖着拿起来仔细看了看长度，“我跟你说为什么不是。如果我们把事情解决了，那我们回来的时候就把扫帚放回原处，她一点也不会察觉……如果事情没解决，嗯，她依然一点也不会察觉。说实话，女巫们其实不怎么在意扫帚杆。你看这把扫帚的尾巴。我绝对不会用这东西去清扫池塘！嗯……回到普通时间中吧，孩子。我不喜欢一边切分时间一边骑扫帚飞。”

他跨上棍子扶住把手。扫帚上升了一点。

“至少悬浮得不错。”他说，“你可以坐在后面比较舒服的位置。拿好我的扫帚，袍子裹紧。飞起来风很大。”

洛布桑也坐了上去，扫帚升起来。高度大约和空地上矮树丛差不多，这样卢泽就和渡鸦一样高了。

它紧张地跳了跳，脑袋左右晃动，想要两只眼睛同时看着他。

“你想哇嘶地叫，还是想嘎嘎地叫？”卢泽显然是在自言自语。

“哇嘶。”渡鸦回答。

“所以你不是我们在山坡上看到的那只渡鸦？”

“我？当然不是，”渡鸦说，“那地方的渡鸦都哇嘶哇嘶地叫。”

“我就问一句。”

扫帚升得更高了，很快超过树梢朝中轴向方向飞去。

渡鸦抖抖羽毛眨眨眼睛。

“该死！”它突然说。它扑腾扑腾地飞到另一棵树上，鼠之死神正在那儿坐着。

吱吱？

“我说，你要是想让我当卧底就得给我找本鸟类学专著，好吗？”聒斯说，“走吧，不然我跟不上他们了。”

嘀嗒

死神在热努阿一家新开的餐馆里找到了饥荒。他独占一个包间，正在吃鸭子软泥饭。

“哦，”饥荒说，“是你啊。”

是啊，我们必须骑马出去了。你肯定收到我的消息了。

“搬个椅子坐吧，”饥荒嘶嘶地说，“这家店的短吻鳄酱汁特别好吃。”

我说，我们必须骑马出去。

“为什么？”

死神便坐下来解释。饥荒一边听一边吃个不停。

最终他说：“我知道了，谢谢你，但是这次我不参加。”

不参加？你是天启四骑士之一！

“对，当然是的。但是我这次算是什么角色啊？”

你说什么？

“这次显然没发生饥荒啊，对不对？有出现食物短缺吗？类似状况有吗？”

嗯，没有。确实没有。但是，显然——

“所以，如此一来，我只能挥手送你们出发了。我不去，谢谢。”

你以前每次都会参加。死神很不满意。

饥荒漫不经心地挥了挥手里的骨头。“以前我们的天启都很正式，”他说着又吸了一口骨头，“你可以去咬他们。”

不管怎么说，这是世界末日。

饥荒把盘子推到一旁，又翻开菜单。“还有别的世界，”他说，“死神，我一直都说，你太感性了。”

死神站起来。饥荒也是人类创造出来的。干旱、蝗灾之类当然经常有，但是想要闹一场真正的饥荒，让沃土因愚蠢贪婪的行为变成沙漠，那就得全靠人类了。饥荒非常狂妄自大。

抱歉，死神说，**占用你的时间了。**

他走出餐馆，孑然一身，来到人潮汹涌的大街上。

嘀嗒

扫帚朝着平原上俯冲，随后保持在距离地面几百尺的高度。

“我们快到了！”卢泽指着前面喊道。

洛布桑低头就看到细长的木塔上挂满了复杂的小盒子。远处还有另一架木塔，仿佛是牙签竖在晨雾中。

“信号塔！”卢泽喊道，“见过吗？”

“只从城里看过！”洛布桑大声喊着才能盖过风声。

“那是大路塔！”清洁工也大声喊着才能对话，“就像箭一样直奔安卡-摩波！我们跟着它走就行了！”

洛布桑抓紧扫帚。下面已经没有雪了，看样子应该是春季。因此在离太阳更近的高处，空气居然这么冷，风居然这么刺骨，实在不公平。

“上面实在太冷了！”

“对！我有没有跟你说过双层混织的秋裤？”

“说过！”

“我包里还有一条备用的。我们停着休息的时候你穿上吧！”

“是你自己穿的吗？”

“对！虽然不及另一条好，但还是很暖和！”

“不用了，谢谢！”

“洗干净了的！”

“卢泽？”

“什么？”

“我们为什么不能边骑扫帚飞边切分时间？”

木塔从他们下方掠过。下一座塔已经变成了铅笔大小。那些木盒子上的黑白百叶在阳光中闪耀着。

“你知不知道，要是在一个时速七十英里的魔法交通工具上切分时间会发生什么状况？”

“不知道！”

“我也不知道！我不想知道！”

嘀嗒

伊戈赶在第二声敲门声响起之前就去开了门。一个伊戈就算正在用地牢里的土填满棺材缝隙，或者正在屋顶上安装避雷针，也绝不能让客人敲两次门。

“小姐。”他点着头低声说，同时面无表情地看着她身后那六个人。

“我们来看看进度。”勒让小姐说。

“仄几位女丝和先森呢，小姐？”

“我的助手。”那位大小姐迎着伊戈平淡的目光回答。

“请各位移步进屋，我去看看祖人在不在。”伊戈说。他遵循着作为优秀管家的传统——永远不知道家里的人在哪里，除非是对方愿意让别人知道。

他走进工作间，然后进入厨房，杰瑞米正平静地将一勺子药水倒进水槽里。

“那个女人来了，”他说，“还带了律斯来。”

杰瑞米伸出一只手，掌心向下认真看了看。

“你看见了吧，伊戈？”他说，“我们做到这一步了，基本上我们的伟大工作就快完成了，我仍然非常冷静。我手很稳，你甚至可以在我手上建房子。”

“律斯们，先森。”伊戈别有深意地说。

“怎么了？”

“嗯，我们有很多钱，”伊戈的语气俨然就是那种确信自己包包里藏着一小块起到关键作用的黄金的人。

“我们完成了这个钟。”杰瑞米依然看着自己的手。

“要不四她，好几天之前就能完层了，”伊戈阴沉地说，“嗦不定能赶桑两天前的那次暴风雨呢。”

“下次是什么时候？”

伊戈打起精神，拍拍自己的太阳穴。

“条件不确定，还有从环海来的低气压，”他说，“仄里天气情况不明确，森么斯情都嗦不准。在我老家，子要你嗦起铁棍雷暴自己就跑来了。不过你打算怎么应付律斯？”

“当然是请他们进来，我们没什么可隐瞒的。”

“你确定吗，先森？”伊戈说。他那个旅行包里颇塞了些东西，一只手根本拎不动。

“确定，伊戈。”

杰瑞米理了理自己的头发，伊戈一面抱怨着一面回到店堂里，片刻后就带着客人们一起进来了。

“先森，勒让小姐到，还有……其他人。”伊戈说。

“很高兴见到你，尊贵的小姐。”杰瑞米僵硬地笑着，随即他模模糊糊记起自己从书上学过些东西，就又说，“你能介绍一下你这几位朋友吗？”

勒让小姐紧张地看了他一眼。哦，对……人类需要知道对方的名字。他又在微笑了，那微笑让她难以思考。

“杰瑞米先生，这些人是我的……助手，”她说，“黑先生，翠先生，棕小姐，白小姐。还有……黄小姐，蓝先生。”

杰瑞米伸出手说：“很高兴认识各位。”

那六个人盯着他的手不知如何是好。

“这里的礼节是要握手的。”勒让小姐说。

审计员们齐刷刷地伸手，然后慢慢地互相握住。

“是要跟他握手。”勒让小姐说着朝杰瑞米淡淡地笑了笑，又补充道：“他们是外国人。”

她从他们眼中看出了惊慌神情，也许他们自己还浑然不觉。他们大概在想，我们可以给宇宙中所有的原子计数分类，怎么可能有我们不理解的事情呢？

杰瑞米努力握住一只晃来晃去的手：“你是——”

那个审计员焦急地看了看勒让小姐。“黑先生。”勒让小姐说。

“我认为我们都是黑先生。”另一个男性外形的审计员说。

“不，你是翠先生。”

“不管怎样，我们更喜欢当黑先生。我们更高级，而黑色是很强有力的色调。我们不想当翠先生。”

“我觉得你们名字的含义并不重要，”勒让小姐又朝着杰瑞米笑了笑，“他们是我的会计人员。”她读过的一些书曾提到这个借口可以敷衍各种怪异行为。

“伊戈，你看，”杰瑞米说，“他们只是普通会计而已。”

伊戈苦笑了一下。他开始回想自己的行李放在哪里了，要知道会计比律师还糟糕。

“灰色可以接受。”翠先生说。

“无论如何，你是翠先生，我们是黑先生。这是身份问题。”

“既然如此，”白小姐说道，“白色比黑色更高级才对。黑色只是缺失了颜色的状态。”

“这个观点很不错，”黑先生说，“那么从现在起我们是白先生，你是朱小姐。”

“你此前坚称你们是黑先生。”

“新信息显示地位发生了变化。但并不是说此前所说的地位就不正确。”

开始了，勒让小姐心想。这是那种你的眼睛看不到的黑暗之处发生的事情。宇宙分成两半，你住在眼睛后面的那一半宇宙里。一旦你有了身体，你就有了“我”。

我见过星系消亡，我见过原子跳舞。但是在我拥有眼睛后面那片黑暗之前，我都不曾从原子的舞蹈中领悟到死亡。我们错了。当你把水倒进水壶里的时候，水就成了壶的形状，而且不再是原先的水了。一个小时之前，他们想都没想过要有名字，结果现在居然在为了名字争吵……

而且他们听不到我在想什么！

她想要更多时间。十几亿年形成的习惯不会轻易向一口面包投降，她知道人类这种疯狂的生命形式不应该存在。是的，不该，肯定不该，当然不该。

但是她想要更多时间。

她想研究人类。没错，研究。

应该有……报告。对，报告。完整的报告。很长很长，很完整的报告。

谨慎，对了，就是要谨慎。审计员特别喜欢这个词。就是专指把什么东西推迟到明天，明天的明天，直到什么时候呢，举例来说吧，直到明年。

必须要说此时勒让小姐有些魂不守舍，当然她其实并没有一个魂。另外六个审计员……过一段时间他们也会有同样的思路。不过现在还没过完那段时间。要是她能说服他们吃东西，那就能……对了，那就能让他们多些感性。但这周围似乎没有食物。

她看到工作台上有个很大的锤子。

“进度如何了，杰瑞米先生？”她走到大钟旁边问道。伊戈动作很快，他站在玻璃柱子旁边护着钟。

杰瑞米也赶紧走上前：“我们仔细校准了整个系统——”

“又仔细校遵了。”伊戈低声说。

“是啊，又仔细校准了——”

“校遵好几次了。”伊戈补充道。

“现在我们就只等着合适的天气了。”

“我还以为你储存了闪电。”

那位小姐指着工作室墙边一个嗞嗞作响冒着泡泡的绿色玻璃圆

筒。就在工作台旁边，对，锤子就放在那里。没有人可以看穿她的思想！这就是力量！

“维持机械运转的少量闪电很容易就能保存起来，但是想要启动大钟就需要很多闪电，伊戈说有‘一跳’那么多。”杰瑞米解释道。

伊戈捡起两个跟他脑袋一样大的弹簧线夹。

“对，”他说，“但是在这里很少有那么强的雷暴。我一直说该在尤伯瓦尔德造这个钟。”

“这次延迟的本质原因是什么？”——疑似白先生的审计员问道。

“我们需要雷暴，这样才能得到闪电。”杰瑞米说。勒让小姐渐渐后退靠近工作台。

“嗯？安排一个吧。”白先生说。

“要是在尤伯瓦尔德，当然就——”

“就是气压和电位的问题而已，”白先生说，“你不能制造一个出来吗？”

伊戈既难以置信又满怀敬意地看了他一眼。

“你不是从尤伯瓦尔德来的吧？”伊戈说。随后他吸了口气拍拍自己的头。“哈，我感觉到了！”他说，“天哪！你怎么做到的！气压像个锭子一样突然下降！”

火星在他黑色的指甲盖上闪耀。伊戈笑起来。

“我仄就去把避雷锃架起来。”伊戈说着赶紧去拿墙边的滑车。

勒让小姐转身看着其他人。这一次她倒是希望别人能听到她的想法，毕竟她还不知道那些表意精准的脏话。

“这不合规矩。”她气得直抽气。

“只能这样了，”白先生说，“要不是你这么……松懈，事情早就完成了！”

“我要求进行进一步研究！”

“没必要！”

“有什么问题吗？”杰瑞米问道。平时谈论和钟表无关的话题时，他不是这样的语气。

“这个钟现在还不能启动！”勒让小姐依然盯着其他几个审计员。

“但是你让我……我们一直……全都准备好了！”

“可能……还有问题！我认为我们应该继续测试一星期！”

但是她知道不会有问题。杰瑞米造这个钟非常熟练，仿佛早就练过十几次了似的。勒让小姐只能把事情推迟到这种程度了，毕竟伊戈还紧盯着她呢。

白先生问杰瑞米：“你叫什么‘名字’，年轻人类？”

钟表匠后退几步回答：“杰瑞米。我……我不明白，白……呃，白先生。钟是用来计时的。钟不危险。钟怎么可能有问题？这是一个完美无缺的钟！”

“那就启动！”

“但是小姐说——”

外头传来大力敲门的声音。

杰瑞米说：“伊戈？”

伊戈在门厅答道：“森么斯，先森？”

白先生看着勒让小姐：“这个仆人是怎么下来的？”

“这个，是他们的技巧。”杰瑞米回答。

“我、我确定只是——”

“四霍普金斯博丝，先森，”伊戈说着从客厅进来，“我跟他嗦你很忙，但四——”

——但是霍普金斯博士虽然看起来脾气好得如同牛奶，却也是在行会里摸爬滚打多年的秘书。对于这么一个能主持钟表匠会议的人来说，从伊戈胳膊底下钻过来完全不是难事，要知道每一个钟表匠都有着和全人类截然不同的计时方式。

“我正好要来这边办事。”他愉快地笑着说道，“所以就顺便去拜访了一下药剂师，拿了一点——哦，你有客人啊？”

伊戈露出苦笑，有些规则必须时刻不忘。

他说：“我去给各位泡嚓吧，先森们？”此时所有审计员都看着博士。

“茶是什么？”白先生问道。

“是一种协议！”勒让小姐厉声说。

白先生犹豫了，协议很重要。

“呃，呃，呃，是的，”杰瑞米说，“请上茶吧，伊戈。”

“我的天哪，你完成了这个钟！”霍普金斯博士很显然没发现室内空气凝重得可以托起铁块了，“多么了不起的杰作啊！”

博士从审计员面前从容地走过，去看那玻璃钟的表盘。审计员们面面相觑。

“干得好，杰瑞米！”他说着摘下眼镜十分热忱地擦拭镜片，“这美丽的蓝光是什么？”

“这是，这是水晶环，”杰瑞米回答，“它、它——”

“它可以传导闪电，”勒让小姐说，“然后在宇宙中打个洞。”

“真的吗？”霍普金斯博士说着又把眼镜戴回去，“真是个浑然天成的好主意！洞里会有布谷鸟跳出来吗？”

嘀嗒

高空中，人所能听见的最坏的词当数“哎呀”，它表达了令人五脏纠结的恐怖，同时也没有浪费一丝丝呼吸。

当卢泽说出这个词的时候，洛布桑不需要任何解释。他早就看着那些云了。云层越来越厚，越来越黑。

“扫帚杆摸起来有些刺痛！”卢泽喊道。

“因为正有一场暴风雨朝我们冲过来！”洛布桑尖叫着回答。

“几分钟前还是晴空万里！”

离安卡-摩波已经挺近了。洛布桑已经能看到一些高层建筑了，还能看到那条河从平原上蜿蜒流过。暴风雨正直奔安卡-摩波而去。

“我得趁现在让扫帚降落！”卢泽说，“抓稳了……”

扫帚一路直降，最终落到了一块卷心菜地上空几尺高的地方。那些农作物在洛布桑脚下几寸远处呈现出一片模糊的翠绿色。

洛布桑又听见了一个词，它不是那种在半空中听起来就特别糟糕的词，但是被掌舵的说出来也绝不是什么好话。

“呃……”

“你知道怎么让扫帚停下吗？”洛布桑喊道。

“说不准，”卢泽喊回去，“抓紧。我试一下……”

扫帚的方向不变，头部抬升。扫帚尾巴扫过卷心菜。

它飞了好长一段路才减速，最终带着浓浓的卷心菜味停在田垄另一头。

“你可以把时间切分到多细？”清洁工从烂菜叶里爬出来。

“大概挺细的——”洛布桑说。

“那就赶快！”

卢泽消失在一片蓝色中朝着城市的方向跑去。洛布桑跟在他身后约一百码的地方，但清洁工把时间切分得越来越细，他的身影也越发模糊。洛布桑拼尽全身力气咬牙跟上。

打架的时候这老头肯定是个骗子，但是这时候他可是动真格了。周围的世界从蓝色变成靛青色最后变成黑色，是一种超乎寻常的黑，如同日蚀的影子。

洛布桑知道，这是很深很深的时间，人不能在里头待太久。就算你能忍受这种极寒，你身上的很多零件也不适应这种环境，而且要是过于深入，又快速返回的话……

他没见过那种状况，学徒当然不可能见到那种情况，不过上课的时候他们见过好些图片。如果一个人血液中的时间流动比骨头中的时间流动快的话，他的生活会无比痛苦，而且短暂。

他追着卢泽跑进昏暗的紫色中，上气不接下气地说："我没法……跟上……"

"你可以，"卢泽回答，"你速度很快，对不对？"

"我没、没受过……这种训练！"

城市越来越近了。

"任何人都没受过这种训练！"卢泽吼道，"你只管去做，然后就会发现自己还挺擅长的！"

洛布桑问："要是我发现自己不擅长会怎样？"不过这时候感觉轻松一些了。他不再觉得自己的皮肤想要挣脱出去了。

"死人什么都不会发现的。"卢泽回答。他转身看着自己的学徒，在阴影中他的坏笑看起来就是一条曲线加上黄牙："掌握诀窍了吗？"

"我……好像可以了……"

"好！热身结束……"

洛布桑恐怖地看到，清洁工消失在黑暗深处。

他打起精神继续前进——但其实根本不剩几丝精神了。他觉得自己的大脑快散架了，同时又要拼命挽留住肝脏，不让它独自离去。

洛布桑总算到达了跟卢泽一致的时间尺度，清洁工的身影清晰起来。

"还好吗，孩子？再加把劲！"

“我不行了！”

“你绝对可以！”

洛布桑呼吸着冰冷的空气，一头摔倒——周围的光忽然变成了平和的淡蓝色，卢泽正慢慢地走在城门口那些一动不动的马车和人群之间。

“看，完全没问题，”卢泽说，“只要保持就好，一切都平静稳定。”

这感觉就像走钢丝，只要不去想就还好。

“但是所有的书里都说，你会进入蓝色，然后是紫色，然后是黑色，最终会撞墙。”洛布桑说。

“哦，书嘛，”卢泽只说了这么一句，仿佛语气就已经说明一切，“这叫齐默尔曼谷。你知道有这个区域的存在就会觉得安心不少。住持说这跟……跟那个什么呢……哦，跟边界条件有关。就像……像潮水上的泡沫一样。孩子，我们现在就在边缘处！”

“但我可以轻松呼吸！”

“对。本来是不可以的。继续走，不然你就会耗尽身边的正常空气。齐默尔曼这老家伙不错吧？他是最厉害的一个。他猜想在距离‘墙’更近的地方应该还有一个低谷。”

“他找到了吗？”

“没有。”

“为什么？”

“因为我看到了他爆炸的样子。别担心，在齐默尔曼谷你可以很容易就保持目前的切分状态，别老想着切分，去想想别的事情！看着那些云！”

洛布桑抬起头。在这片无比湛蓝的世界里，城市上空的云看起来很吓人。

"在尤伯瓦尔德发生过一次，"卢泽说，"那个钟需要很多能量。雷暴就这样凭空出现。"

"安卡-摩波那么大，我们怎么找呢？"

"首先我们往市中心方向走。"卢泽说。

"为什么？"

"因为运气好的话，当闪电落下来时，我们就不用跑太远了。"

"清洁工，人不可能比闪电跑得快！"

卢泽转身抓住洛布桑的袍子把他拉过来。

"那你跟我说该往哪里跑，小鬼！"他喊道，"你身上潜力可大了！没有哪个学徒能找到齐默尔曼谷！通常要训练几百年才行！也没有谁能够只看一眼就让延时器全部听他的指挥运转！你以为我是个傻子吗？拥有奇怪力量的孤儿……你到底是什么人？曼陀罗都认识你！我是个凡人，我只知道如果我能看到世界粉碎的瞬间我肯定痛不欲生！帮帮我！不管你能做什么，我都需要知道！把你的力量用起来！"

他松开洛布桑，后退几步，光头上有一条血管突突跳着。

"但我不知道我能做什么——"

"去搞清楚！"

嘀嗒

协议、规则、先例、行事方法，我们一直是这样工作的，勒让小姐心想。这个和这个必须遵守那个。这曾是我们的长处，但是也会成为弱点吧？

如果眼神能杀人的话，霍普金斯博士现在已经变成墙上的脏东西了。审计员们看着他的一举一动，眼神如同猫在看新品种的老鼠。

勒让小姐当人的时间比他们都长。时间可以改变身体，尤其是你此前没有过身体的话。她才不会怒气冲冲地瞪着别人，她会一棍子把博士打晕，这样岂不是更像人类？

接着她愉快地意识到，这个想法本身就是人类的思路了。

而另外六个才刚到这个世界上来。他们不懂作为人类口是心非才是关键。而且他们显然还不适应在眼睛后面的小黑屋里思考问题。审计员都是通过跟其他上百万个审计员接触才能得出结论的。

他们早晚也会有自己的思想。不过要花上一段时间才会有，因为他们首先必须向别人学习。

此时他们正非常怀疑地看着伊戈的茶盘。

“我坚持主张喝茶是一项协议。”勒让小姐说。

“确实如此吗？”白先生大声问霍普金斯博士。

“是啊。”博士说。接着他又兴冲冲地补充道：“通常还要加上姜饼。”

“姜饼，”白先生重复了这个词，“就是红褐色的饼干？”

“四的，先森。”伊戈冲着盘子点点头。

“我愿意尝尝姜饼。”朱小姐自告奋勇。

很好，勒让小姐心想，请务必尝尝姜饼。

“我们不需要吃喝！”白先生厉声说。他非常怀疑地瞥了勒让小姐一眼：“吃喝会导致错误的思考方式。”

“这是本地传统，”勒让小姐说，“无视协议会引起他人注意。”

白先生犹豫了，不过他很懂得变通：“这违背我们的宗教！”

这真是了不起的进步。这句话完全是凭空捏造的，他独自一人想出来的。勒让小姐很是佩服。审计员们曾试图理解宗教，因为人以宗教名义做了很多不可理喻的事情。但宗教也给很多怪癖找到了借口，比如说种族灭绝。与那些事情相比，不喝茶真的微不足道。

“是的，就是这样！”白先生转向其他审计员，“难道不是这样吗？”

“对，不是这样的。确实！”翠先生赶紧附和。

“是吗？”霍普金斯博士说，“我还没听说过哪个宗教禁止喝茶。”

“确实很少！”白先生说。勒让小姐几乎能听见他脑子在飞速运转。“这个……对了，就是关于饮用……正确……茶就是……对众神极端的大不敬。这是……正确……这是我们宗教的一大戒律……是了……同时也要严禁姜饼。”他头上都冒汗了。对审计员来说，这真是天才般的创造力了。“此外，”他慢慢地继续说，仿佛面前有一张别人都看不见的稿子，“我们的宗教……正确！……我们的宗教要求立刻启动这个大钟！为了……谁知道会是什么时间呢？”

勒让小姐虽然很不赞同，但还是佩服得想要鼓掌。

“谁知道呢？”霍普金斯博士重复道。

“我、我完全同意，”杰瑞米一直在看勒让小姐，“我不知道你们是谁……为什么闹出这些事情……我不知道为什么……哎，天哪……我头疼……”

霍普金斯博士迅速站起来，茶都洒出去了，他赶紧摸自己的外套口袋。

“啊，太巧了，我来的时候正好去了药剂师那里——”他气都不喘地说完一整句。

“现在还不该启动这个钟。”勒让小姐靠在桌边。锤子就很合适地放在近旁。

“我看到那些闪电的小火花，霍普金斯博士。”杰瑞米焦急地盯着远处半空中。

“不是闪电的火花！不是闪电的火花！”霍普金斯博士说。他从伊戈的托盘里拿了一把茶勺，看了一眼，扔到一边。然后把杯子里的茶都倒掉，又把一个蓝色药瓶的瓶口在工作台上敲开，倒出一杯药，由于动作匆忙，药洒出来不少。

那个锤子离勒让小姐的手只有几寸远了。她不敢看周围，却能感觉到周围的情况。审计员们都盯着全身发抖的杰瑞米。勒让小姐的手伸到桌上。她不需要动，只要抡起胳膊猛地一扔就可以了。

她看到霍普金斯博士把茶杯送到杰瑞米嘴边。而杰瑞米双手捂住脸，胳膊肘想把杯子推开，很多药水洒在地板上。

勒让小姐握住锤子把手，抬手用力将锤子朝那个钟扔过去。

嘀嗒

对较弱一方来说战争形势在不断恶化。他们的位置不好，战术不好，整个战斗方略也很差。红方部队不断前进越过前线，将残余的黑方部队逐一歼灭。

这片草地上只能容纳一座蚁山……

死神在草叶之中找到了战争。他佩服注意细节的人。战争正披挂着全副盔甲，不过曾经挂在他马鞍两侧的都是人头，如今却成了蚂蚁的头和触须之类。

你觉得它们发现你没有？死神问。

“可能没有。”战争回答。

就算发现了也没关系，它们反而会感激你。

“哈！这是最近唯一一场像样的战争了。”战争说，“所以我喜欢蚂蚁。蚂蚁不懂汲取教训。什么事？”

我也认为最近非常和平。死神回答。

“和平？”战争说，“哼！我干脆改名叫‘维和行动’或者‘谈判成功’好了！还记得以前吗？战士们都疯得口吐白沫！胳膊和大腿满天飞！真好啊，是吧？”他往前凑推了死神一把：“我打包你收尸，记得吗？”

死神心想，这个挺有希望。

说起以前，他小心地说，**你应该还记得我们骑马出行的传统吧？**

战争疑惑地看了他一眼，说：“想不起来了啊，老兄。”

我发出召唤。

“没印象……”

天启？死神说，**世界末日？**

战争还是很茫然。“好像有那么回事，但是想不起来。对了……”战争四下看了看，方才的大屠杀接近尾声，“去哪儿吃饭？”

他们周围草叶的森林不断变小变矮，最终变成普通的草丛，这是一座房子外面的草地。

那是一座古老的长条屋。战争嘛，当然该住这种房子。但是死神发现屋顶上长着常青藤。他记得战争以前绝对不允许这种东西存在，他不禁有一丝丝担忧。

进屋的时候战争把头盔挂到墙上，以前他是从来不肯摘下头盔的。火堆旁的长凳上当年总是挤满了战士，空气中充满啤酒味和汗味。

“亲爱的，我带了个老朋友回来。”他说。

战争太太正在一个铁制的黑色现代化灶台上做饭，死神看见那个灶台是安在当年的火塘上的，锃光瓦亮的排烟管通到房顶。她朝死神点点头，那神情就像是当太太的看到丈夫从酒馆里带了个不速之客回来，虽然提前说过，但还是很意外。

“我们吃兔子，”她说，然后又补充了一句，“可以加点菜做成三人份。”她这话的语气仿佛是自己被骗了一遭，回头要找补回来似的。

战争那张大红脸皱起来：“我喜欢兔子吗？”

“你喜欢啊，亲爱的。”

“我以为我喜欢牛排。”

“不行，亲爱的，你吃了牛排胀气。”

“唉，”战争叹了口气，“有洋葱吗？”

“亲爱的，你不喜欢洋葱。”

“我不喜欢？”

“因为你胃不好，亲爱的。”

“哦。”

战争尴尬地朝着死神笑了笑。“吃兔子。嗯……亲爱的，天启的时候我会出门骑马吗？”

战争太太掀开锅盖用力搅了几下锅里的东西。

“亲爱的，你不去，”她坚定地说，“你每次去都会感冒。”

“我觉得，我其实还、还挺喜欢那事……？”

“不，亲爱的，你不喜欢。”

虽然有些异议，死神却觉得很神奇。他从未遇到过这种情况，居然有人把自己的记忆放在别人的脑子里。

“也许我喜欢啤酒吧？”战争问道。

“亲爱的，你不喜欢啤酒。”

“不喜欢吗？”

“不喜欢，喝了你就觉得不舒服。”

“哦。嗯，那我喜欢白兰地吗？”

“亲爱的，你不喜欢白兰地。你喜欢加维他命的燕麦饮料。”

“哦，是啊，”战争郁郁不乐地说，“我都忘了我喜欢那个。”他可怜兮兮地望着死神：“其实还挺好喝的。”

我们能借一步说话吗？死神说。

战争很疑惑：“我喜欢——”

借一步，拜托。死神大声说。

战争太太很不高兴地看了死神一眼。

“我理解，我很理解，”她傲慢地说，“但你不准说任何鼓动他的话，我就这一个要求。”

死神记得战争太太当年是瓦尔基里之一。正因为有她们存在，上战场才需要各位小心。

她出去了之后，战争说：“老兄，你从没想过要结婚吗？”

没想过，半点也没想过，绝对不想。

“为什么不想？”

死神无言以对。这种问题无异于向一堵墙请教牙科问题，是个毫无意义的问题。

所以他没理会那个问题，直接说，我见过另外两个了。饥荒不在乎天启，瘟疫很害怕。

“我们两个，对抗审计员？”战争说。

正义在我们这边。

“说起战争，”战争说，“我实在不想跟你说站在正义一方的极小规模军队会是什么下场。”

我见过你战斗的样子。

“我的右臂已经大不如前了……”战争小声说。

你是永生的，你不会生病。死神说。然而他看得出来，战争眼中隐约有着忧虑之情，他知道此事只有一个结局。

死神明白了，当人类就必须改变。天启四骑士……曾经是天启四骑士。人类希望他们呈现出特定的外貌，特定的形式。但是就和众神一样，和牙仙、圣猪老爹一样，他们的外貌改变了他们的内在。他们永远不可能真的成为人类，但是却会像生病一样获得某些方面的人类特质。

由于事情的重点在于，没有任何东西，任何东西都不可能只有一个方面。人类可以想象出一个叫“饥荒”的存在，但是一旦饥荒长出了胳膊、腿、眼睛，那么自然也就有了脑子。于是饥荒就能思考。而脑子是不可能一刻不停地思考蝗虫成灾的。

又是突发行为。总会变得复杂。万事万物都会变。

谢天谢地，死神心想，至少我一点也没变，我还是我原本的样子。

只剩一人。

嘀嗒

锤子飞了一半，停下来。白先生走过去拿起停在空中的锤子。

他说：“小姐，说真的，你以为我们没有监视着你吗？你，伊戈，去把钟准备好！”

伊戈看看他又看看勒让小姐。“我子听祖人杰瑞米先森的命令，谢谢理解。”他说。

“你启动了那个钟，世界就会终结。”勒让小姐说。

“多么愚蠢的想法，”白先生说，“我们要嘲笑它。”

别的审计员便一起“哈哈哈”。

“我不需要吃药！”杰瑞米一边喊一边想把霍普金斯博士推开，“我不需要别人对我指手画脚，都闭嘴！”

众人沉默之时，云层里传来闷雷。

“谢谢，”杰瑞米冷静多了，“我希望现在我是个理智的人，以便理性地完成此事。钟是计时工具。我造出了这个完美的钟，小姐——小姐们，还有先生们，它是计时领域的革命。”

他伸手将指针拨到接近一点的位置。然后弯下腰，握住摆锤，让它摆起来。

世界依然存在。

“看见了？我的钟启动了宇宙也不会停下来，”杰瑞米说。他胳膊抱在胸前坐下，冷静地说：“看着。”

大钟发出柔和的嘀嗒声。它周围的机械装置中发出咯咯咯的声音，装着酸液的绿色大玻璃管也发出咝咝的声音。

“嗯，好像没发生什么事情，”霍普金斯博士说，“太好了。”

钟的正上方安装的避雷针开始冒出火星。

“它只是给闪电提供一个通路，”杰瑞米愉快地说，“我们送出去一点点闪电，然后返回来大量——”

钟的内部有什么东西在移动，发出类似嗞嗞嗞的声音，钟里头充满了蓝绿色的光线。

“啊，串列初始化了，”杰瑞米说，“先练习一下，传统钟摆是这个大钟的从动装置。你们很快就会看到了，这样一来每一秒钟都会被调整到正确的时间。”他笑着，一边脸颊有些抽搐，“总有一天所有的钟都会是这样。”然后他又补充道：“一般来说我讨厌别人说‘时时刻刻’这种不精确的词，但是我——”

嘀嗒

广场上有人打架。在时间切分状态下“齐默尔曼谷”这个区间中，到处都有种奇怪的颜色，打架的人被淡蓝的色彩笼罩着。

看样子像是几个警卫想拿下一群坏人。其中一个人跳了起来，悬在半空中。另一个人正用十字弓朝一个警卫射击，箭也悬停在半空中。

洛布桑好奇地看着它。

“你就是想去动一下，对吧？”洛布桑身后的人说，“不管我怎么说，你就想去动一下是吧。注意看那个倒霉的天空！”

卢泽紧张地抽着烟。烟雾离开他身边几寸远就固定在空中不动了。

“你真的感觉不到它在哪里吗？”卢泽很着急。

“它就在我们周围，清洁工。我们离得太近了，这……这个就好像你站在森林里想要找一棵树似的。”

“这里是狡猾手艺人大街，钟表匠行会就在那头，”卢泽说，“既然这么近了，那么若非特别确定，我也不敢进去。”

“大学呢？”

“巫师们没那么疯，他们不会做这种事！”

“你不是要试着跟闪电赛跑吗？”

“那个可以做到，如果我们从齐默尔曼谷出发就可以。闪电其实也没那么快。”

“我们是不是要等到云层里出现细微的电光？”

“哈！如今这些孩子都学了些什么？闪电第一下是从地面传到天空的。空气中就会出现一个洞，然后才有大量闪电落下来。注意找亮光。等第一束闪电到达云层时，我们还要走好长一段路呢。你还好吗？”

“我可以这样走一整天。”洛布桑说。

“别想，”卢泽又看了看天空，“也许我搞错了，可能只是普通风暴。你早晚会——”

他忽然不说了。洛布桑的表情足以说明问题。

“好吧，”清洁工慢慢地说，“告诉我方向，不能说的话就指一下。”

洛布桑跪在地上，手举过头顶。“我不知道……我不知道……”

银色的光芒在几条街之外忽然腾起。卢泽拉起洛布桑的胳膊。

“走了，孩子，站起来。要比闪电还快，好吗？”

“好……好的……”

“你能行的，对吗？”

洛布桑眨眨眼睛。他又看到了那个玻璃房子，苍白的轮廓渐渐延伸，覆盖了整个城市。

“钟。”他粗着嗓子说。

“快跑，孩子，跑！”卢泽喊道，“不管发生什么都别停。”

洛布桑努力往前走，但是非常艰难。时间为他让路，刚开始他双腿挣扎着走得很艰难。他不停地迫使自己越走越快，周围的景物又开始变换颜色，世界越发慢了。

清洁工曾说过，还有另一个区域。在距离空点更近的地方还有另一个低谷。目前为止，他唯一能想到的就是必须尽快到达那个区域。他的身体感觉仿佛要分崩离析，骨头在吱嘎作响。

前面的那个亮光已经升上空中靠近铅灰色的云层了，洛布桑走到一个十字路口，刚好能看见那亮光是从街道中段一座房子里升起来的。

他转身去找卢泽，发现清洁工正在他身后好几码开外的地方，张着嘴，像个雕像一样往前倾倒。

卢泽转过身集中精神，让时间加速。

他赶在卢泽摔倒之前扶起他。这老人耳朵里流出血来。

“我做不到，孩子，”清洁工低声说，“你快去！快去！”

“我能做到！这就像从山坡上跑下去！”

“我却不能！”

“我不能就这样丢下你！”

“别让英雄害了我们！去找到那台钟！”

洛布桑犹豫了。那明亮锐利的闪电已经开始从云层往下运行了。

他跑起来。在前方隔着几座房子的位置，闪电朝着一家店落下。他透过窗户看到有一个大钟在店里。

他进一步逆着时间的流向前行，时间让步了。但是闪电已经接触到了房顶上的铁棍。

和门相比窗户离洛布桑更近。他低下头从窗户跳了进去，窗玻璃在他周围分崩离析，碎片凝固在空中，各种钟表像放烟花一样从展示柜里洒出去，接着仿佛落入无形的琥珀一样停在半空中。

他面前还有一扇门。于是他抓住门把手一推，木门被迫勉强追赶光速，带来了极大的阻力。

门只开了几寸，洛布桑就看到闪电缓慢地沿着铁棍传导进入了一座大钟的中心。

钟敲响了一点，时间停止了。

嘀——

送牛奶的泡湿先生正在水槽里洗瓶子，突然空气暗下来，水也凝固了。

他看着水槽呆了一会儿，然后以一种做实验的态度将玻璃瓶拎到石头地板上方，松手。

瓶子依然悬在空中。

“该死！”他说，“又有傻子捣鼓大钟了啊？”

接下来他做的事情不是牛奶店的日常工作。他来到屋子正中间，双手在空气中挥舞了几下。

空气亮起来，水流动起来。瓶子打碎了——不过罗尼转身朝它一挥手，银色的玻璃碎片就又复原了。

罗尼·泡湿叹了口气，进入搅奶油室。宽大的碗排列着延伸到很远处，如果有什么人得到罗尼的允许仔细看过的话，就会发现这个碗的队列远比一座普通房子的长度要长。

“显示。”罗尼说。

离他最近的一碗牛奶呈现出镜面，然后镜面里出现了图案……

罗尼又回到牛奶店，从门口的挂钩上摘下尖帽，然后穿过院子来到马厩。天空十分阴沉，呈现出全然静止的灰色，他牵着马出来。

那匹马是黑色的，黑得可以随周围环境反光，但有一点很奇怪：它仿佛是笼罩在红光之中。在灰色的天空下，它的肩膀和侧腹都呈现出红色。

尽管被系在货车上，但它绝对不像是会被系在任何一种马车上的马，可惜从来没有人注意过，罗尼一直很小心地不让人发现。

马车刷着白亮亮的油漆，间或有些淡绿色装饰。

马车一侧骄傲地写着这样几个字：

罗纳德·泡湿，专送健康牛奶。

创建

从来没人问“到底什么时候创建的”，这也挺奇怪。如果他们问了，答案会非常复杂。罗尼打开院子门，送奶车咯噔咯噔地驶入这时间停滞的一刻。他心想，这世道对小生意人来说真是太凶险了。

洛布桑·路德在一阵细微的敲击声和旋转声中醒来。

他身处一片黑暗中，但黑暗似乎在他手中凹了下去，而且摸起来像天鹅绒，其实应该就是天鹅绒。他滚到了一个展示柜下面。

他背上有一小块在震动。他小心地摸了摸，想起来原来是那个便携式延时器在笼子里转动。

那……

延时器现在状态如何呢？他现在是在借来的时间里活动。大概有一个小时，或者更少。不过他可以切分时间，所以……

不对。直觉告诉他切分储存在屈发明的设备中的时间绝对行不通。光是这么一想，他就仿佛感觉到自己置身于一个全然由刀片构成的宇宙之中。

那……一个小时不到。不过也可以给延时器重新上发条吧？

不行，把手在背后，你只能帮别人给延时器上发条。多谢你，屈，多谢你和你的试验机型。

可以脱下来吗？不行。背带是延时器的一部分。没有了背带，你身体的各个部分就处于不同流速的时间之中。其影响大概是把一个人的身体冻得僵硬，然后推下台阶。

用撬棒撬开箱子，你就会发现里面是……

门缝里透出蓝绿色的光。他走过去，听见背上延时器忽然转得更快了。说明它释放出更多的时间，这是个坏现象，因为你只有一个小时不到的时间。

他离开那扇门，延时器又恢复了正常的转速。

那么……

卢泽在街上，他也有个延时器，此时延时器肯定也自动启动了。在这个没有时间的世界里，他是唯一一个能帮他转动延时器手柄的人。

他跳进窗户时撞碎的玻璃都环绕在破洞周围，好像一朵很大的玻璃花。他伸手摸了其中一片。玻璃碴仿佛活的一样忽然割伤了他的手指，然后就开始下落，在远离了他的身体之后，玻璃碴又停下来。

不要接触任何人，卢泽此前这样说过。不要接触箭，不要接触任何本该是在移动的东西，这是规则。但是玻璃——

——但是玻璃，在正常的时间之中，玻璃应该从空中飞过。它现在依然有那种能量，对吧？洛布桑小心翼翼地绕过玻璃，打开商店的大门。

木头移动得非常慢，它在抵御这极快的速度。

卢泽不在街上，但是有别的东西。那东西就在卢泽刚才摔倒的位置，悬浮在地面以上几寸高处。刚才还没有这个东西的。

另一个携带着备用时间的人来过这里，那人弄丢了这个小东西，而且在它落地前离开了。

这是个小玻璃罐子，在目前这个环境里是蓝色的。它又包含了多少能量呢？洛布桑将双手捧起来小心地放在玻璃罐下面，然后慢慢上移。在他感觉到重量的同时，延时器的时间场接纳了它，洛布桑感到一阵刺痛。

玻璃罐恢复了正常的颜色。是个白粉色瓶子，或者说是个透明的玻璃罐，但里面装着粉色的东西。罐子上贴的纸片印刷很粗糙，但是上面的草莓却画得完好无缺，上面还有一些花体字，写的是：

罗纳德·泡湿，专送健康牛奶
草莓酸奶
鲜如朝露

泡湿？他知道这个名字！那个人给行会送牛奶！一点都不掺水的新鲜好牛奶，完全不像别的牛奶店，奶里头还有绿颜色的东西。大家都说他很值得信任。可是不管值不值得信任，他只是送牛奶的人而已。好吧，只是一个很好的送牛奶的人，如果时间停止了，为什么——

洛布桑绝望地看了看周围，街上拥挤的人群和车子都还在。谁都没动，谁都动不了。

可是有个东西在沿着排水沟跑。那东西看起来像是个穿着黑袍的老鼠，用后腿奔跑着。它抬头看了看洛布桑，这时候洛布桑才看到，这老鼠没有头，只是个骷髅。作为一个骷髅，它似乎还挺开心的。

吱吱这个词不经过耳朵直接出现在他的脑海中。然后老鼠跳到人行道上，朝一条小巷子里跑去。

洛布桑跟了上去。

片刻后，他身后有个人揪住了他的脖子。他想要挣脱，但是紧接着就意识到切分时间的时候没法挣脱。而且他身后那人抓得很紧。

“我必须确保你没有做任何傻事。”那人说，是个女人的声音，“你背上背的是什么？”

“你是——”

那个人说：“这些事情的规则是：掐住你脖子的人负责问话。”

“呃，这是一个延时器。呃，它能储存时间。你——”

“哎呀，你又来了。你叫什么？”

“洛布桑，洛布桑·路德。对了，你能帮我上一下发条吗？情况紧急。”

“当然可以。洛布桑·路德，你鲁莽冲动，本该愚蠢且毫无意义地死去。”

“什么？”

“而且你学东西也很慢。你说的是这个把手吗？”

“对，我没时间了。可以问一下你是谁吗？”

“苏珊老师。你别动。”

他听见自己身后传来延时器重新上了发条的声音，那声音无比令人愉快。

“苏珊老师？”他说。

“我认识的人都这么叫我。好了，我现在可以放开你。我要强调一句，任何愚蠢行为都只会带来反效果。另外，我是这个世界上唯一一个能再次帮你上发条的人。”

身后的力量松开，洛布桑慢慢转身。

苏珊老师是个瘦高的年轻女士，穿着一身严肃的黑衣。她的头发是淡金色的，像光晕一样环绕在她脑袋周围，其中只有一缕黑色。但是她身上最令人惊讶的是……全部都很令人惊讶，洛布桑心想，她的表情姿势都很令人惊讶。有些人会融入背景中，苏珊老师则是融入前景。她无比突出。她身后的一切东西都成了微不足道的背景。

“好了？”她说，“看清楚了？”

“抱歉。你有没有见到一个老人，穿得和我一样，也背着这样一个东西？”

“没有。现在轮到我了，你音准不准？”

“什么？”

苏珊翻了个白眼：“好吧，你唱歌没有？”

“没有，没有！”

“显然你也没和女孩子在一起，”苏珊说，“几分钟之前我看见麻烦老头从这里走过。还好你没遇到他。”

“有可能是他把我的同伴抓走了吗？”

“恐怕不是。麻烦老头不算是个人。总之，现在的情况比麻烦老头麻烦多了，连吓人怪都逃进地下了。”

“你看，时间停止了，对吧。”洛布桑说。

“是的。”

“那你怎么能跟我说话？”

“我不是你所谓的那种时间以内的生物，”苏珊说，“我在时间里面工作，但不住在时间里。周围还有些个我们这样的人。”

“比如说你刚才说的麻烦老头？”

“对，还有圣猪老爹、牙仙、睡魔之类。”

“我以为这些都是神话。”

“那又怎么样？”苏珊又去看巷子的出口。

“你不是吗？”

“我认为你没有让那个钟停下。”苏珊老师看着街道各处。

“是啊，我……来不及了。也许我不该回去扶卢泽。”

“你说什么？你忙着拯救世界的时候居然返回去扶一个老头？你真是……英雄！”

“呃，我看不是这样——”洛布桑忽然不说话了。苏珊说“你真是英雄”的语气不是“你是大明星啊”那种，而是“你傻啊”这种。

“我见过不少你这种人，”苏珊继续说，“英雄总是算不对基本算数，你知道吧。要是你赶在钟响之前把它砸了，那一切事情都会好的。现在时间停下来了，世界被侵占了，我们大概都会死，就因为你停下来扶一个老人。好吧，真的很值得，真的，但是很……很人类。”

她想表达的意思大概是“愚蠢”。

“你是说，你需要一个冷酷无情的浑蛋去拯救世界？”洛布桑说。

“我必须要说，冷酷无情有好处，”苏珊回答，“现在我们回去看看那个钟吧。”

“为什么？损失已经不可挽回了。我们现在砸了它只会让事情更糟。再说，延时器转太快了，我觉得，呃，觉得——”

“谨慎，”苏珊说，“很好。谨慎很好。但是我要去那边检查几样东西。”

洛布桑强打精神。这个奇怪的女人有种完全明白自己在做什么的气质——而且还完全明白其他人在做什么——话说回来，他又有什么选择呢？他想起了那个酸奶罐。

“这个是怎么回事？”他说，“肯定是在时间停止之后掉在路上的。”

她接过酸奶罐看了看，毫不在意地说：“哦，是罗尼路过了，应该是。”

“罗尼？”

“哦，我们都认识罗尼。”

“这是怎么回事？”

“如果是他发现了你的同伴，那就没问题了。多半没问题。比被别的东西发现要好得多。听好，现在你不该只担心一个人。冷酷无情一点，好吗？”她走到街上。洛布桑跟在后面。苏珊走在路上，仿佛路是她家的。她仔细看着每一条小巷每一扇门，但不是潜在受害人在提防袭击者的那种仔细。洛布桑觉得她没发现躲在阴影中的危险事物还挺失望的。

她来到钟表匠的商店，直接走进去，看到碎玻璃形成的玻璃花时她停了一会儿。她的表情似乎在说这种现象挺普通的，更奇怪的东西她也见过。然后她来到里间门口。门缝里依然可见光芒，不过已经暗了不少。

“稳定下来了，”她说，“还不太糟……但是有两个人在里面。”

“谁？”

“等等，我开门。小心点。”

门慢慢开了，洛布桑跟在苏珊后面走进工作室。延时器的转子又开始加速旋转了。

大钟在屋子正中间发光，看起来就令人痛苦。

但洛布桑还是看了。“这……这跟我想象的一样，”他说，“这个形式——”

“别靠近，”苏珊说，“会造成不确定死亡，相信我。千万小心。”

洛布桑眨眨眼睛。最后几个想法仿佛和他的脑子无关。

“你说什么？”

“我说会造成不确定死亡。”

“比确定死亡还可怕吗？”

“可怕得多。你看着。”她捡起地上的锤子，轻轻靠近大钟。锤子在她手中颤动，最后像是被什么东西拿走一样从她手中消失了，苏珊不禁低声咒骂。在它消失前，大钟的周围短暂地出现了一个收缩的圆环，仿佛是一个锤子被压平了然后围成一个圈。

“你知不知道为什么会这样？”她问。

“不知道。”

“我也不懂。现在想象一下你就是那个锤子，明白不确定死亡了吗？”

洛布桑看着那两个一动不动的人。其中一个中等身材，身体各处零件的数量基本正常，大体算是个人类，因此也可能是嫌疑人之一。它盯着那个钟。另一个人也看着那个钟，是个中年男人，脸长得好像羊，它端着一杯茶，洛布桑仔细看了看，似乎还拿着一块饼干。

“这个连选美大赛的门槛都进不去的人是个伊戈，”苏珊说，“另一个是钟表匠行会的霍普金斯博士。”

“我们至少知道是谁造了这个钟。”洛布桑说。

“我看不一定。霍普金斯先生的工作室在几条街之外，他专为一些眼光独到的客户制作小巧精致的手表。他擅长做手表。”

“那……肯定是伊戈做的？”

“怎么可能，不是的！伊戈是专职仆人。他们从来不为自己工作。”

“你懂很多东西。”洛布桑说。苏珊则绕着钟兜圈子，仿佛摔跤选手在衡量对手。

“对，”她头也不回地说，“我知道不少。第一个钟坏了，这一个钟却还完好。设计这个钟的人是天才。”

“邪恶的天才？”

“不好说，看不出什么线索。”

“哪种线索？”

“嗯，比如说‘哈哈哈！！！’之类的字眼写在钟的一侧就很邪恶，你觉得呢？”她又翻了个白眼。

“我妨碍你了吧？”洛布桑说。

“完全没有。”苏珊回答。她现在去看工作台了：“嗯，这里什么都没有。我觉得他可能设了个计时器、闹钟之类——”

她忽然停下，捡起盘在玻璃罐子旁边挂钩上的一段橡胶软管使劲看了好一会儿。然后把它丢到房间角落里继续盯着看，仿佛之前从没见过橡胶管一样。

“别出声，”她低声说，“他们的感官非常敏锐。悄悄退到那几个玻璃大桶的位置，马上。”

最后两个字有种奇怪韵律，洛布桑发觉他的腿自动行动起来。

门开了一点，一个人走进来。

洛布桑事后想起，觉得那人的脸十分奇怪，那张脸很难被人记住。他从没见过如此乏善可陈的脸。脸上当然是有鼻子眼睛嘴巴的，五官并无缺陷，但是仅仅这些东西是不能组成一张脸的。它们是零件，却没有恰当地组合起来。一定要说那是什么东西的话，只能算是一个脸部雕像，挺好看，却非常空洞。

那人就像是考虑了一下肌肉走向似的，慢慢地转身看着洛布桑。

洛布桑觉得自己要缩成一团继续切分时间。延时器在他背后发出警报声。

“我看这就够了。”苏珊走出来。那人转过身，苏珊胳膊肘重重撞上他的肚子，然后一手狠狠钳住他的下巴，他被甩到地上，然后猛地撞在墙上。

他一摔倒，苏珊就抄起扳手狠狠砸到他头上。

“我们赶紧走，”她说的好像只是收拾了几张散乱的文件而已，“这里没有有用的东西了。”

“你杀了他！”

“当然。他不是人类。我对这些东西有种……直觉。算是继承的吧。好了，去拿上那个软管。走吧。”

介于她手上还拿着扳手，洛布桑就照办了。至少是努力照办了。她刚才丢过去那卷管子乱七八糟地堆在一起，好像橡胶做的意大利面。

“我外公说那些是恶性因子，”苏珊说，“只要有审计员在场，本地事物对非事物的敌意就会激增。他们控制不住这点。橡胶管测试能够准确测出来这种力场，这是我一个老鼠朋友说的。”

老鼠，洛布桑心想。不过他嘴上却说：“审计员是什么？”

“而且他们对色彩的品位很差。他们根本不懂色彩，看看他穿了些啥，灰西装、灰衬衣、灰鞋子、灰领带，什么都是灰色的。”

“呃……呃……也许只是想扮酷？”

“你这么想？也行吧。”苏珊说，“总之你错了。仔细看。”

尸体正在分解。分解得很快而且一点也不血腥，像是干燥的蒸发过程。尸体变成了飘浮的灰尘，飘荡片刻然后就消失了。但是最后还剩少许灰尘没有消失，它变成一个熟悉的外形，几秒钟后也消失了，随之而来的是一点点轻微的尖叫声。

“那是一个德朗！”他说，“是个恶灵！山谷里的农民都挂符咒抵御它们！我还以为它们是迷信呢！”

“不，这是个假象，”苏珊说，“他们当然是真实存在的，但是人们都不相信他们存在。绝大部分人都相信不存在的东西。现在正在发生一些很奇怪的事情，到处都有审计员，他们居然有了身体。这不对。我们必须找到造钟的人——”

“那，嗯，那你是什么呢，苏珊老师？”

“我？我……只是个学校老师。”

她顺着洛布桑的眼神看到自己手里的扳手，随后耸耸肩。

洛布桑说："下课的时候很有用吧？"

周围有种浓浓的牛奶味。

卢泽猛地坐起来。

这是个很大的房间，他躺在正中间一个桌子上。桌子表面摸起来似乎铺着一层金属。墙边堆着好些奶油搅拌器，旁边还有个像澡盆一样大的水槽，里头堆满了金属碗。

除了牛奶味以外，还有很多别的味道——擦洗得干干净净的木头味，很远的地方还有马的味道。

一阵脚步声走来。卢泽赶紧躺回去闭上眼睛。

他听见有人进了屋。进来的人在轻轻吹口哨，肯定是个男人，因为在卢泽漫长的生涯中，从未听过哪个女人用这种嘶嘶嘶的声音吹口哨。口哨声靠近了桌子，停留了一会儿之后，转身朝水槽走去。随后传来了压水泵把手的声音。

卢泽睁开一只眼睛。

站在水槽旁的那人很矮，所以他穿的那件蓝白条纹中号围裙几乎快拖到地上了。他似乎在洗瓶子。

卢泽不声不响地将腿挪到桌边，和他那安静的动作相比，一般忍者的动静如同铜管乐队，他的凉鞋轻轻触及地面。

"感觉好些了吗？"那人头也不回地问。

"哦，呃，是啊，好多了。"卢泽说。

那人一边举起瓶子对着光亮处检查一边说："我心想，这光头像是个和尚，背上还背着一个上发条的东西，他挺倒霉的。要喝杯茶吗？水都烧上了。我有牦牛黄油。"

"牦牛？我还在安卡-摩波吗？"卢泽看着旁边挂的一大排长柄勺。那个人依然没回头。

“嗯，这问题真有趣，”洗瓶子的人说，“某种意义上来说，你基本上还在安卡-摩波。你要牦牛奶吗？我还有牛奶、山羊奶、羊奶、骆驼奶、羊驼奶、马奶、猫奶、狗奶、海豚奶、鲸奶，你喜欢的话还有短吻鳄奶。”

“什么？短吻鳄不产奶！”卢泽说着拿起最大的一个长柄勺。从钩子上取下来的时候，勺子没发出半点声音。

“要收集鳄鱼奶确实挺难的。”

卢泽握紧了勺子问：“这是什么地方呢，朋友？”

“你在……奶坊。”

水槽边那人说出“奶坊”二字的语气有如“恐怖城堡”，他又把一个瓶子放在滴水板上，他依然背对卢泽，抬起一只手。那只手握成拳头，只有中指竖着。

“和尚，你知道这是什么意思吗？”他说。

“这不是个友好的动作，朋友。”长柄勺很重，握着很顺手。卢泽用过比勺子还差得多的武器。

“真是肤浅的解释。和尚，你是个老人了。我从你身上看到了数百年时光。告诉我这是什么，你就知道我是谁了。”

奶坊里的冷气感觉更冷了。“这是你的中指。”卢泽回答。

“呸！”那人说。

“呸？”

“对，呸！你有脑子，用脑子。”

“你看，你是个好人——”

“和尚，你知道每个人都在追求的隐秘智慧。”洗瓶子的人停顿了一下，“我怀疑你甚至知道最直白的智慧，藏在显而易见之处的智慧，根本没有人会去找的那种智慧。我是谁？”

卢泽盯着那根手指。奶坊的四壁消失了。周围越来越冷。

他拼命思考，记忆的图书管理员接管了大脑。

这不是普通的地方，他也不是普通的人。手指。一根手指。五个手指之一——五个之一。五个之一。一个古老传说隐约浮现在脑海中。

五减一等于四。

还有一个剩下。

卢泽小心翼翼地把长柄勺子挂回去。

“五个之一，”他说，“四个之后的第五个。”

“说对了。你算是懂些知识。”

“你曾是……他们几个成名之后，你是剩下的那一个？”

“对。”

“但是……这里是奶坊，你在洗瓶子！”

“怎么了？我总要做点事情来打发时间。”

“但是……你曾是天启的第五位骗士！”卢泽说。

“我敢打赌你肯定不记得我的名字了。”

卢泽犹豫了一下，承认道：“没错。我从没听说过你的名字。”

第五个骗士转过身。他的眼睛是黑色的，纯粹的黑色，闪亮的黑色，没有一点点眼白。

第五位骗士说：“我的名字叫……”

“什么？”

“我的名字叫罗尼。”

没有时间的世界如同冰封，海面的波浪凝固了，鸟停留在空中。世界完全静止。

但是并不安静，周围有种用手指滑过一个巨大玻璃杯边缘的声音。

“赶紧。”苏珊说。

洛布桑停下脚步：“你能听见吗？”

“对我们没用——”

她突然把洛布桑推到阴影处。穿灰袍的审计员身影出现在马路中间的半空中，那身影开始旋转。空气中顿时充满灰尘，成了一个旋转的圆柱体，最终成了一个有些站立不稳的人形。

它前后晃了几下，然后慢慢抬起手看了看，又把手翻来翻去。然后它目的明确地走开了。到了街道另一头，它和另一个从小巷子里走出来的人形会合。

“这不像是审计员会干的事情，”苏珊看着那两个人形拐过街角，“它们在谋划什么事情，我们跟上。”

“卢泽怎么办？”

“他怎么了？你说他多大年纪？”

“他说他八百岁了。”

“那他死不了。只要你保持警惕，不要多嘴，罗尼那里很安全。走吧。”

她也沿着马路走了。

那两个审计员和其他人形会合，它们穿过街上那些静止的马车和人群，朝着萨驮耳广场走去，这是城里最大的一块开阔地。今天是集市的日子。小摊附近挤满了一动不动的人。但是在人群中混合了不少灰色的身影。

“有好几百个，”苏珊说，“全都有了人形，它们好像在开会。”

白先生没耐心了。到目前为止他根本不知道自己还有耐心这种东西，因为要说他有什么东西的话，那无疑是耐心。但是现在他感觉耐心正渐渐消失。他脑子里有种奇怪的灼热感觉。思想怎么会是热的？

那一大群化为人形的审计员紧张地看着他。

“我是白先生！”他说，那些不幸刚刚来到他面前的审计员听见他用单数人称却依然健在，不禁都吓得发抖。“你们不能也当白先生，因为会造成误解。”

“但是没有颜色了。”紫先生说。

“不可能，”白先生说，“有无穷无尽种颜色。”

“但是没那么多名字。”灰褐小姐说。

“不可能，每种颜色都有名字。”

“绿色只有一百零三种名字，之后就只有介于蓝色和黄色之间无法辨别的颜色了。”猩红小姐说。

“但是色调是无穷无尽的！”

“可是名字不够用。”

“这个问题一定要解决。加入清单，棕小姐。每一种色调都要有名字。”

一个女性审计员似乎很惊讶，她说：“我记不住所有的事情。我也不明白为什么是你在发号施令。”

“除了叛徒以外，我当人形的资历最久。”

“只有几秒钟而已。”棕小姐说。

“无所谓。资历久就是资历久，这是事实。”

这是事实。审计员们尊重事实。白先生知道，另一个事实是，这座城里正有七百多个审计员在摇摇晃晃地走着。

由于越来越多的审计员化为人形冲进这场麻烦之中，白先生已经禁止他们增多了。因为太危险了。他对其他审计员说明：那个叛徒的行为显示，人类的形体会迫使思想也变得非常麻烦。因此必须极度谨慎。这是事实。只有那些经证实有能力在获得人形后存活的审计员才能够获得人形，并完成这项工作。这是事实。

审计员们尊重事实。至少现在是尊重事实的。棕小姐后退一步。

“不管怎么说，”她说，“在这里很危险。我认为我们应该回到无形的状态。”

白先生发现自己的身体擅自做出了回应，它吐出一口气。

“就放着未知的事情不管？”他说，“未知的事情很危险。我们已经学到不少了。”

“我们学到的那些东西完全没有道理。”棕小姐说。

“我们学得越多，就会理出道理。没有我们不能理解的东西。”白先生说。

“我不知道为什么我现在非常希望用我的手大力接触你的脸。”棕小姐说。

“这正是我的观点，”白先生说，“你不理解，因此很危险。实践这个行为，我们就会懂得更多。”

她打了他一巴掌。

他抬手摸摸自己的脸。

“我不由自主地产生了想要躲避此种行为的想法，”他说，“而且发热。很显然，身体确实擅自产生一些想法。”

“就我来说，”棕小姐说，“不由自主地产生了满意和担忧的想法。”

“我们已经进一步了解人类了。”白先生说。

“但何时才是尽头？”棕小姐说。看到白先生脸上扭曲的表情后，她的担忧之情增加了。“我们的目的达到了，人类不再是要素了。时间终结了。他们都成了化石。你一只眼睛下面的皮肤在抽搐。”

“你产生了不恰当的思想，所以感到愧疚，”白先生说，“他们存在。因此我们必须将他们的每一个细节研究透彻。我希望进行进一步实验。我的眼睛工作正常。”

他从市场一个摊位上拿了一把斧子。棕小姐又后退一步。

“担忧的想法不由自主地大幅增加了。”她说。

“这只是一根木头上连着一块金属，”白先生说着举起斧头，“我们见过星星的心脏，我们看过很多个世界化为灰烬。我们见过空间被撕裂。一把斧子有什么可担忧的？”

他挥起斧头。那一下动作很笨拙，而人类脖子远比大家想象的结实，但是棕小姐的脖子却炸开变成彩色灰尘，她倒了下去。

白先生看着附近的审计员，他们纷纷后退。

“还有谁想尝试这个实验？”他说。

大家纷纷拒绝。

“很好，”白先生说，“我们又学了不少东西。”

“他砍掉了她的头！”

“别喊！藏好！”苏珊低声说。

“但是他——”

“我觉得她知道！不管怎么说，那些都不是人。所以就这样。”

“到底是怎么回事？”

苏珊退回到阴影中，“我也……不是很确定，”她说，“但是我觉得它们是在给自己制造人类的身体。做得挺不错。现在……它们在模仿人类行为。”

“你认为那是模仿人类？”

苏珊悲伤地看了洛布桑一眼，说：“你不怎么出门对吧？我外公说，如果智慧的存在有了人的外观，就会像人类一样思考。外观决定功能。”

“那是智慧的存在做的事情？”洛布桑还是很震惊。

“不光很少出门，还不读历史，”苏珊忧虑地说，“你知道狼人的诅咒吗？”

“当狼人就已经是很可怕的诅咒了吧？”

“他们不这样想。但是如果他们长期保持狼的外形，就会真的变成狼，”苏珊说，“狼……有很强有力的躯体，你明白吧？虽然思想还是人类，狼还是会通过鼻子、耳朵和爪子影响他。你知道女巫吗？”

“我们，呃，我们从一个女巫家里偷了个扫帚。”洛布桑说。

“真的？那对你来说世界终结了也挺不错，”苏珊说，“总之，有些特别厉害的女巫懂得一种名为‘借东西’的巫术。她们可以进入动物的思维之内，很有用。但是这巫术的关键在于判断何时离开。当鸭子太久就会成为真正的鸭子。或许会成为一只有一些奇怪记忆的聪明鸭子，但终究是一只鸭子。”

“诗人霍哈曾梦见自己成了一只蝴蝶，他醒了之后说‘究竟是我梦见了蝴蝶，还是蝴蝶梦见了我’。”洛布桑努力跟上话题。

“是吗？”苏珊挺干脆地回答，“他到底是蝴蝶还是人？”

“什么？呃……不知道啊。”

“他怎么写诗的？”苏珊问。

“当然是用毛笔。”

“他不会到处扑腾，在空中做出包含信息的图案，也不会在卷心菜叶子上产卵吧？”

“好像没这种事。”

“那他肯定是个人类，”苏珊说，“真有趣，但是对我们来说没有帮助。不过你可以说审计员梦见自己成了人类，而且这个梦是真实的。他们没有任何想象力。跟我外公一样，真的。他们可以完美复制出一切物品，但是不会产生出任何新东西。所以我认为它们目前正在研究当人类究竟是什么意思。”

“是什么意思呢？”

“就是你不能完全控制自己的思想，”她又小心地看了看广场上的人群，“你知不知道是谁造了钟？”

“我吗？不知道。嗯，一点也不……”

“那你们是怎么找到这里的？”

“卢泽认为钟在这里。”

“真的吗？猜得真准。你们连房子都找对了。”

“我，嗯，其实是我找到了那座房子。我，嗯，我觉得自己该去那里。听起来很蠢吧？”

“是啊，甚至可以配上小铃铛和青鸟了。不过你说的可能是真的。我也一直都知道自己该去哪里。你现在又该去哪里呢？”

“等一下，”洛布桑说，“你到底是谁？时间已经停止了，童话和怪物统治了世界，但还有一个学校的老师在到处走动？”

“学校老师最好了，”苏珊说，“我们不犯傻。再说了，我不是告诉过你吗，我继承了一些特殊能力。”

“比如在时间之外生活？”

“这算一个。”

“对老师来说这能力确实够特殊的。”

“阅卷的时候特别有用。”苏珊平静地说。

“你是真正的人类吗？”

“哈！跟你一样是真正的人类。当然我家柜子里可能有那么几个骷髅。”

她说这话有点奇怪……

“骷髅，不是说着玩的吧？”洛布桑直接问。

“不是，不全是，”苏珊说，“你背上背的那个东西要是不转了会怎么样？”

“我就没有时间了。”

“那，其实刚才那个审计员砍人的时候你背上那个东西就已经渐渐停下来了，这个没影响吗？”

“它不转了？”洛布桑慌忙想要转身，急得直转圈。

“你也有不为人知的才能啊。”苏珊靠在墙上笑。

“拜托！帮我重新上发条！”

“好了。你是——”

“这种事根本不好笑！”

“别慌，我不是开玩笑。”

她抓起洛布桑的胳膊，洛布桑拼命想脱下延时器的背带。

“你不需要它，明白吗？”苏珊说，“它只是个重物！相信我！别傻了！你可以创造出自己的时间。不要去想怎么做。”

洛布桑恐慌地盯着她问：“怎么回事？”

“没什么，没什么，”苏珊拿出最大的耐心回答，“遇到这种事肯定会恐慌。我当年没有一个人帮忙，所以你运气不错。”

“你当年又发生了什么？”

“我发现了外公究竟是谁。别问。现在，你集中精神。你下一步该去哪里？”

“呃，嗯……”洛布桑四下看了看，“呃……好像是那边。”

“我绝对不想问你是怎么知道的，”苏珊说，“那边你可以远离审计员。”

她笑了笑又补充道：“往好的方面想，我们都年轻，我们可以支配全世界的时间……”她说着扛起扳手，“我们去找乐子吧。”

假如说这里还有时间这种事物的话，那么大约就在苏珊和洛布桑离开钟表店之后几分钟，一个穿袍子的身影走进那间工作室，它只有六寸高却走得趾高气扬。它身后还跟着一只渡鸦，渡鸦停在门上，非常怀疑地看着那个发光的大钟。

“我觉得挺危险。”它说。

吱吱？鼠之死神朝着大钟前进。

“不，你可别去逞英雄。”聒斯说。

老鼠来到钟的底座旁，以一种“长得越高摔得越重”的神情抬头看着它，然后用镰刀大力敲过去。

至少是试图敲过去。结果刀刃刚碰到钟的时候冒出一阵闪光。鼠之死神短暂地变成一片黑白模糊的环形环绕着那个钟，随后就消失了。

“都跟你说了啊，”渡鸦理理自己的羽毛，“这下傻了吧？”

“……然后我就想，有什么工作可以真正发挥我的才能呢？”罗尼说，“对我而言，时间只是另一个方向而已。接着我又想，每个人都需要新鲜牛奶对吧？每个人都希望能在早晨买到新鲜牛奶。”

“肯定比擦窗户好。”卢泽说。

“人们发明了窗户之后我才擦窗户的，”罗尼说，“之前都是帮忙打理花园。还要一些发酵牦牛黄油吗？”

“再来点吧。”卢泽说着伸出杯子。

卢泽已经八百岁了，所以他正在休息。英雄在这种时候肯定会跳起来冲进寂静的城市里，然后——

然后问题就来了，英雄也不知道接下来该干什么。八百年的岁月让卢泽明白，发生过的事情就是发生过了。在不同的维度都是已经发生过的状态，如果你想修复也行，但是绝不可能回到事情没有发生的状态。钟已经敲响过了，时间已经停止了。解决方案稍后自然会出现。在此期间，喝杯茶，和偶然救了自己的人聊聊天，解决方案说不定能快些出现。再说了，罗尼也不是个普通的牛奶小贩。

卢泽一直认为万事万物都是基于特定理由发生的——足球除外。

他喝了一口茶，说道：“你这儿的黄油真是好东西，罗尼。如今的那些黄油，拿来擦车轴都嫌太稀了。”

“主要还是品种，”罗尼说，“这种是我从六百年前的高地牧群找来的牛。”

“干杯，”卢泽说着举起杯子，“不过我觉得这还真是有意思，如果你跟别人说天启原本是有五个骗士，其中一个走了去开奶坊了，大家肯定都会特别惊讶。他们会好奇，你为什么……”

罗尼的眼神忽然闪出寒光。

他高声说：“创造性的差异吧，自我意识什么的。有些人会说……不，我不想谈这件事。当然，我希望他们在这个世界里过得好。”

“当然。”卢泽的表情没什么变化。

“我一直非常感兴趣地关注着他们的职业生涯。”

“可不是嘛。”

“你知道吗？官方历史里也有写到我。”罗尼说着伸出手，手中出现了一本全新的书。

“都是之前的事情了。”他酸酸地说，“《奥姆之书》《托布伦预言集》，你见过托布伦吗？高个子，留胡子，没事就会咯咯笑。”

“那是我出生前的事了，罗尼。”

罗尼把书递给他说：“第一版，看第二章第七节。”

卢泽看了一下：“‘全身银装的天使打开铁书，第五个骗士驾着燃烧的冰战车出现了，此时律法断裂，骨头破碎，众人喊道：“啊，神啊，我们有麻烦了！”’”

“这是在写我。”罗尼骄傲地说。

卢泽又接着看第八节：“‘我见到一些兔子似的东西，各个颜色不同，但都是格子花纹，它们旋转着，此外还有某种巨大黏稠的东西发出的声音。’”

“下一版就没有这段了，”罗尼说，“托布伦这老家伙对各个版本都来者不拒。大奥姆教派的神父们就选自己喜欢的部分混合起来。当然了，那时候什么东西都是全新的。死神就是死神，但是其他的只是本地农作物歉收、打架和疹子而已。”

“那你……？”卢泽问道。

“公众对我不感兴趣了，”罗尼说，“我听说是这样的。以前我们只是跟少数人玩。比如发生一场蝗灾，一个部落的泉水干涸，一座火山爆发之类……任何好玩的事情都可以。但是五个人太多了，”他吸了吸鼻子，“他们是这样跟我说的。”

卢泽放下杯子。“嗯，罗尼，跟你聊天很开心，但是时间紧迫……不，时间再也不会紧迫了，你也看见了。”

“是啊，我听说了。街上全是律法。”罗尼眼神又变得锐利起来。

“律法？”

“德朗，审计员，它们又让人造了玻璃钟。”

“你知道那件事？”

“你看啊，我虽然不是恐怖四人组之一，但是我也会看会听。”罗尼说。

“那可是世界末日啊！”

“不，不是的，”罗尼平静地说，“万事万物都还在。”

“但是全都静止不动了！”

“哦，那就不关我的事了，对不对？”罗尼说，“我只负责生产奶制品。”

卢泽看了看这座光鲜亮丽的奶坊，到处都是亮晶晶的瓶子、干干净净的奶油搅拌机。有着无限时间的人工作真是仔细啊。他的牛奶永远都是新鲜的。

他看着那些瓶子，不期然冒出一个想法。

天启骗士都是人形的，人都是虚荣的。如何利用他人的虚荣心是一门全然发自内心的武术，卢泽练习此道已经很久了。

“我能搞清楚你是谁，”他说，“我敢保证我能搞清楚你真正的名字。”

“哈，不可能的，和尚。”罗尼回答道。

“不是和尚，我只是清洁工，”卢泽平静地回答，“只是清洁工而已。你把它们叫作律法，罗尼。世界上肯定要有律法，对不对？他们制造规则，罗尼。你肯定也有规则，难道不对吗？”

“我只知道牛奶和奶制品，”罗尼说，但是他眼睛下面的肌肉动了动，“也接受鸡蛋预订。这是很稳定的好生意，我考虑在店里多请几个人。”

“为什么？”卢泽说，“他们无事可做。”

“还要拓展一下奶酪业务，”罗尼不看清洁工，“奶酪市场很大。我想也许我可以注册一个c-mail地址，人们就可以发送订单过来了，市场肯定很大。”

“规则赢了，罗尼。任何东西都不动了。再也不会有出人意料的事情了，因为任何事情都不会发生了。”

罗尼盯着空中。

“你确实找到了适合你的职业，罗尼，”卢泽安慰似的说，“你把小店维护得特别好，真的特别好。我觉得其他几个人知道你的近况之后肯定会为你高兴，因为你真的过得不错。但是有一件事，嗯……你为什么要救我？”

“什么？嗯，这是慈善义务——”

“你是第五个天启骗士，泡湿先生。哪有慈善义务？”不过卢泽心里想的却是：你当人类太久了。你想让我知道……你希望我知道。过了数千年这样的生活，你就蜷缩在你的身体里。你不会告诉我，但是你希望我能发现你的名字。

罗尼眼神炯炯：“我会照顾我自己，清洁工。”

“我是你的手下之一吗？”

“你…… 确实有些可取之处。”

他们看着对方。

“我把你送回刚才发现你的地方吧。”罗尼 · 泡湿说，“好了，我不会再做那种事了。”

一个审计员张着嘴仰面朝天躺着。

它偶尔发出一点微弱的声响，仿佛小昆虫在哼哼。

“再试一次，那个——”

“深鳄梨色，白先生。”

“真有这种颜色吗？”

“有，白先生！”深鳄梨色先生回答。其实它也不知道究竟有没有这种颜色。

“那就再试一次，深鳄梨色先生。”

深鳄梨色先生非常犹豫地将手指伸到躺着的那人嘴里。手离那人的嘴还有几寸远，但显然是有了自己的意志。有人左手一挥，飞快地抓住他的手。接着就传来骨头碎裂的声音。

“我感到一阵剧痛，白先生。”

“它嘴里有什么，深鳄梨色先生？”

“好像是煮过的发酵谷物产品，白先生。剧痛还在持续。”

“食物？”

“是的，白先生。疼痛的感觉此时非常剧烈。”

“我不是下达过命令吗？不得进行吃喝类试验或其他感官方面的非必要试验。”

“你确实说过，白先生。我此前提到的那种名为剧痛的感觉此时变得非常严重了。我该怎么办？”

“命令”对审计员来说是全新的、非常陌生的概念。它们习惯集体决议——存有疑虑的事件相关的一切可能性都被讨论完了之后再做出决定。全员做出的决定等于谁也没有做决定，因此就不存在责怪谁的可能性。

它们新的身体懂得命令。显然命令是让人类成为人类的东西，于是审计员们抱着研究的态度接受了命令。再说也没别的办法了。手持利器的人一旦发号施令，它们就会产生出各种各样的感觉。讨论和商议的想法立即变成了服从命令的冲动，服从武器的命令这一想法居然令人无比舒适。

“你能说服他松开你的手吗？”

“他好像神志不清了，白先生。他眼睛充血，发出叹气的声音。但是他的身体仿佛认为不可以放弃面包。我能否再次提出感觉到剧痛这一问题？”

白先生示意另外两个审计员上前。它们用了很大的力气才将深鳄梨色先生的手指拔出来。

“这件事我们也要学习，”白先生说，“那个叛徒曾提及此事。深鳄梨色先生？”

“在，白先生。”

“疼痛的感觉还在持续吗？”

“我的手觉得既冷又热，白先生。”

“真奇怪，”白先生说，“这样看来我们需要更深入地研究痛感。”听到这番话后，深鳄梨色先生感觉到自己头脑深处有个声音开始尖叫，白先生继续说：“周围还有什么食物？”

“我们知道三千七百一十九种食物的名字。”靛青紫先生上前说道。他是食物方面的专家，某方面专家对审计员来说又是一个新鲜事物。它们此前从未有过专家。一个知道的全体都知道。知道其他审计员不知道的事情在某种程度上就会形成一个个体。个体会死，但是也会让你获得力量和价值，也就意味着你不会轻易死去。要处理的事情太多了，靛青紫先生像其他一些审计员一样，调集部分面部神经努力抽搐几下试图表达思想。

“说一个。”白先生说。

“奶酪，”靛青紫先生非常圆滑地说，“就是腐坏的牛乳汁。”

“我们就去找些奶酪。”白先生说。

三个审计员走过。

苏珊从门口往外看。“你确定这条路没错？”她说，“我们离开市中心了。”

“这是我该走的路。”洛布桑说。

“好吧，我不喜欢这些小路。我不喜欢躲躲藏藏，我不是鬼鬼祟祟的人。”

“对，我发现了。”

“前面是哪里？”

“是皇家美术博物馆的后门。百老汇在对面，”洛布桑说，“我们要去的是那边。”

“你虽然是山里来的，但却很会认路。”

“我是在这里长大的。我知道五种潜入博物馆的办法。我以前是个盗贼。”

“我以前可以穿墙而过，”苏珊说，“但是时间停止之后就不行了，可能是因为某种原因消失了。”

“你真的可以穿过结实的墙？”

“是啊，家族传统吧。”苏珊严肃地说，“走，我们从博物馆过去。至少这时候里面的人都不会动。”

安卡-摩波已经好几百年没有国王了，但是宫殿却保留下来。一座城市可以没有国王，但宽敞的大房间和方便的高墙却总能派上用场，君主统治已经是久远的回忆了，那些建筑被重新命名为“人民工业辉煌纪念馆”。

虽然安卡-摩波的最后一位国王自己没有油画肖像——他是被砍头的，砍了头的人怎么都不会好看，矮个子的国王也不例外——但是大家公认他收藏了很多优秀的艺术品。即使城里的平民也很想欣赏一下卡拉瓦提的名画《三个高大粉红女人和一片纱巾》，或者毛瓦伊斯的《戴了一大片无花果叶的男人》等，像安卡-摩波历史这么悠久的城市，总会积累起各种艺术的残骸，为了防止这类残骸阻塞交通，必须要有公共小阁楼似的地方来储存它们。因此，除了好几英里长的红绳子、几个身穿制服的老头引导人们观看《三个高大粉红女人和一片纱巾》以外，再花上一点小钱，皇家美术馆就诞生了。

洛布桑和苏珊快步穿过寂静的大厅。就像在费吉特俱乐部一样，博物馆里也很难判断出时间是否停止了。在这里时间的流逝几不可察，假沙恩的僧人们认为这是很宝贵的资源。

苏珊停下脚步转身抬头看了看走廊墙壁上那些装在鎏金画框里的作品，轻声说：“啊……”

“怎么了？”

“比利兹的阿尔-加什之战。”苏珊说。洛布桑也看着那幅斑驳模糊的图画和发黄泛着棕色的清漆。画面颜色已经变成了十几种深浅各异的土黄，但图中依然透出某种暴力邪恶的东西。

“阿尔-加什是地狱的意思吗？”他问。

“不是，是古代克拉奇的一座城市，几千年前的事情了，”苏珊说，“我外公倒是说过，人类把那里变成了地狱。比利兹画这幅画的时候疯了。”

“呃，他画的乌云挺好的，真的，”洛布桑犹豫地说，“很精彩的，嗯，闪电……”

“看云里出来的是什么。”苏珊说。

洛布桑眯起眼睛仔细看着那些翘起硬皮的乌云和化石质地的闪电。

“哦，看见了，天启四骗士。你经常可以看到——”

“仔细数数。”苏珊说。

洛布桑使劲看：“那里有两个——”

“别傻了，有——”她只说了个开头，随即顺着洛布桑的目光看去。那孩子没在看绘画。有两个审计员正从他们身边经过去往瓷器室。

“它们在逃避我们！”洛布桑说。

苏珊抓起他的手说：“不尽然。它们总是互相监督！肯定有三个才对！它们很快就会回来！”

她拉起洛布桑往旁边的画廊跑去。

画廊尽头又有几个灰色的身影。他们两个继续跑，经过了落满灰尘的壁毯进入另外一间又大又古老的房间。

“哇，老天，那幅画就是《三个高大粉红女人和一片……》”洛布桑还没说完就被拉走了。

“专心点好不好？大门在那边！博物馆里到处都是审计员！”

“这里只是旧美术馆！什么都没有啊。”

他们在大理石地板上滑了几步停下来，前面有一座很大的楼梯通往另外一层。

“我们被困在这里了。”洛布桑说。

“到处都是阳台，”苏珊说，“来！”她又拉起洛布桑上了楼，穿过一个拱门之后停下脚步。

画廊分布在好几层楼上。在一楼，游人可以俯瞰下面一层。现在下面一层有很多审计员在忙碌着。

“它们到底在干什么？”洛布桑低声说。

苏珊冷冷地说：“我觉得它们是在欣赏艺术品。”

橘小姐觉得很烦躁。她的身体不停地提出奇怪的要求，而且现在和往日信任的同伴一起工作变得很不顺利。

一个画框靠在她面前的墙上，这画框曾经装着罗伯特·卡斯皮德爵士的画作《马车陷在河里》，现在是空的了。空白的帆布整整齐齐地卷着放在一旁。画框前面还整齐地按照体积大小顺序堆放着一堆堆的颜料。好几十个审计员齐上阵，正在把这幅画分解为分子状态。

“还是什么都没有？”她沿着画前面的线踱步。

“没有，橘小姐。目前为止只有分子和原子。”一个审计员回答道。它的声音有些颤抖。

“嗯，是不是和配方有关呢？各种分子的配比平衡？基本几何学？”

“我们继续——”

“赶紧干活！”

画廊里的其他审计员连忙挤到画的遗迹前——其实现在也还是同一幅画，因为目前为止画上的每一个分子都还在这屋里，它们上下看了看，然后继续自己的工作。

由于不知道自己为什么生气，橘小姐更加生气了。生气的原因之一有可能是，当白先生给她派任务时候，用一种很奇怪的神情看着她。被人看着对审计员来说绝对是很陌生的经历——任何审计员都不会特意去看其他审计员，因为所有审计员都一模一样——而且它们也绝不会想到用自己的脸说话。其实它们根本不会想到脸这个东西。当然也不会想到获得一个身体，对其他脸上的神情做出奇怪的反应，目前来说主要是针对白先生的脸。当他那样看橘小姐的时候，她很想把他那张脸撕烂。

这是毫无道理的想法。任何审计员都不会对其他审计员产生这种想法。审计员对任何事物都不会有感觉。审计员没有感觉。

她觉得非常恼火。它们失去了很多能力。现在还要用扑扇扑扇的两块皮肤来交流，真是太荒谬了，更不要说还有舌头……呕……

目前为止据她所知，宇宙有史以来，没有哪个审计员体会过“呕……”的感觉。这个可恶的躯体随时随地都想“呕……”。她可以随时离开这个身体，但是……她居然有点不想离开。想要时时刻刻继续保持人形真是一种恐怖的欲望。

而且她觉得饿了。真是没道理，胃是一个用来消化食物的口袋，它不该发号施令。审计员单靠着和周边环境交换分子，利用身边任何形式的能量就可以活得很好了。这是事实。

她试图将这一事实告知给胃。她确实转告了。胃却坐在那里抱怨个不停。她被内脏折腾得快烦死了。为什么……为什么……为什么必须听内脏的？呕……

真的太烦了。她想……很想……通过呼喊一些、一些、一些很可怕的词语来表达自己。

“嘈杂！困惑！”

别的审计员恐惧地看着周围。

但这几个词没用，它们不像平时那么有效。肯定还有更坏的词。啊，对了……

“器官！”橘小姐大声喊道。她很高兴自己终于找到了正确的词。“你们这些……器官在看什么？”她接着喊，“继续干活去！”

“它们把东西全部分解了。”洛布桑低声说。

“这就是审计员啊，”苏珊说，“它们认为这样就能发现事物的真相。我很讨厌它们，你知道吧。真的特别讨厌。”

洛布桑瞄了她一眼。他们寺庙里不是单一性别的环境。换句话说，虽然僧人们可以思考十六个维度的事情，但所有人根本没有考虑过女人可以来寺庙里工作的可能性。而盗贼工会则认为女孩在盗窃领域方方面面都不输男孩——比如说，他记得有个同学叫丝黛芙，她可以把你裤子后面口袋里的零钱都偷走，而且爬房子比刺客还厉害。他和女孩子在一起很自在。但是苏珊却把他吓个半死。她脑子里仿佛有个秘密的地方充满沸腾的怒气，遇到审计员的时候怒气就会发泄出来。

他还记得苏珊用扳手砸那个审计员的情景。当时她专注地皱了皱眉，仿佛是要确保工作彻底完成。

“我们要走了吗？”他问。

“看它们，”苏珊继续说，“只有审计员才会把一幅画彻底分解，看究竟是什么东西构成了艺术品。”

“那边有一大堆白色粉末。”洛布桑说。

“《戴了一大片无花果叶的男人》，”苏珊心不在焉地说，她眼睛还盯着那些灰色的身影，“它们分解了一个钟来研究时间。”

“你怎么知道那是《戴了一大片无花果叶的男人》？”

“我只是记得它在那个地方，仅此而已。”

“你，呃，你喜欢欣赏美术作品？”洛布桑问道。

“我知道我喜欢什么，”苏珊依然盯着那群忙忙碌碌的灰色身影，“现在我想要很多武器。”

“我们还是走——”

“要是你放松警惕，那群浑蛋就会控制你的思想，”苏珊没动，“你发现自己在想‘该有法律才行’或者‘毕竟我不是制定规则的人’或者——”

“我觉得我们真的该走了，”洛布桑小心地说，“因为有些审计员上楼了。”

她扭头四下看了看，说：“那你还站在这儿干什么呢？”

他们跑过另一座拱门，进入陈列陶器的展室，到了展室尽头之后，他们回头看，发现三个审计员正跟着他们。审计员们没有跑，但它们整齐划一的步伐确实很奇怪，有种“我们定会追上来”的恐怖感。

“好吧，我们走这边——”

“不，走这边才对。”洛布桑说。

“我们不需要去那边！”苏珊坚决反对。

“但是这边牌子上写着‘盔甲武器’！”

“那又怎么样？你擅长使用武器吗？”

“不擅长！”洛布桑骄傲地回答，随即他意识到苏珊理解错了，“不是，我曾经学过不用——”

“也许能找到一把我可以用的剑。”苏珊气愤地说着走了。

进入展厅的审计员不止三个，而是有一大群灰色的人。

苏珊找到了一把剑，那是一套阿加丁帝国盔甲上的剑。虽然长期不用变钝了，但是剑身上依然充满愤怒。

“我们要继续跑吗？”洛布桑说。

“不，它们会追上来的。也许我们不能把它们全都杀死，但是至少可以让它们怕得想死。你还是没找到武器？”

“没有，因为我专门学习过——”

“那就别挡我的路好吗？”

审计员小心翼翼地走上前，洛布桑不禁感到奇怪。

“我们没法杀死它们？”他问道。

“杀不杀得死取决于它们变得有多接近人类。”

“但是它们似乎很害怕。”洛布桑说。

“它们是人形的，”苏珊头也不回地说，“人类的身体。完美的仿制品。数万年来人类身体都不想被砍。这种本能渗透进头脑中了，难道不是吗？”

审计员们围成一圈继续逼近。它们当然想一起扑上来，但是谁都不想第一个行动。

其中三个抓住了洛布桑。

在训练道场的时候，他很喜欢格斗练习。当然那时候每个人都戴着护具，谁都不会真的想去杀人，所以很放心。洛布桑之所以格斗出色是因为他擅长切分时间。他的行动总是游刃有余。如果时间有富余，那就不用太讲究技巧。

但现在没有多余的时间。根本没有时间可供他切分。

他用上了斯乃–甫和“好的好的”的格斗术及其他各种能用上的技巧，要是真正打架的时候还想着遵守道场的规则那就必死无疑了。不过那群灰色的人水平也很差。它们只会抓住他抱住他。就算是个老奶奶也能打得过它们。

他打退了两个，准备对付第三个，那个审计员抓着他的脖子。他挣脱出来转身准备狠狠给它一下，但随即又犹豫了。

“喂，干什么呢！”有人喊道。

苏珊的剑从洛布桑面前挥舞而过。

审计员的头从身躯上滚落，脖子里没有喷出丝毫的血，只有一片彩色灰尘四散飞舞。接着身体也气化了，变成了飘在半空中的灰袍，接着灰袍的影子也消失了。

洛布桑听到身后传来几声闷响，苏珊抓住他的肩膀。

“你不能犹豫，知道吗？”她说道。

“但那是个女人！”

“不是！它只是最后一个。我们走吧，免得其他审计员跑来。”她朝着大厅尽头点点头，第二组审计员正在那里小心看着他们。

“它们反正也不会打架，”洛布桑喘了口气说，“那些在干什么？”

“学习。你能打得比刚才更好吗？”

“当然能！”

“好，因为下次它们打架就跟你这次的水平一样了。现在去哪里？”

“呃，这边！”

接下来的展厅里满是动物填充标本。几个世纪以前动物填充标本很流行。这些动物不是年老体弱专门当战利品的狗熊，也不是赤手空拳带着五支箭、二十个枪手、一百个助猎手去狩猎来的孱弱老虎。这里的部分动物被分成组。非常小的动物，被分成很小的组。

这里有青蛙，它们围坐在小餐桌旁。有狗，狗都穿着狩猎装追赶狐狸，而狐狸则头戴小帽子，帽子上还插着羽毛做装饰。还有弹班卓琴的猴子。

“哇，天哪，这里有一支乐队，”苏珊十分惊恐地说，“看看这些跳舞小猫……”

“真恐怖。”

“真不知道做标本的人见了我外公会是个什么状况。”

“他会见到你外公吗？”

“当然会，”苏珊说，“当然会啊。我外公可喜欢猫了。”

洛布桑在楼梯前停下脚步，躲在一头不幸的大象后面探出头。前面有一条红绳，坚决如铁栅栏一样地宣布，再往前就是不对公众开放区域了。还有一条补充通知写道：“决不允许进入”。

“我得走上面吧。”他说。

“别乱跑了，好吗？”苏珊说着跳过绳子。

这段很窄的楼梯通往一个宽敞的楼梯间，周围什么都没有，只是到处放着一些箱子。

“阁楼，”苏珊说，“等等……这个指示牌是干什么的？”

“‘一直向左，’”洛布桑读道，“嗯，如果他们要搬动重物——”

“看指示牌，好吗？”苏珊说，“别只看自己想看到的，看清楚眼前的东西！”

洛布桑认真看了。

“真是个很蠢的指示牌。”他说。

“嗯。不过很有趣。”苏珊说，“你觉得我们该走哪边？我觉得过不了多久它们就会决定跟着我们走了。”

“追上来了！随便哪个通道都行！”洛布桑说。

“那就随便哪个通道吧。”苏珊朝两个包装箱之间的狭窄缝隙里走去。

洛布桑跟着她。进入昏暗小路之后，他问：“你刚才说‘决定’是什么意思？”

“楼梯上那个牌子说的是不准进入。”

“你是说它们不会遵守指示牌提示？”他停下脚步。

“对。不过它们会有种强烈的感觉认为自己必须遵守。它们服从规则。某种意义上来说它们就是规则。”

“但是你不可能遵守一直向左或者一直向右的牌子，不管怎么样……啊，我懂了……”

“学习很有意思，对吧？啊，又有一个。”

不要投喂大象

“这一个真的不错，”苏珊说，“你不可能遵守这个规则……”

“…… 因为根本没有大象，”洛布桑说，“我好像抓住诀窍了……”

“这是专门针对审计员的陷阱。”苏珊看着旁边一个包装箱。

“这里还有一个厉害的。”洛布桑说。

无视此标志
请遵守命令

“干得好，”苏珊表示同意，“但是我很好奇……究竟是谁摆出了这些牌子？”

他们身后传来说话声。一开始很小声，但忽然有人提高了声音。

“——说向左但是指着右边！简直不可理喻！”

“是你的错！我们违背了第一个标志牌！真为这些歧路上迷失方向的人感到悲哀！”

“别装腔作势，你这个有机物！我要大声对你说，你——”

忽然传来轻微的窒息声，尖叫渐渐减弱最终消失了。

“它们内讧了？”洛布桑说。

“但愿如此。我们走，”苏珊说。他们继续悄悄地前行，在大木箱组成的迷宫之间迂回前进，图中有个牌子写着：

鸭子

“啊……这就有点深奥了。”苏珊说。

“为什么是鸭子呢？”洛布桑说。

“为什么呢？”

箱子之间某个地方有人几近歇斯底里地说话了。

“大象是什么该死的有机物？大象呢？”

“这里没有大象！”

“那为什么要放个牌子？”

“这是——”

……有一个微弱的窒息声，然后是逐渐消散的尖叫。接着又传来跑步的声音。

苏珊和洛布桑赶紧躲到暗处，苏珊说：“我踩到什么了？”

她弯腰捡起一块软乎乎黏答答的东西。当她起身的时候看到一个审计员正从拐弯处走过来。

它眼神慌乱迷茫。看到苏珊和洛布桑的时候完全不知所措，仿佛一时想不起他们是谁，也不知道他们要干什么。但是它拿着一把剑，而且握剑姿势很正确。

它身后冒出一个身影。那人一手揪住它的头发，把它的脑袋用力往后一扯，另一只手捂住它的嘴。

审计员挣扎了一下就不动了。然后它分解了，细小的尘埃四散飞去，最终彻底消失。

最后的一点尘埃似乎想在空中组成一个穿斗篷的影子。但是那影子也最终消散，只留下一丝丝微弱的尖叫，唯有通过脖子后面的汗毛才能听见。

苏珊瞪着自己面前的那个人。“你是……你不可能是……你到底是什么？”她问道。

那人沉默了一会儿。或许是因为它口鼻位置蒙着厚厚的布条，手上也戴着厚厚的手套，它整个看起来很奇怪，因为除了脸和手，它身上穿的是缀有小亮片的晚礼服，披了一条貂皮披肩，还挎着一个小挎包。它头上戴着一顶很夸张的大帽子，上面装饰了非常多的羽毛，足以让三种珍稀鸟类灭绝。

那人在小背包里找了一会儿，掏出一张深棕色的纸，仿佛那是什么神圣文书似的。洛布桑仔细看。

“这里写的是‘希格斯&米金豪华糖果’，”他念道，“松脆焦糖，惊喜榛子……是巧克力？”

苏珊摊开手看了看自己刚才捡起来的那块草莓旋风巧克力。她认认真真看了对方一眼。

“你怎么知道巧克力能行？”她问。

“拜托！你们不用怕我，”布条之下传来沉闷的声音，“我现在只剩坚果巧克力，那些化得慢。”

“你说什么？”洛布桑说，“你刚才用巧克力杀死了一个审计员？”

“那是我的最后一块橘子奶油巧克力。我们在这里太暴露了，跟我来。”

“审计员……”苏珊喘了口气，“你也是审计员，对不对？我为什么要信任你？”

“这里没别人了。”

“你是审计员之一，”苏珊说，“就算你穿了那么多……东西，我也看得出来！”

“我曾经是审计员之一，”勒让小姐说，“现在，我就是我。”

很多人住在阁楼里。一家子人都住在阁楼里。苏珊很好奇，他们究竟是正式居留还是非正式居留，或者是像在安卡-摩波很常见的那样处于中间状态，因为城里常年住房紧张。城市生活大都发生在街道上，因为屋里空间不够。各家各户都是轮班住在屋里，这样就能二十四小时有效利用床铺。眼下看来，仿佛是管理员和知道卡拉瓦提的《三个高大粉红女人和一片纱巾》、毛瓦伊斯的《戴了一大片无花果叶的男人》在那里的人将自己全家都搬进了博物馆大阁楼里。

那些人就住在艺术品上面。一家人，或者应该说是恰好轮班住在这里的一家人，都坐在桌边的长凳上，由于时间消失了，他们都完全静止下来。勒让小姐摘掉帽子挂在那家的母亲头上，然后晃了晃自己的头发，然后解开蒙在口鼻处的布条。

“我们相对比较安全，”她说，“它们都集中在主要街道上。嗯……日安。我叫米莉娅·勒让。我知道你是谁，苏珊·斯托-赫里特。但我不认识这位年轻人，我感到很惊讶。我猜想你是要来破坏那个钟的？”

“让那个钟停下来。”洛布桑说。

“等等，等等，”苏珊说，“这完全说不通。审计员痛恨与生命相关的一切。你是一个审计员，不是吗？”

“我也不知道我是谁，”勒让小姐叹了口气，“目前我只知道我绝对不是审计员。必须有人阻止我们……它们……我们。”

“用巧克力阻止？”苏珊问。

“味觉对我们来说是全新的体验，完全陌生，我们无法抵御。”

“但是……巧克力？”

“一块饼干就差点要了我的命，”勒让小姐说，“苏珊，你能想象第一次体验到味觉的情景吗？我们把躯体造得很好。没错，有很多味蕾，水喝起来就像酒，但是巧克力……真是连思想都会停下来。除了味道什么都没有了，”她叹了口气，“我觉得这是个很好的死法。”

“但你好像不受影响。”苏珊很怀疑。

“全靠口罩和手套，”勒让小姐说，“剩下的就是努力保持自我。哎呀，我真是没礼貌。请搬个小朋友坐吧。”

洛布桑和苏珊交换了个眼神。勒让小姐察觉了。

“我说错话了吗？”她问。

“我们不把人当作家具。”苏珊说。

“但是他们肯定感觉不到。”那位小姐说。

“我们却觉得不好，”洛布桑说，“这才是重点。”

“啊，我还有好多要学呢。我觉得当人类要了解好多……背景环境。先生，你能让那个钟停下来吗？”

“我不知道该怎么做，”洛布桑回答，“但是……我觉得我应该知道才对。我会努力。”

“那位钟表匠知道吗？他在这里。”

“哪里？”苏珊问。

“在走道里。”勒让小姐回答。

“你把他搬过来了？”

“他打架的时候受了重伤，几乎走不了路了。”

“什么？”洛布桑说，“他怎么可能还会走动？我们在时间之外了！”

苏珊深吸一口气说：“他和你一样，有他自己的时间。他是你的兄弟。”

这是假话。因为洛布桑还没准备好面对真相。然而就目前他的表情来看，他就连假话都觉得难以接受。

“双胞胎，”奥格太太说着拿起白兰地酒杯，看了看，又放下，“不止一个，而是双胞胎，两个男孩。但是……”

她的眼神像炽热的长矛一样转向苏珊：“你肯定在想，这是个疯疯癫癫的老接生婆。你肯定在想，她懂些什么？”

苏珊拿出诚实的态度回答：“我内心有一小部分确实是这样想的。”

“答得好！我们内心的一部分总是东想西想，”奥格太太说，

“我内心有一部分在想：这个讨厌的小姑娘是谁，居然把我当五岁小孩耍？但是我内心绝大部分想的是：她有一大堆麻烦事，见了很多凡人不该见的东西。提醒你一句，我内心有一部分在说：我也是。看到人类不该看的东西让我们成为人类。嗯，小姐……你要是懂道理的话，你内心有一部分就该这样想：我眼前这个女巫每次照顾的病人死去时就见过我外公，见过很多次了，她已经准备好了在临死时往他眼眶里吐口水，所以只要她愿意也能给我找一大堆麻烦。你明白了吗？我们内心的想法还是别说出来，”她忽然朝苏珊眨眨眼睛，“大祭司就是这样跟女演员说的。”

“我当然同意，”苏珊说，“完全同意。”

“好，”奥格太太说，“所以……是双胞胎……嗯，那是她第一次，而且她也不习惯保持人形，我的意思是说，当你是超自然存在的时候其实很难完成什么自然的事情，而且……要说是双胞胎也不太对……”

“那个钟表匠，”洛布桑说，“是我兄弟？”

“对。”苏珊说。

“我是捡来的！”

“他也是。”

“我现在就想见见他！”

“现在恐怕不行。”苏珊说。

“我不想听你说，谢谢。”洛布桑转身对勒让小姐说：“就在那条走廊？”

“是的，不过他睡着了。我觉得是钟扰乱了他的精神，而且他在打斗中受伤了。他在睡觉的时候说了一些话。”

“说了什么？”

“我找到你们之前，他说的最后一句话是‘追上来了，随便哪个通道都行’。”勒让小姐回答。她看着他们两个：“我说错什么话了吗？”

苏珊捂住眼睛。唉，天哪……

“这是我说过的话，”洛布桑说，“我们上楼梯之前说的。”他看着苏珊：“我们是双胞胎吧？我听说过这种事。其中一个人想的事情另一个人也想到了？”

苏珊叹了口气。她想，有时候我真是个胆小鬼。“确实是这种事。”她说。

“就算他看不见我，我也要去见他！”

该死，苏珊心想。她赶紧追着洛布桑往那条通道走去。勒让小姐十分关切地跟在他们后面。

杰瑞米躺在床上，虽然在一个没有时间的世界里，床也变得和别的东西一样硬邦邦的了。洛布桑停下脚步看着他。

“他看起来……很像我。”他说。

“是啊。”苏珊回答。

“可能要瘦一点。”

“可能吧。”

“脸部线条……有点不同。”

“你们过着不同的生活。”苏珊说。

“你怎么会知道我和他的事情呢？”

“我外公，嗯，很关注这类状况。我自己也做了些调查。”苏珊回答。

“为什么会有人对我们如此关注？我们很普通。”

“这就很难解释了，”苏珊看了看勒让小姐，“我们在这儿保险吗？”

"那些标志牌让他们很不安，"勒让小姐回答，"它们不想接近那些标志。我……别忘了，是我处理了跟踪你们的那个审计员。"

"你最好坐下，洛布桑先生，"苏珊说，"我把我的身世告诉你，你还是坐着听吧。"

"什么？"

"我外公是死神。"

"这可真是奇怪。死亡[1]是生命终结。不是一个……一个人——"

"我跟你说话的时候你认真听着……"

房间里一阵风吹过，光线发生了变化。苏珊脸上出现一片阴影。她周身出现一圈淡蓝色的光。

洛布桑吞了口口水。

那种光消失了，苏珊脸上的阴影也消失了。

"有一种过程叫作死亡，也有一个人叫作死神，"苏珊说，"事实就是这样。我是死神的外孙女。我说太快了吗？"

"呃，不快。但是你刚才看起来不像人类，别的时候还好。"洛布桑说。

"我父母是人类。世界上不止一种遗传特性，"苏珊停了一下，"你看起来挺像人类。人类外观在这方面非常常见。常见到让人惊讶。"

"但我就是人类。"

苏珊微微笑了一下，如果她不是那么笃定自持的人，这笑容恐怕会显得有些紧张。

"是的，"她说，"然而，也不是。"

"不是？"

1　原文中"death"的双关意，作者的文字游戏。——编者注

"拿战争来说吧，"苏珊跳到另一个话题，"他是个大高个，经常放声大笑，吃完饭后就放屁。他和他的同伴一样像极了人类。但是他的同伴是死神。死神也是人形的。因为人类编造了关于……概念的……想法，他们是以人类形态思考的——"

"回到'然而，也不是'那里，好吗？"

"你妈妈是'时间'。"

"谁都不知道我妈妈是谁！"

"我可以带你去见你的接生婆。"苏珊说，"你爸爸在她技艺最娴熟的时候找到了她。她帮你来到这个世界上。你妈妈是时间。"

洛布桑张大了嘴呆坐着。

"我当年比较轻松就接受了，"苏珊说，"我还很小的时候，我父母让我经常去拜访外公。我以为所有人的外公都穿着长黑袍骑白马。后来他们觉得也许这种环境不适合小孩。他们担心我的成长问题！"她干笑了一声，"我受过的教育特别奇怪，你知道吗？我学了数学、逻辑之类的东西。然后在我比你还小一些的时候，一个老鼠突然跑到我的房间里，接着突然之间我学过的所有东西都是错的了。"

"我是人类！我做人类的事情！我不会不知道我妈——"

"你必须在这个世界上生活。不然你怎么能学会当人类呢？"苏珊尽可能和蔼地说。

"我的兄弟又是怎么一回事呢？"

说到这里了，苏珊心想。她回答："很抱歉，我说了假话，他不是你兄弟。"

"但是你刚才说——"

"我得找个合适的引子，"苏珊说，"这件事情你可能要花一些时间去消化。他不是你兄弟，他就是你。"

"那我是谁？"

苏珊叹了口气："也是你，你们两个……都是你。"

"然后我准备好了，她也准备好了，"奥格太太说，"婴儿也出来了，没问题，但新手妈妈总会遇到生死攸关的时刻，当时……"她停了一下，眼睛仿佛是在透过记忆的窗户远眺。"就好像……就好像感觉到全世界都颤抖了，我抱着那孩子，低头一看，看见我正在给孩子接生，我看着我自己，那个我自己也看着我，我记得我当时说：'这可是出了个大乱子啊，奥格太太。'她——也就是我——回答：'你说的真是太对了，奥格太太。'然后又一阵混乱，我，就只剩我一个人，抱着两个孩子。"

"双胞胎。"苏珊说。

"你可以把他们叫作双胞胎，大概是可以的，"奥格太太说，"但是我一直认为，双胞胎是两个灵魂一同出生，而不是一个灵魂出生两次。"

苏珊等着她继续。奥格太太正在兴头上。

"所以我对那个人说：'现在怎么办？'他说：'这是你该管的事吗？'我回答，这绝对是我该管的事，他盯着我的眼睛，我对任何人都是有话直说的。但是当时我心想，奥格太太，你有大麻烦了，这事情太审米了。"

作为一个老师，苏珊纠正道："神秘？"

"对。特别审米。一审米，你就容易惹上大麻烦。但是那人笑了笑，说他有生之年必须把两个孩子作为人类养大。我心想，好吧，是好的审米。我看得出来，他根本不知道接下来该做什么，接下来全靠我。"

奥格太太抽了口烟，透过烟雾眼神闪闪地看着苏珊。"我不知道你有没有这样的经验，姑娘，有时候那些个高高在上的大人物制订了大计划，却没想明白细节，你说是吧？”

是啊，我就是细节，苏珊心想。有一天死神那骷髅脑子忽然一热，收养了一个没娘的孩子，而我就成了细节。她点点头。

“我就想，从审米的方式而言，这事情该怎么办呢？”奥格太太继续说，“理论上我当然知道，接下来就是王子自小就当牧猪人，只等时机成熟他掌握自己的命运，但是如今牧猪人的工作很少了，相信我，用棍子赶猪这种事绝对不像说起来那么轻松。于是我说，我听说大城市的行会会义务收养弃儿，而且会好好照顾孩子们，有很多品行端正的男女都是在行会长大的，一点也不丢人。再说了，万一命运没有按计划发展，至少他们还能学到一门手艺，也算是有保障了。牧猪人就只能养猪而已。你这样严肃地看我干什么，小姐。”

“嗯，是啊。这个决定也太冷血了，不是吗？”

“总要有人说出来，”奥格太太针锋相对地回答，“再说，我也活了这么久了，我知道，有些人有天赋就是埋在一层又一层的泥巴里那天赋也能发光，有些人天生愚钝你不管怎么给他加油打气还是不行。你大概不同意，但当时是我在场。”

她拿一根火柴棍戳了戳自己的烟斗。

然后她继续说：“总之就是这样了。我当时应该留下才对，毕竟那里没有任何给婴儿吃的东西。但是那个人把我拉到一边说，谢谢，现在该走了。我还能说什么呢？那里充满爱，就在空气中。但是有时候我确实很奇怪事情为什么会发展成那样。我真的不懂。”

苏珊必须承认，他们两个是不同的。两种不同的生活在他们脸上分别留下了各自的痕迹。他们两个的自我约有一秒钟的差异，就这样分开了，在宇宙中，一秒可以改变一切。

想想真正的双胞胎，苏珊对自己说。真正的双胞胎是不同的自我分别占据两个相同的身体，至少最开始是相同的。他们的自我从一开始就不同。

“他看起来很像我。”洛布桑说。苏珊眨眨眼睛，凑近了些看着昏迷不醒的杰瑞米。

“再说一次。”她说。

“我说，他看起来很像我。”洛布桑说。

苏珊看了看勒让小姐。“我也看见了，苏珊。”

“谁看见什么了？”洛布桑说，“你们瞒着我什么？”

“你说话的时候他的嘴唇也在动，”苏珊说，“也想说一样的话。”

“他能感知到我的想法？”

“我觉得要比感知想法更复杂。”苏珊拉起他毫无知觉的手，掐了一下拇指和食指之间的皮肤。

洛布桑皱起眉头看了看自己的手。那块白色的皮肤正在慢慢恢复血色。

“不光是想法，”苏珊说，“在这么近的距离内，你可以感觉到他的痛。你说话也能控制他的嘴。”

洛布桑看着杰瑞米。

“那如果他在附近的话，会发生什么状况？”他慢慢地问。

“我也不知道。”苏珊说。

“也许你不该留在这里。”

“但是我必须留在这里。”

“我们都不能留在这里，”勒让小姐说，“我了解我的同类。它们会讨论下一步该干什么。那些标志牌不会耽误它们太久，而且我也没有糖了。”

“你到了该到的地方，打算做什么事情呢？”苏珊问。

洛布桑俯身用指尖碰了碰杰瑞米的手。

世界变白了。

事后苏珊想，恒星的中心是否就是这种情景。不是黄色的，也看不到火焰，只有灼热的白色，所有感官都因为超负荷运转而尖叫起来。

白色渐渐消失，变成一片白雾。房间四壁重新出现，但是她可以透过墙壁看见别处。墙壁之外还有别的墙和别的房间，那些墙就像冰一样透明，光照过来的时候，只在拐角处可见轮廓。每一个房间里都有一个苏珊在看着她自己。

房间无限延伸。

苏珊很聪明。她知道这是一个巨大的角色缺陷。这种情况不会让你变得受欢迎，也不会让你开心，而且在她看来，最不公平的一点是——不会让你显得正常。但确实会让你变得很确定，她确定，目前在周围发生的一切，各种意义上来说，都不是真的。

“不是真的”这点本身没有问题。人类忙活的绝大部分事情都不是真的。但有时候，最睿智的人会计划出某种很大、很复杂且前所未有的事物，鲜有人能够理解，于是那个事物本身就会给自己编出一些小故事。当它觉得自己理解了这些小故事之后，它仿佛就明白了那个又大又复杂且前所未有的东西。苏珊知道，她自己的大脑正在给自己讲故事。

周围传来沉重的大铁门关闭的声音，关闭的声音一次接着一次，声音越来越大，越来越快……

宇宙做出来决定。

别的玻璃房间消失了。墙壁不再透明。周围出现了颜色，一开始很淡，然后慢慢加深，没有时间的现实世界回来了。

床上没有人。洛布桑也不见了。空气中充满了银蓝色的光芒，那光像风暴中的丝带一样不停地旋转。

苏珊总算想起自己还要呼吸。她大声说：“啊，命运。”

她转过身。衣衫破烂的勒让小姐依然盯着空荡荡的床。

“还有别的路出去吗？”

“走廊尽头有个升降梯，苏珊，到底发生了——”

“别叫我苏珊，”苏珊严肃地说，“是苏珊老师。只有朋友才叫我苏珊，你不是我的朋友，我一点也不信任你。”

“我也不信任我自己，”勒让小姐温和地说，“你安心一些了吗？”

“带我去升降机吧，好吗？”

事实上升降机只是一个小房间大小的箱子而已，由安装在天花板上的一整套绳子和滑轮控制着。看起来这升降机是最近才安装的，主要是为了移动大型艺术品，升降机的门几乎占据了一整面墙。

“升降梯里安装了绞盘可以把它吊起来，”勒让小姐说，“下降过程由另一套机械装置控制，可以安全缓慢地降落，升降梯的重量还可以将水泵到楼顶的蓄水池里，等到运送重物的时候就可以放出一些水来平衡重量——”

“谢谢，”苏珊赶紧打断她，“下降的时候正该节省时间啊。”她小声补充一句，然后又说：“你能帮忙吗？”

蓝色的光带像一只想找主人玩的小狗一样围绕着她，然后朝着升降机飘去。

“不过，”她又补充道，“时间现在是我们的同伴了。”

橘小姐惊讶地发现身体学得很快。

目前为止，审计员们通过计数学会了很多东西。很快世界上的一切都能够用数字计量了。如果你知道了所有的数字，也就知道了一切。一般而言，“很快”其实要等很久，但是现在却没关系了，因为对审计员而言，时间只是另一组数字而已。而大脑，这几磅湿乎乎的软骨结构，大脑能够飞快地数数，快得数字都已经不再是数字了。她惊讶地发现大脑居然能够轻松指挥手接住空中飞来的球，她自己都没意识到，大脑就已经预计出了手和球的位置。

各种感官能够在她尚未思考之时就自动运行，并得出结论。

现在她正努力向别的审计员解释：当在没有大象可供不投喂的时候，不投喂大象事实上并非不可能。橘小姐是一个学得很快的审计员，她已经总结出了一些状况的规律，她将这类事件和环境归类为“蠢得要死”。“蠢得要死”的事情都不必理睬。

其他一些审计员还理解不了，但是橘小姐听见了升降机轰隆隆的声音，便立即停下了自己的长篇大论。

“我们有人在楼上吗？”她问道。

她周围的审计员纷纷摇头。“无视此标志”的指示牌让它们非常困惑。

“有人下来了，”橘小姐说，“他们要出去了！必须阻止他们！”

“我们必须讨论——”一个审计员刚开口。

“照我说的办，你这个有机器官！”

“是人格方面的问题。”勒让小姐说。苏珊推开楼顶的门，来到房顶上。

“是吗？”苏珊看着寂静的城市，“我以为你们没有人格。”

“他们很快就会有了，”勒让小姐跟着她来到房顶，“人格会根据别的人格来定义自己。”

苏珊沿着房顶护墙走着，暗暗思考这句奇怪的话。

“你的意思是会发生激烈的争吵？”她问。

“是的。我们此前从未有过自我。”

“嗯，你好像挺适应的。”

“因为我完全彻底疯了。”勒让小姐回答。

苏珊转过身。勒让小姐的帽子和衣服看起来更破了，亮片从她身上落下来。她的脸也很有问题，仿佛是一张精美的瓷面具戴在骨头上，而那瓷面具多半还是个傻子做的——又瞎又傻，戴着拳击手套，在大雾弥漫的时候做的。勒让小姐瞪着一双熊猫眼看着这个世界，口红仿佛是一不小心沾到嘴唇上的。

“你看起来挺理智的，”苏珊说了个谎，“基本上。”

“谢谢。不过理智似乎是由大多数决定的。你记得这样一句话吗，‘一加一大于二’？”

“当然记得。”苏珊想从周围的屋顶上找一条路下去。她不需要这样。这位……事物似乎很想谈话，或者说很想漫无目的地闲谈。

“这是一句不理智的话，是胡说八道。但我认为是真的。”

“很好。升降机应该已经……下去了。”

银蓝色的光仿佛溪流里游动的鲑鱼一样在升降机里舞动。

审计员们聚集起来，它们在学习。

很多审计员都拿着武器。其中一些很注意不跟那些手握攻击性武器的审计员交流，这种行为似乎是很自然的。仿佛是大脑后面的什么东西直接收到了消息似的。

因此很不幸，当几个审计员打开升降机的门时，它们发现地板中间有一块半融化的樱桃酒心巧克力。

酒味弥漫。

升降机里只剩下一个幸存者，当橘小姐吃了那块巧克力之后，就一个也不剩了。

“生活中为数不多的一点确定性就是，”苏珊站在博物馆护墙的边缘，“在空的包装纸里总还能找到一块剩下的巧克力。”

然后她俯身抓住排水管的顶端。

她也不知道这样能不能成功。如果她摔下去……不过她真的会摔下去吗？根本没有时间可以让她摔啊。她有她自己的时间。理论上来说——如果在这种情况下依然存在确定无疑的理论的话——这就意味着她能够飘到地面上才对。但是最好还是在别无选择的情况下再测试这种理论。理论只是一个想法而已，排水管才是真实存在的。

蓝光在她手边闪耀。

她轻声说：“洛布桑，是你吗？”

我们俩都可以叫这个名字，那声音轻得像一缕气息。

“我有个比较蠢的问题，你在哪里？”

我们只是记忆。我很虚弱。

“哦。”苏珊往下滑了一点。

我会变强的。回到钟那里。

“为什么？我们已经没办法了！”

时间变化了。

苏珊到了地上。勒让小姐也跟着她笨手笨脚地滑下来，晚礼服上又多了几处破洞。

“能不能给你提点穿衣意见？”苏珊说。

“好啊。”那位小姐礼貌地回答。

“鲜艳的樱桃红长灯笼裤跟你的裙子不搭。”

“是吗？可是这裤子颜色鲜艳，而且很暖和。那我该穿什么呢？”

“这身裙子吗？不需要裤子。”

“那样穿可以接受吗？”

“呃……”苏珊考虑了一下要如何对一个在她看来根本不是人类的存在解释女士内裤的复杂用法，然后说：“对想知道实情的人来说，可以接受。别的就太长了，没法解释。”

勒让小姐叹了口气说：“都是这样，连穿衣服都没法解释，衣服难道不是用于保暖的皮肤替代品吗？很简单，很容易说清啊。但是总有那么多规则、那么多例外，根本无法理解。”

苏珊望着百老汇。街上挤满了一动不动的交通工具，没有审计员的身影。她大声说：“我们会遇到不少审计员。”

“是啊，至少会有好几百个呢。”勒让小姐说。

“为什么？”

“因为我们一直好奇活着是什么样的。”

“那我们就去西风街。”苏珊说。

“西风街有什么？”

“温里奇和伯特谢尔。”

“他们是谁？”

“我记得最初创立这个店的温里奇先生和伯特谢尔夫人很早就去世了，不过这家店一直经营得很好。”苏珊说着快速穿过马路，“我们需要武器。”

勒让小姐跟上她问道：“哦，他们卖巧克力吗？”

“熊在森林里拉屎吗？”苏珊刚说完就意识到自己犯错了[1]。

但是已经太晚了。勒让小姐认真思考了一会儿。

“是的，”她终于想完了，“对，我认为绝大部分种类的熊都像你说的一样在森林里排泄，至少在温带地区是这样的，但是有几种——”

“我的意思是，他们确实是卖巧克力的。”苏珊说。

1　长期教小孩就会不小心说这种话。

送奶车在寂静的城市里咯吱咯吱地开过，卢泽心想，虚荣，虚荣。罗尼确实像神灵一般，所以他这样的人不喜欢躲躲藏藏。不是那种真正意义上的躲藏。他们喜欢留下线索，比如在某处留下翠玉石板，或者在沙漠之下的坟墓里留下一些密码，其中内容主要就是对那些热心的研究家说：我在这里，我很伟大。

世界上第一批人会怕什么呢？怕夜晚？有可能。怕冷，怕熊，怕冬天，怕星星，怕无尽的天空，怕蜘蛛和蛇。太多了。人怕的东西多得不得了。

他摸了摸包袱，找到自己那本破破烂烂的《道之书》，随便翻开一页。

公案97：你怎么对待水獭，水獭也会怎么对待你。嗯。没什么用处。再说了，有时候他也不知道这一个到底写得对不对，虽然确实有用就是了。他一般都绝不理会水生哺乳动物，而那些动物也不理会他。

他又翻了一页。

公案124：只要睁大眼睛，就能大开眼界。

罗尼问道："和尚，那是什么书？"

"哦，就是……一本不重要的书。"卢泽回答。他往四周看了看。

马车经过一家殡仪馆。殡仪馆的主人安装了一面很大的玻璃橱窗，其实真正专业的殡仪员很少有可以摆在橱窗里出售的光鲜物品，他们一般都挂着乌黑肃穆的帘子，也许还会摆个有品位的骨灰罐。

这就是第五个天启骗士的名字了。

"哈！"卢泽小声说。

"和尚，有什么好玩的事情吗？"

"仔细一想就很简单了。"卢泽更多是在自言自语，而不是回答罗尼的话。他在座位上转了个身伸出一只手。

"很高兴见到你，"他说，"让我猜猜你的名字吧。"

他说出了那个名字。

苏珊说的其实很不准确。把温里奇和伯特谢尔德称为“做巧克力的”就相当于把奎尔姆的那位列奥纳多称为“一个优秀的画家，同时也造些小东西”，或者把死神叫作“你不想每天都见到的人”。虽然说得没错，但是还有很多内容没说出来。

首先，他们不是制造巧克力，而是创造巧克力。这是很重要的不同之处[1]。他们的精品店出售的是创造成果，所以绝不会做把巧克力摆在橱窗里这么俗气的事情。那样会显得……太急于销售。一般而言，温&伯的店总是挂着丝绸和天鹅绒的帘子，然后在一个小台子上摆一种特制胡桃糖，展示品最多不会超过三种招牌糖霜焦糖。店里没有价格牌。如果你问温&伯的巧克力价格，那你肯定是买不起的。如果你尝了一口，依然还是买不起。于是你精打细算，把家中的老人榨干，只为了再吃一口那种让舌头恋爱、让灵魂变成奶油的美味。

店外的人行道上有一条精心设置的排水沟，主要是为了防止有人对着橱窗看太久流口水。

当然，温里奇和伯特谢尔是外国人，按照安卡-摩波甜点师行会的看法，他们是不懂本城居民的独特口味的。

行会说，安卡-摩波的人都精神饱满，严肃切实，绝不喜欢里头夹着液状可可的巧克力，也肯定不喜欢任何点心都要加奶油的外国老头老太太。安卡-摩波人喜欢的巧克力是用牛奶、糖、板油、动物蹄子和嘴唇、各种渣子、老鼠排泄物、石膏、苍蝇、牛油、木屑、头发、线头、蜘蛛以及可可壳粉末做成的。也就是说，根据博洛格拉维亚和奎尔姆这两个地方了不起的巧克力制作中心所制定的食品标准，安卡-摩波的巧

1　一般而言差异达到了每磅十元。

克力准确来说应该归类为“奶酪”，但由于颜色不一样，所以就成了“瓷砖填缝剂”。

苏珊每个月都会去买一盒他们店里比较便宜的巧克力。

“你不用进来。”她说着推开店门。一动不动的顾客们排列在柜台前。

“请叫我米莉娅。”

“我觉得不用——”

“拜托你了，”勒让小姐很温和地说，“名字是很重要的。”

尽管心存各种疑虑，苏珊忽然间还是对这个生物感到万分同情。

“好吧，米莉娅，你不用进来。”

“我可以忍受。”

“我觉得巧克力算是一种剧烈的诱惑？”苏珊对自己很严格。

“是的。”

她们看着柜台后面的货架。

“米莉娅……米莉娅，”苏珊没有把全部的想法说出来，“这个名字来自以弗比的单词myrios，意思是‘不可胜数’。勒让则是谐音军团‘legion’这个词……啊，我的天。”

“我们认为名字应该能够描述事物，”勒让小姐说，“数字是很安全的。抱歉。”

“嗯，这只是你的名字原本的意思，”苏珊挥挥手，对店内陈列的巧克力不满意，“我们去库房看看——你还好吗？”

“我很好，我很好……”勒让小姐摇摇晃晃地小声说。

“你不会把我吃了吧？”

“我们……我……知道意志力。身体渴望巧克力，但思想却不想要。至少我是这样告诉我自己的。肯定是真的！思想可以控制身体！不然思想还有什么用？”

“我经常想，”苏珊推开另一扇门，“啊，魔法山洞……”

“魔法？他们在这里使用魔法？”

“基本上是的。”

勒让小姐看了一眼桌上的东西，赶紧靠着门槛稳住身体。

“啊，嗯……”她说，“我可以感知到……糖、牛奶、黄油、奶油、香草、榛子、杏仁、胡桃、葡萄干、橙皮、各种甜酒、柑橘果胶、草莓、树莓、紫罗兰香精、樱桃、菠萝、开心果、橘子、青柠、柠檬、咖啡、可可——”

“没有任何可怕的东西，对吧？”苏珊在这间工作室里寻找有用的武器，“可可只是一种苦味的豆子而已。”

“是的，但……”勒让小姐握紧拳头闭上眼睛咬紧牙关，“但是把它们放在一起，就成——”

“冷静，冷静……”

“意志可以控制情绪，意志可以控制冲动——”那位审计员念诵道。

“很好，很好，你现在慢慢想着巧克力就可以了，好吗？”

“太难了！”

苏珊穿过众多瓶子和货架，事实上在她看来，这种状态的巧克力没什么吸引力。毕竟看着一堆颜料和看见一整幅画是截然不同的。她选了一个仿佛是要给雌性大象做私人保健的注射器，当然苏珊觉得这东西多半是用来制作甜点的曲线装饰的。

旁边有一小罐可可浆。

她看着周围一盘一盘的翻糖奶油、杏仁蛋白软糖以及焦糖。啊，这里还摆满了一桌子的灵魂蛋糕蛋。那些蛋都不是空壳，不是送小孩的那种纸盒装小零食——这些是甜点界的绝美珠宝。

苏珊的眼角处忽然瞥见一点动作。一个弯腰整理整盘梦幻果仁糖的工人原本是像雕塑般一动不动的，此时忽然几不可察觉地动了一下。

时间进入了这个房间，淡蓝色的光在空中闪亮。

她转过身，看到一个模糊的人影飘在自己身边，看不出任何特征，只是一团半透明的雾。但是她听见它说：我变强了些。你是我的锚，是我和这个世界的纽带。你知道在这么大范围内找到纽带有多难吗？带我去那个钟……

苏珊转过身把糖霜注射器丢给唉声叹气的米莉娅。“拿好。做个投石器……或者别的什么东西。我需要你尽量多拿些巧克力蛋，还有奶油，还有甜酒，好吗？你能行的！”

哎，天哪，周围就没别人了。那可怜的东西需要鼓励。“拜托了，米莉娅？这名字太蠢了！你只是一个个体，根本不是很多个。好吗？你……做自己就好了。尤妮蒂[1]……这个名字就不错。”

全新的尤妮蒂抬起睫毛膏糊成一条一条的脸说：“是的，是个好名字。”

苏珊竭尽所能拿了很多点心，她身后传来窸窸窣窣的声音，原来是尤妮蒂正认认真真地将一桌子的点心装进……

……一条樱桃红的大口袋里。

“嗯，好。能够灵活应用手头的材料。”苏珊有些脱力。不过她的教师天性又冒出来补充了一句：“希望你多拿点，够所有人吃。”

“你是最早出现的，”卢泽说，“你创造了整个世界。你完全是革命性的。”

“那时是那时，”罗尼·泡湿说，“现在完全不一样了。”

---

1 米莉娅，原文Myria，有无数个、很多个的意思。统一体，原文Unity，和“很多个”相对。——编者注

“和以前大不相同了。”卢泽表示同意。

“就说死神吧，”罗尼·泡湿说，“我跟你说，那真叫给人印象深刻，全身黑衣谁看起来都很厉害啊。毕竟，死神……死是什么呢？”

“是睡一大觉。”卢泽说。

“睡一大觉，”罗尼·泡湿说，“那么其他的呢……战争？如果战争真的那么坏，为什么大家还总是打个不停？”

“其实是爱好。”卢泽说。他又给自己卷了支烟。

“其实是爱好，”罗尼·泡湿说，“再说饥荒和瘟疫，嗯……”

“说了很多了。”卢泽不无同情地说。

“没错，饥荒真的是可怕的事物——”

“——在一个农业社会里，但是你要与时俱进啊。”卢泽说着把烟卷叼进嘴里。

“没错，”罗尼说，“必须与时俱进。话说，你们一般市民害怕饥荒吗？”

“不，大家以为食物是从商店里长出来的。”卢泽回答。他已经开始喜欢这种对话了。他有八百年控制自己上级的经验，其中大部分都非常睿智。他决定稍微运用一下。

“火，现在城里的人都怕火，”他说，“那可是个新东西。古时候那些村民都觉得火是好东西，对吧？可以赶走狼群。就算茅草房被烧了，木头和草皮都便宜嘛。但是现在的人都住在城里那些紧巴巴的木头房子里，还都在家里做饭，那就——”

罗尼不大高兴。

“火？火？火只是个半神！几片小茶叶被神点着了，然后他突然就成了神？你把这叫作训练和经验？”罗尼指尖上冒出一簇火花，点燃了卢泽的烟卷，“至于说众神——”

“都是一群姗姗来迟的人。”卢泽迅速回答。

“对！”罗尼说，“人们之所以崇拜他们都是因为怕我，你知道吗？”

“啊，真的吗？”卢泽完全是一无所知的样子。

但罗尼又消沉起来。“当然都是以前的事了，”他说，“现在不一样了。我不是以前的我了。”

“不，不，肯定不是，”卢泽安慰道，“重点还是你怎么看待这个问题，我说得对吗？假设有一个人——”

“一个神人同形同性的拟人化身，”罗尼·泡湿说。“我更喜欢用‘化生’。”

卢泽皱起眉头：“为什么是花生？”

“不是植物。”

“抱歉。嗯，假设一个化生，谢谢，在几千年前稍微领先自己的时代，嗯，假如现在他仔细看看周围，他也许会发现世界已经很适合他了。”

卢泽等了一会儿，为了增强这番话的效果，他说：“我们住持认为你是蜜蜂的膝盖。”

“是吗？”罗尼·泡湿很怀疑地说。

“蜜蜂的膝盖，猫的睡衣，狗的胳膊肘，”卢泽说，“他写了很多卷关于你的著作。他说要了解宇宙的运行，你是至关重要的一点。”

“是啊，不过……他只是一个凡人。”罗尼·泡湿很不高兴地迟疑着说，他就像是个把一辈子的不高兴都当作玩具一样抱在怀里的人。

“理论上来说确实是凡人，”卢泽回答，“但是他是住持，很有头脑。他觉得为了思考这些重大问题需要再活一次来理清结论！要我说，让大量的农民们害怕饥荒去吧，你这样的人要更注重实质。现在你看看这些城市。过去这些地方只是泥砖堆起来的，名字多半是些嗯、阿格之类。如今却有数百万人住在城里。这都是非常非常复杂的城市。你想想他们发自真心地怕什么。怕……嗯，怕就是信仰啊。”

又一阵很长的沉默。

“嗯，好，但是……”罗尼犹豫着。

“当然，他们不会住太久，因为再过一阵子，那些灰色的人就会把他们都拆成碎片，看他们是如何运转的，然后就再没有什么信仰了。”

“我的顾客们全指望我……”罗尼·泡湿低声说。

“什么顾客？泡湿才说这种话，”卢泽说，“不是混沌说的话。”

“哈！”混沌苦笑一声，“你还没告诉我你是怎么猜出来的呢。”

因为我长着脑子，因为你自负，不知道你是故意还是无意，反正你把你的真名反着涂在马车上，黑色的窗户就是镜子，混和沌两个字在窗户的反光里都隐约可见，就算反着写也认得出来——卢泽虽然这么想，但是话却不能这么说。

“很明显，”他说，“你的气势难以掩盖。就像给大象盖张毯子。也许看不见大象了，但是你明白大象就在那里。”

混沌很苦恼地说：“我不知道。过了这么久——”

“哦？我记得你说你是老大呢。”卢泽又想出一个新说辞，“抱歉！现在依然也是，几百年间忘记几样技能也不是你的错，只要有一样——”

“忘记了技能？”混沌厉声说道，他伸出一根手指在清洁工鼻子底下晃了晃，“我这就把你送去清洗，你这个蛆虫！”

“怎么洗？用危险的酸奶？”卢泽说着从马车上爬下来。

混沌也跟着他跳下来。“你这样跟我说话就想跑吗？”他说。

卢泽看了看周围。“商业区和百老汇，”他说，“跑了又怎么样？”

混沌大喝一声，脱下自己的条纹围裙和白帽子。他仿佛变大了不少。黑暗像烟一样从他周身冒出来。

卢泽抱着胳膊笑起来。“别忘了第一条规则。”他说。

“规则？规则？我是混沌！”

“第一个出现的？”卢泽说。

“对！”

“创造者和毁灭者？”

“正是！”

“表面看来是复杂无序的行为，实际上却有简单确定的解释，并且是对多重宇宙全新理解的关键点？”

“你最好牢记在心——什么？”

“必须与时俱进，先生，跟上时间！”卢泽激动地大喊，两脚交替跳着，“人们认为你是什么你就是什么！他们改变了你！我希望你多多总结一下！”

“不用你来说我是什么！”混沌吼道，“我是混沌！”

“不用吗？你没法气势汹汹地卷土重来了，因为审计员接管了这个世界！这就是规则，先生！它们就是这种东西！它们是死板的规则！”

罗尼变成一团移动的云雾，银光在其中闪耀。接着那团云雾和马车及马都消失了。

“嗯，我看这样已经不错了。”卢泽自言自语地说，“这孩子不算聪明，有点太守旧了。”

他转过身，发现一群审计员正看着他。有好几十个。

他叹了口气，露出人畜无害的微笑。他大约有一整天的时间。

“哎，我猜想你们都听说过第一条规则吧？”他说。

这话让对方迟疑了一会儿。一个说：“我们知道几百万条规则，人类。”

“几亿条，千亿条。”另一个说。

“嗯，你们不能袭击我，”卢泽说，“这是第一条规则规定的。”

离他最近的几个审计员挤在一起。

“肯定包括了重力。”

“不，显然是量子效应。”

“逻辑上来说不可能是第一条规则，因为此时已经没有大多数这个概念了。”

“但是如果没有第一条规则的话，又怎么会有第二条规则呢？没有第一条规则，第二条规则在哪里呢？”

“有几百万条规则！不可能无法计数！”

非常好，卢泽心想，我只要等着他们的脑袋熔化就行了。

但是有一个审计员走上前。它的眼神看起来比其他审计员都混乱，有种乱糟糟的感觉。它还扛着一把斧子。

“我们不用讨论此事！”它严厉地说，“我们必须想：这是胡说八道，我们不必讨论！”

“但何为第一——”一个审计员说道。

“你必须称我为白先生！”

“白先生，何为第一条规则？”

“你问这个问题我很不高兴！”白先生尖叫着挥了挥斧子。那个审计员的身体被斧头砍到，分解成了飘浮的尘埃，最终消失在稀薄的云里。

“其他人还有问题吗？”白先生再次举起斧子。

有一两个还没完全跟上当前状况的审计员想开口说话，但又闭上了嘴。

卢泽后退了几步。他能够运用精准的言辞或是化险为夷或是煽风点火，他向来为此自豪，但是谈话对象必须是个理性的存在才行。

白先生对卢泽说："你跑到这种地方来干什么，有机物？"

卢泽忽然听见墙的另一边传来微弱的对话声。内容如下：

"谁还管措辞语法啊！"

"精确是很重要的，苏珊。在这个盖子里有幅小地图，上面有精确的描述，你看。"

"你认为这个会让所有人刮目相看？"

"拜托，每件事都要好好地完成才行。"

"那就给我！"

白先生举起斧头逼近卢泽："禁止——"

"吃……唉，天哪……吃……'一块美味的翻糖奶油，其中饱含浓郁丝滑的覆盆子，外层包裹回味无穷的黑巧克力'……你这个灰色的浑蛋！"

很多小东西散落在街上，其中好些裂开了。

卢泽听见一阵哀鸣，准确来说是哀鸣中断时候的沉默，他很熟悉这种声响。

"啊，不，我绕成一团了……"

烟雾蔓延环绕着，看起来又像是个送牛奶的人了，只不过仿佛刚去一个着火的房子里送了东西，罗尼·泡湿冲进他的牛奶坊。

"他以为他是谁？"他低声念叨着，抓住一尘不染的柜台边缘，金属支架都被抓弯了。"哈，对了，他们把你扔到一边了，但是他们想让你回去的时候——"

金属在他的手指下变得白热，并且熔化了。

"我有顾客。我有顾客。人们都依靠我。这个工作也许不怎么光鲜，但是人人都需要牛奶——"

他手一拍额头，熔化的金属一接触到他的皮肤就蒸发了。

头疼非常严重。

他记得只有他一个人的时候。其实那段记忆很模糊了，因为……当时什么都没有，没有颜色，没有声音，没有压力，没有时间，没有旋转，没有光，没有生命……

只有混沌。

接着混沌又想：我希望再次变成那样吗？由一成不变带来的完美秩序？

随后更多想法接踵而来，他脑海中仿佛充满银色小鳗鱼似的。毕竟，他曾经是天启骗士之一，人类当年在干硬的平原上搭起泥巴做的小房子，然后开始迷迷糊糊地思考一切存在之前究竟有什么东西，从那时起他就存在。作为一个天启骗士他会倾听世界的声音。泥巴城市里的居民和皮子帐篷里的居民立即就意识到这个世界在复杂冷漠的多重宇宙中岌岌可危地旋转着，而生命则生活在冰冷空间和黑暗深渊中的一小片镜子上，他们知道一切被称为现实的东西，所有让生命发生的规则之网不过是潮水上的一个泡泡。他们害怕古老的混沌。但是现在——

他睁开眼睛看着自己乌黑冒烟的双手。

他对着这个平凡的世界说："现在我是谁？"

卢泽听见他的声音从虚无中冒出来："——嗯……"

"不，你重新振作了。"他面前一个年轻女人说。她后退一步很挑剔地看了他一眼。卢泽，活了八百多年之后，首次觉得自己做错事被抓了。他脑海中充满了特定的某种表达——找借口、结结巴巴。

"你肯定就是卢泽了，"苏珊说，"我是苏珊·斯托-赫里特。没时间解释了。你在外面待了……嗯，待了没多久。我们必须把洛布桑带到玻璃钟那里去，你行吗？洛布桑觉得你有点像个骗子。"

"只有一点？我很惊讶啊，"卢泽四处看了看，"这里是怎么回事？”

街上空空的，只有几个雕像。但满地都是银色的纸和彩色包装纸，他身后的墙上糊了一大片脏东西，看起来像是巧克力淋面。

“有些还是逃跑了。”苏珊捡起一个东西，卢泽真心希望那东西是个巨大的糖浆注射器。“大部分都在内讧。用咖啡奶霜就能把人炸成碎片，真是想不到。”

卢泽看着她的眼睛。活了八百年，你就很会看人了。苏珊像一个非常非常漫长的故事。她甚至有可能知道第一条规则，但是并不在乎。你这个人必须尊重地对待。但是你绝对不该让这样的人完全按照自己的意思行事。

“是有咖啡豆在顶上的那种，还是普通的那种？”他问。

“我觉得是没有咖啡豆的那种。”苏珊直视他的眼睛。

“不……不，不是……我觉得我不行。”卢泽说。

“不过它们在学习，”卢泽身后又一个女人说，“有些是反对的。我们可以学习。人类就是这样称为人类的。”

卢泽看了看说话的那个人。她像是个高雅的女士，但是在打谷器里度过了很艰难的一天。

“我问清楚啊，”他看着这两个女人，“你们用巧克力对付那些灰色的人？”

“是的，”苏珊边说边看了看拐角处，“是感官的爆炸。它们在形态领域失去了控制。你会扔东西吗？很好。尤妮蒂，多给他些巧克力蛋。关键是要重重地扔出去，让碎片四处飞溅——”

“洛布桑在哪里？”卢泽问。

“他？你可以认为他的精神和我们同在。”

空中出现了蓝色的闪光。

“这大概是成长的痛苦。”苏珊补充道。

好几百年的人生经验再次帮了卢泽的忙。

他说："他总像个在寻找自我的孩子。"

"是啊，"苏珊说，"结果遇到了一些很震惊的事情。我们走吧。"

死神俯瞰着这个世界。没有时间的环境已经覆盖到环海了，并以光速蔓延到整个宇宙。碟形世界现在成了一块水晶雕塑。

不是世界末日。以往有很多世界末日——小型天启，勉强算是吧，假的天启，伪装的天启。大部分都发生在古代，那时候世界上所谓"世界末日"的范围顶多就是几个村子再加一小片树林。

那些小世界确实是毁灭了。但总还有别的地方安然无恙。总有地平线让人可以重新开始。逃走的难民会发现世界比他们当初想象的更大。林间空地里的几个村子？哈，他们当初怎么那么蠢？现在他们知道了整个岛屿！当然，新的地平线又在远方了……

世界现在没有地平线了。

就死神所见，太阳已经停在了轨道上，光线变得暗淡发红。

他叹了口气，推了推冰冰。马往前走了几步，它去的那个方向在任何地图上都找不到。

天空中满是灰色的阴影。苍白的马走上前，审计员中一阵骚动。

其中一个飘到死神面前，悬浮在他面前几尺远的地方。

它说：你不该出去骑行吗？

你为全体代言吗？

你知道规矩，死神思想中有个声音说，我们之中，一个发言即代表全体。

你们所做的事情是错的。

与你无关。

说到底，我们都有责任。

这个宇宙会永远存在，一个声音说，万事万物都被保存起来，秩序井然、便于理解、遵纪守法、分类严谨……一成不变。一个完美的世界。完美。

不。

无论如何世界都会在某一天终结。

但这样也太快了，还有未尽事项。

是什么——？

所有的事情。

忽然一道亮光闪过，一个身披白衣手持书本的身影出现了。

那人看了看死神又看了看挨挨挤挤的一大群审计员，然后问："抱歉，是这个地方吗？"

两个审计员正在测量一块人行道石板里的原子数量。

他们发觉有动静，于是抬起头。

"下午好，"卢泽说，"能不能请你注意一下我的助手拿的这个东西？"

苏珊举起牌子。牌子上写着：根据命令，必须张嘴。

卢泽一伸手，两个审计员一人被塞了一块焦糖巧克力。

它们闭上嘴，面无表情，接着发出介于哭号和咕噜之间的声音，那身影渐渐变为超声波。然后……审计员分解了，首先是边缘变得模糊，接着分解得越来越快，迅速变成了扩散的雾气。

"手对嘴的格斗，"卢泽说，"人类为什么不受影响？"

"有所影响。"苏珊说，另两个人都看着她，她眨眨眼睛说："真的会影响到迟钝放纵的人类。"

"但你们不用集中精神来保持人形，"尤妮蒂说，"对了，刚才那是最后一块焦糖味的。”

“不，温&伯金装巧克力一盒有六个，”苏珊说，“三个是黑巧克力加白巧克力奶油夹心，三个是牛奶巧克力加奶油夹心，是银色包装的——看什么啊，我刚好知道这些事好吗？我们继续走吧？别再说巧克力了。”

你无权管我们，那个审计员说，我们不是活的。

但是你们表现得狂妄、傲慢且愚蠢。这些都是感情。我必须要说，这就是生命的迹象。

“打搅一下。”那个全身白衣的银色身影说。

只有你一个在这里！

“打搅一下？”

什么事？死神回应。

“这是天启，对吗？”那个闪亮的身影不耐烦地说。

我们正在说。

“对，没错，但是这是真正的天启吗？真正的全世界终结？”

不是。审计员说。

是，就是全世界终结。死神说。

“很好！”那人说。

什么？审计员说。

死神也说：**什么？**

那人似乎有点尴尬：“嗯，不好，确实。很显然不好。但我就是为天启而来的。我就是干这个的，真的。”他举起那本书，“这个地方我已经做好了记号。哇！这真是，你们知道吗，真是等了很久……”

死神看了一眼那本书。封面和每一页都是用铁做成的。他想起来了。

就是托布伦预言中说的那个天使，身穿白衣手拿铁书的那位，我

说得对吗?

“对!”天使把书页飞快地翻了一遍,“你不介意的话,我顺便纠正一下,是‘身着白衣’,‘着’。我知道这只是细节,但我还是希望不要搞错。”

发生什么事了?审计员大声问。

我不知道怎么跟你讲,死神没理会审计员,**但你不是天启的官方成员。**

书页叮当一声停下来。天使怀疑地问:“你什么意思?”

近一百多年来,托布伦的书都不算是教会承认的经典。先知布鲁萨认为那一整个章节都是在隐喻早期教会内部的一股势力。修订版的《奥姆之书》里已经没有这一段了,修订内容是在伊教士评议大会上决定的。

“一点都没有了?”

没了,很抱歉。

“我被扔出去了?就像该死的兔子和大块糖浆点心一样被抛弃了?”

是的。

“就连我吹号角那部分都被删了?”

唉,是的。

“你确定?”

很确定。

“但你是死神,现在是天启了,对吗?”天使深受打击,“所以——”

很不幸,但是你已经不再是天启行动的正式成员之一了。

在精神的某个小角落里,死神依然注意着那个审计员。别人说话的时候审计员们总是认真听。说话的人越多,越能得出一致的结论,而每个人担的责任也越少。但是那个审计员显得很没耐心，很烦……

感情。感情让你活着。死神知道如何对付生者。

天使看了看身边的宇宙深空。“我该干什么呢？”他悲叹道，“我等了这么久可不是为了这种事！好几千年啊！”他盯着那本铁书。“好几千年沉闷无聊的时间，都浪费了……”他呆呆地念叨。

你说完了没有？审计员说。

“一个大场面。我就那一个大场面。我就是为了那个大场面。我等啊，排练啊——然后我的戏份就给删了，因为硫黄不是流行色了？”天使的声音苦涩且充满愤怒，“当然，没人告诉过我……”

他看着那些生锈的书页。“接下来该是瘟疫。”他低声说。

“我来晚了吗？”夜色中一个声音说道。

一匹马走上前。马周身闪耀着不健康的光芒，仿佛长着坏疽的伤口，就等着某个庸医上前来用锯子干净利落地一割。

我还以为你不来了。死神说。

“我不想来，”瘟疫以咕嗞咕嗞的声音说，“但是人类确实会得些很有趣的病。我很想知道毛疹最后会怎么样。”他万分沉重地朝死神挤挤眼睛。

“你是说麻疹吗？”天使问。

“不，是毛疹，”瘟疫回答，“人类对生物技巧缺乏重视。毛疹的脓包可是真的很痛。”

你们两个太无能了！审计员在它们脑海中吼道。

又一匹马从黑暗中出现。随之而来的是烤面包架上堆满了肉的味道。

“我一直在想，”又一个声音说，“也许有些事情值得你忍耐一下并且为之战斗。”

“比如说哪些——？”瘟疫看了看周围。

“沙拉奶油三明治，真是欲罢不能啊。乳化后那种强烈的风味，太妙了。”

“哈！你就是饥荒了吧？”手持铁书的天使问道。他又开始翻那些铁书页了。

什么？什么？沙拉奶油是什么玩意儿[1]？审计员喊道。

愤怒，死神心想，一种强烈的感情。

“我喜欢沙拉奶油吗？”黑暗中一个声音问。

第二个人，一个女性的声音问：“不喜欢，亲爱的，你吃奶油沙拉会长荨麻疹。”

战争的马非常大，而且是红色的，死去的勇士们的头挂在鞍角旁边。战争太太十分不快地跟着战争。

“四个都来了，真好！”手持铁书的天使说，“伊教士评议大会没用了！”

死神围着一条毛线围巾，温和地看着别的天启骗士。

“他不喜欢勉强自己，”战争太太严厉地说，“你们可不能让他做任何危险的事情。他以为自己强壮，但根本不是那么回事。他还经常犯迷糊。”

看来小团体都来了。审计员说。

装腔作势，死神心想，还有自我满足。

金属书页发出一阵叮叮当当的声音。天使似乎很困惑。

“事实上，我觉得还不全对。”他说。

但谁都没理他。

那个审计员说：哑剧演员还是到一边儿去吧。

连讽刺和嘲笑都有了，死神心想，肯定是从人类世界里学来的。正是这些小事情组成了……人格。

---

1 如果你生活在一个蛋黄酱当道的国家，那还是别问了。千万别问。

他看了看众位天启骗士。他们察觉了死神的眼神，饥荒和瘟疫几不可察地点点头。

战争在马鞍上转个身对妻子说："好了，亲爱的，我一点都不迷糊。你能下去吗？"

"别忘了那次……"战争太太只说了个开头。

"好了，下去吧，亲爱的。"战争说。这次他的声音虽然还是礼貌又冷静，却有了钢铁和青铜的回响。

"呃……哦，"战争太太突然有些慌乱。"你以前就是这样说话的，那时——"她突然闭嘴了，接着高兴得脸红起来，从马上下来了。

战争朝死神点点头。

那个审计员说：现在你们要一起去给世界带来恐怖和毁灭之类的东西，对吗？

死神点点头。在他上方的空中，手持铁书的天使叮叮咣咣地翻着书想找到自己的职责。

正是如此。死神拔出剑补充道，**但是虽说我们是要骑行，但却没有规定我们要去什么地方，和谁战斗**。

你是什么意思？审计员发出嘶嘶的声音，却显得有些害怕。眼下发生的事情它们无法理解。

死神笑起来。**想要害怕，你首先要成为一个"我"。不要让"我"遇到任何不测。这是恐惧之歌**。

战争说："他的意思是，他让我们考虑一下自己究竟站在哪一边。"

四把剑一齐出鞘，剑身上燃烧着火焰。四匹马蓄势待发。

手持铁书的天使低头看了看战争太太。

"请问，你有铅笔吗？"

苏珊躲在手艺人街的拐角处往外看了看，不禁叹了口气。

“全都是它们…… 我觉得它们全疯了。”

尤妮蒂看了一眼：“不，它们没疯。审计员就是这样，它们在一切需要的地方测量、评估、制定标准。”

“它们现在开始拆人行道的石板了！”

“对，我觉得应该是石板的尺寸不对。我们不喜欢违规物品。”

“石板的尺寸究竟哪里错了？”

“一切不是平均尺寸的尺寸都不对。很抱歉。”

苏珊周围的空气闪耀着蓝光。她很短暂地看到了一个透明的人形在慢慢旋转，接着又消失了。

她耳中的一个声音说：*我已经比较强壮了。你能不能走到街道那头去？*

“好。你确定吗？之前你就没能破坏那个钟！”

之前我不是我。

空中有什么东西动了动，苏珊抬起头。一动不动悬挂在死寂城市上空的闪电不见了。乌云好像倒进水里的墨汁一样翻滚着。云层中夹杂着硫黄色和红色的闪电。

*天启四骑士正和其他审计员战斗。*洛布桑说。

“他们有胜算吗？”

洛布桑没回答。

“我说——”

我说不准。我能看到……一切。一切可能发生的情况。

混沌正在凝听历史。

历史中出现了一些新词。巫师和哲学家发现了混沌，这位混沌把头发梳起来，总有人类做梦也未见过的新秩序，混沌就是扰乱这种新秩序的象征。有很多不同种类的规则——从简单到复杂，从复杂再到不同种类的简单。混沌只是戴着面具的秩序。

混沌。不再是那个黑暗古老、被进化的宇宙抛下的混沌，而是全新闪耀、在万物的中心舞动的混沌。这想法神奇地充满了吸引力。这是个活下去的理由。

罗尼·泡湿整理了一下自己的帽子。啊，对了……还有最后一件事。

牛奶新鲜美味，大家都这么说。每天早上七点准时出现在城市各处对他来说当然不是什么难事。就连圣猪老爹都可以在一夜之间爬完碟形世界所有的窗户，在一秒钟之内为全城的人做好牛奶根本不算什么大事。

但让东西保持冰冷的温度却是了不起的成就。他在这方面很幸运。

泡湿先生走进冷冻室，他的呼吸在冰冷的空气中变成了白雾。牛奶搅拌器堆在地板上，个个锃光瓦亮。一桶桶的奶油和黄油堆放在架子上，桶外面冰晶闪耀。一排又一排的鸡蛋透过浓霜隐约可见。这个夏天他正计划着增加冰激凌业务。这是很必要的业务。再说他必须把冷气都用掉。

屋子中间点着一个大火炉。泡湿先生总是从矮人那里买很优质的炭，炉子的铁盘烧得发红。这个房子看起来应该热得像个烤箱才对，但是炉子上却沾着白霜，霜发出嘶嘶的声音和热气战斗着。火炉呼呼作响，屋子却依然冷如冰窖。要是没有这个火炉……

罗尼打开结满白霜的柜子门，用拳头砸碎里头的冰，然后从里头找东西。

他掏出来一把闪耀着蓝光的剑。

那把剑是艺术品。它有着虚构的速度、阴性的能量和绝对的寒冷，那种寒冷真的是极寒，它从热气的彼端袭来，呈现出某种寒冷的本质。那是燃烧的寒冷。自宇宙起源以来，世间就从未有这样的寒冷。事实上，在混沌看来，自宇宙起源以来万事万物都温温吞吞的。

“好，我回来了。”他说。

第五个天启骗士带着一股淡淡的奶酪味骑马出门了。

尤妮蒂看了看另外两人，又看了看飘在大家头顶的那团蓝光。他们躲在一辆水果手推车后面。

“我提个建议好吗？”她说，“就是说，我们——审计员们不擅长应对意外。冲动必须得到控制。唯一的假设就是必定会有计划。”

“所以？”苏珊问。

“我建议要彻底疯狂。我建议你和……和这个……年轻人跑到商店去，我负责吸引审计员的注意。这个老年人应该协助我，因为无论如何他都会很快死去。”

大家一阵沉默。

“没错，但不用说出来。”卢泽说。

“很不礼貌吗？”尤妮蒂问。

“还有进步的空间。”卢泽回答，“不过经文里也说了，‘必须离开的时候就安心离开’，还说了，‘应保持内衣清洁，因为你不知道什么时候就会被车撞’。”

尤妮蒂十分困惑：“这些话有帮助吗？”

“这就是道最神秘的地方，”卢泽十分睿智地点头，“我们还剩哪些巧克力？”

“只剩牛轧糖了，”尤妮蒂说，“我觉得牛轧糖裹巧克力真的很可怕，牛轧糖是想出其不意地伏击啊。苏珊？”

苏珊看着街道：“嗯？”

“你还有剩下的巧克力吗？”

苏珊摇头：“嗯……”

“我记得你有樱桃奶油的？”

“嗯？”

苏珊咽了一口，咳嗽了几下，十分简洁地表达出尴尬和气恼的意思。

“我只有一个！”她生气地说，“我需要糖分。”

尤妮蒂温和地说：“我相信没有人说你带着一个以上的樱桃奶油巧克力。”

“我们根本没数。”卢泽说。

尤妮蒂继续很温和地说：“如果你有手帕，我可以帮你把嘴边的巧克力擦掉，肯定是刚才混乱中不小心沾上的。”

苏珊瞪着他们，用自己的手背擦了擦嘴。

“只是糖分，”她说，“仅此而已，是燃料，别再说了。我们不能让你死——”

我们应该那样做。洛布桑说。

“为什么？”苏珊很惊讶。

因为我能看到一切。

“你能不能跟所有人都讲讲？”苏珊又拿出了上课时的讽刺语气，“我们都想知道这件事的结局。”

你误解了“万事万物”的意思。

卢泽从装糖果的口袋里掏出两颗巧克力蛋和一个纸包。尤妮蒂一看到那个纸包脸都白了。

“我不知道我们还拿了这种东西！”她说。

“好东西，对吧？”

“裹巧克力的咖啡豆，”苏珊轻声说，“这东西该被立法禁止！”

两位女士惊恐地看着卢泽把一块巧克力咖啡豆放进嘴里。他露出惊喜的微笑说：“很不错，不过我更喜欢甘草味的。”

“你是说，你不想再吃一个？”苏珊问。

“不想，谢谢。”

“真的吗？”

“真的。不过我很喜欢甘草，如果你有的话……”

“你是不是受过什么专门的僧人才有的特训？”

“嗯，在巧克力方面是没有的，”卢泽回答，“但不是有这么一句话吗，‘零食吃太多就吃不下晚饭了’？”

“你真的不想再吃一颗巧克力咖啡豆了？”

“不想了，谢谢。”

苏珊看了看尤妮蒂，尤妮蒂惊讶得瑟瑟发抖。“你有味蕾的吧，真的有吧？”说完她就觉得胳膊被拽住，整个人被拉到一边去了。

“你们两个到那边的运货马车后面去，看见信号就跑，”卢泽说，“去吧！”

“什么信号？”

我们会知道的。洛布桑的声音说。

卢泽看着她们跑远之后，捡起自己的扫帚单手拎着，走到满是灰色人群的街上。

“打搅一下，”他说，“请各位注意一下好吗？”

苏珊蹲在马车后面说：“他在干什么？”

审计员都朝他去了，洛布桑说，有些还带着武器。

“这下是它们说了算了。”苏珊说。

你确定？

“是的。它们向人类学习。审计员不习惯服从命令。它们需要有人说服。”

他在跟它们说第一条规则，也就是说他有计划了。我认为计划可行。没错！

“他做了什么？他做了什么？”

走！他会没事的！

苏珊跳起来："好！"

是的，它们把他的头砍掉了……

恐惧、愤怒、嫉妒……感情让你保持鲜活，鲜活是你死前一段短暂的时间。那些灰色的身影冲到四骗士的剑前。

它们足有几十亿个。它们有自己的战斗方式，消极、狡猾的方式。

"这太蠢了！"瘟疫喊道，"它们连普通感冒都不会得！"

"没有可以被诅咒的灵魂，也没有屁股让人踢！"战争砍中了一个灰色的身影，它很快滚到一边去了。

"它们确实有某种饥饿感，"饥荒说，"但我却没办法利用这种饥饿。"

马匹放慢了速度。又有无数灰色身影水泄不通地堵在远处，而且还在慢慢靠近。

它们在反击了，死神说，**你们感觉到了吗？**

"我只觉得我们太蠢了。"战争说。

这个感觉从何而来？

"你是说它们在攻击我们的思想？"瘟疫问，"我们是天启骗士！它们怎么可能攻击我们呢？"

我们变得太像人类了。

"我们？人类？别说笑话了——"

看看你手里的那把剑，死神说，**你发现什么了吗？**

"就是一把剑，剑的形状。还有什么？"

看这只手，四根手指和一个大拇指，是人类的手。人类给了你这样的形态。这就是关键所在。听着！你们在一个巨大的宇宙里有没有感觉很渺小？它们表达的就是这个意思。宇宙很大，你很小，你周围空无

一物，只有冰冷的空间，你是很孤独的。

另外三个天启骗士看起来紧张不安。

“这是它们传递过来的想法？”战争问。

是的。恐惧和憎恨对生命来说很重要，它们就是憎恨的载体。

“我们怎么办？”瘟疫问，“它们数量太多了！”

这是你的想法，还是它们的想法？死神正色问道。

“它们靠近了。”战争说。

那我们就尽我们所能。

“四把剑对那样一支大军？行不通的！”

刚才你还觉得可以呢。现在你听它们的了？人类始终面对着我们，但他们从不放弃。

“嗯，对啊，”瘟疫说，“但是和我们在一起，人类总希望找到一些缓和的机会。”

“或者突然休战。”战争说。

“或者……”饥荒犹豫了一下，说，“天上掉一堆鱼？”他看了看其他人的神色，坚决地补充了一句：“真的发生过。”

为了在最后时刻扭转命运，首先必须把命运坚持到最后一刻，死神说，**我们必须尽自己所能。**

“坚持不了怎么办？”瘟疫问。

死神拉起冰冰的缰绳。审计员们更近了。他可以看到每一个一模一样的身影，一个消失后总会出现十几个来填补空缺。

那我们就尽自己所能，他说，**想尽办法。**

身着白衣手持铁书的天使站在自己的云上。

“他们在说什么？”战争太太问。

“我不知道，我听不见！这两页书粘在一起了！”天使扒拉了半天也没能把那两页分开。

“都是因为他不肯穿背心，”战争太太坚定地说，“这种事情啊，我——”

她忽然不说话了，因为那个天使突然把自己头上的光环扯下来，卡在两页书之间，一时间火花四溅，书页发出猫抓黑板一样的声音。接着咣当一下，两页书分开了。

“好，我看看啊……”他开始看刚打开的这两页内容，“那个完成……那个完成……啊……”他忽然脸色苍白地转向战争太太。

“啊，天哪，”他说，“我们有大麻烦了。”

一颗彗星从下面的世界升起来，在天使说话时，它迅速变大。它燃烧着划过天空，不时有着火的碎片掉落下来。靠近了之后，火焰变得清晰起来，原来是一位骗士驾驶着一辆火焰战车。

火焰是蓝色的。混沌在冰冷地燃烧着。

站在战车上的那个人戴着一个遮住了脸的头盔，眼睛位置有两个洞，那个洞看起来有点像蝴蝶翅膀，而不像神秘未知生物的眼睛。那匹站在火焰中的骏马大汗淋漓，它慢跑几步来到其他几匹马身边，骑手们虽然不愿让步，但他们的马纷纷后退腾出空间。

“啊，好吧，”饥荒反胃地摆了摆手，“不会是他也来了吧？他回来会发生什么，我说过的吧？还记得那一次，他把游吟诗人从佐克的酒店窗户里扔出去的事情吗？我当时就说——”

够了，死神说，他朝混沌点点头，**你好啊，罗尼，很高兴见到你。我还在想你到底会不会来呢。**

一只带着寒气的手伸出来摘掉了头盔。

“大家好啊。”混沌开心地说。

“呃……好久不见。”瘟疫说。

战争咳嗽了一下：“听说你过得挺好。”

“是啊，挺好的，”罗尼的语气十分谨慎，“牛奶和奶制品零售业前景不错。”

死神看了一眼审计员们。它们没再前进，而是谨慎地围成一个圈。

“嗯，对，人类世界一直都需要奶酪，”战争尽全力搭话，“哈哈。”

“这里是有什么麻烦事吧。”罗尼说。

“我们能应——”饥荒想说句话。

我们应付不了，死神说，**你也看出来了，罗尼。今日不同往昔，你能和我们并肩战斗吗？**

“喂，我们还没讨论——”饥荒还想说话，但战争瞪了他一眼，他只好闭嘴。

罗尼·泡湿戴上头盔。混沌拔出剑。剑身光芒闪耀，和那座玻璃钟一样，这把剑看起来仿佛连接着某种更为复杂的东西组成的世界。

“有个老头告诉我，要活到老学到老，”他说，“所以了，我活了这么久，现在才得知剑刃是无限长的。我还学会了如何制作美味酸奶，不过这项技能今天用不上。我们可以上了吗，各位？”

街道彼端挺远的地方，有几个审计员正往前走。

“第一条规则是什么？”其中一个问。

“无所谓，我就是第一条规则！”扛着大斧子的审计员挥手示意它们后退。“必须守纪律！”

别的审计员犹豫了一下，这几个看起来挺聪明的。它们学习了关于疼痛的知识。此前几十亿年来，它们从未感觉过疼痛。感觉过了疼痛的那些审计员都不想再体会第二次了。

“非常好，”白先生说，“现在回——”

一个巧克力蛋突然飞出来落在石头上砸碎了。那群审计员上前去看，白先生挥了挥大斧子。

“后退！后退！”他喊道，“你们三个！去查是谁扔的！它好像是从那个摊子后面飞出来的！谁都不准去碰那种棕色物质！”

他小心地走上前，捡起一大块巧克力碎片，碎片上用黄色的糖霜画了一个微笑的小鸭子。他手抖得厉害，额头直冒汗，但是他高举起这块巧克力，充满胜利感地朝那群略微聪明的审计员炫耀挥舞。周围发出一阵赞叹。

“看见了吗？”他喊道，“身体可以战胜它！看见了吗？我们可以想办法生存下去！如果你们表现好，这些就只是棕色物质而已！如果你们反抗，它们就是致命的利刃！啊……”他放下胳膊，周围一阵骚动，尤妮蒂被抓来了。

“探路者，”他说，“叛徒……”

他朝俘虏走去。“会是什么呢？”他说，“是利刃还是普通棕色物质？”

“这个叫巧克力，”尤妮蒂愤愤地说，“我不吃。”

“我们试试看吧，”白先生说，“你的助手好像更喜欢斧子。”

他指了指卢泽的尸体。

但本该是卢泽的那个地方却只剩下空空的石子路。

有人拍拍他的肩膀。

“为什么呢，”他耳边有人说，“为什么人人都不相信第一条规则呢？”

他头顶的天空变蓝了。

苏珊抓紧时间赶到钟表店所在的那条街。

她往旁边看了看，洛布桑就在她旁边跑着。他看起来……是个人类了，只不过周身闪耀着蓝色的光芒。

“大钟周围可能也有那些灰人！”他喊道。

"它们是要查明那个钟为什么会走吗？"

"啊！对啊！"

"然后你要做什么？"

"砸了它！"

"那样会摧毁历史！"

"那又怎么样？"

他拉起苏珊的手。苏珊觉得胳膊仿佛遭遇一阵电击。

"你不用打开门！不要停下来！直接冲向那个钟！"他说。

"但是——"

"不要和我说话！我必须记住！"

"记住什么？"

"万事万物！"

白先生已经举起斧子转过身了。但是你不能太信任自己的身体。身体有自己的想法。它惊讶的时候会不通知大脑就擅自行事。

比如说，嘴巴会张开。

"很好，"卢泽说着举起握着什么东西的手，"吃吧。"

门不再是普通物质，却成了一片雾气。一群审计员聚在屋里，但苏珊像个幽灵一样从它们之间跑过。

钟在发光。她跑过去的时候，钟自己移动了位置。地板在她面前延展开来，将她拉了回去。钟正加速逼近某个遥远的视界。与此同时它也变得越来越大，且越来越脱离物质形态，仿佛"钟"这种属性正在努力扩张到更广阔的空间里去。

另外还有几件事情正在发生。苏珊眨眼睛，却没有感觉到短暂的黑暗。

"啊，"她自言自语地说，"这么说我不是在用眼睛看东西。还有什么呢？我身上还发生什么事情了？我的手……看起很普通，但这又是什么意思呢？我变大了还是变小了？还有——"

"你一直都这样吗？"洛布桑的声音问。

"一直都怎样？我可以感觉到我的手，我能听见你的声音——至少我觉得我能听见，但是这些都是我脑子里的内容——我感觉不到我在跑——"

"这样的……善于分析？"

"当然了。不然我还能想什么？'哇，我有爪子和胡须啦'？不过这也很能说明问题了。这一切都是比喻。我的感官开始编故事了，因为它们无法反映真实发生的情况——"

"别松开我的手。"

"好，你放心吧。"

"我是说，别松开我的手，不然你的整个身体都会被压缩进一个比原子还小得多的空间里。"

"哦。"

"千万不要想象从外部看见那种情况。钟到了，啊啊啊啊——"

白先生闭上嘴。表情从惊讶到恐惧再变为震惊，接着是无可比拟的幸福样子。

他开始解体了。好像一个巨大复杂、由无数小块组成的拼图玩具一样散架了，他慢慢地崩塌，直至变成粉末，消失在空气中。最后一块消失的是嘴唇，很快嘴唇也消失了。

一块嚼了一半的巧克力咖啡豆落在街上。卢泽迅速蹲下捡起斧子朝其他审计员挥了几下。它们都被权威吓住了，纷纷后退。

"现在这斧子属于谁了？"卢泽问道，"回答，是谁的斧子？"

“是我的！我是灰褐小姐！”一个灰衣服的女人喊道。

“我是橙先生，斧子是我的！灰褐色根本就不是一个正经颜色！”橙先生尖声喊道。

人群中一个审计员颇有头脑地说：“这样说来，斧子的继承权是可以讨论的吗？”

“当然不可以！”橙先生急得上蹿下跳。

“你们先内部决定吧。”卢泽说着将斧子扔向天空。一百多双眼睛看着它落下。

橙先生打算首先冲上去，但灰褐小姐踩住他的手指头。接着那群审计员变得非常忙碌且混乱，从声音上判断，应该是打起来了，而且还很痛很痛。

尤妮蒂惊呆了，卢泽拉起她的胳膊。

“我们走吧？”他说，“不用担心我。我当时也是拼了老命想试试雪怪教我的那个办法。确实有点疼……”

混乱的审计员之中传来尖叫。

“民主起效果了。”卢泽很高兴地说。他看了看天空，天上的火焰熄灭了，不知道谁赢了。

前面是一片明亮的蓝色，身后则是深红色的光芒。苏珊觉得很神奇，因为她居然可以不睁开眼睛不转头就能同时看到前后两边的情景。但不管睁开眼睛还是闭上眼睛，她都看不见自己。这一切都说明，除了记忆中手指所在位置感觉到的一点压力以外，她完全成了别的某种存在。

忽然有人笑着靠近了她。

一个声音说：“清洁工曾经说过，每个人都需要一个老师，然后就能找到自己的道。”

“然后呢？”苏珊问。

“这就是我的道：是回家的道路。”

接着传来了一点也不浪漫的声音，仿佛詹森把木头尺子放在桌子边缘拨得砰砰响，他们的旅途结束了。

但也许根本没开始。玻璃钟就在她面前，正常大小，闪闪发光。里面没有蓝光。就只是一个完全透明的钟在嘀嗒嘀嗒走着。

苏珊看了看自己的胳膊和手，又看了看洛布桑的胳膊及他本人。他松开了她的手。

“我们到了。”他说。

“钟在这里了？”苏珊问。她发觉自己正在努力喘气恢复呼吸。

“这只是钟的一部分，”洛布桑说，“另外的那个部分。”

“宇宙之外的那个部分？”

“对，这个钟有很多个维度，不用怕。”

“我这辈子没怕过任何东西，”苏珊还在继续喘气，“真的不怕。我会愤怒，我现在已经愤怒了。你到底是洛布桑还是杰瑞米？”

“是的。”

“是的，我明白了。你是洛布桑也是杰瑞米吗？”

“很接近了。是的，我常常想起他们两个。但是我更希望你叫我洛布桑。洛布桑的记忆更美好。我一直不喜欢杰瑞米这个名字，哪怕我自己就是杰瑞米的时候也不喜欢。”

“你真的是他们两个吗？”

“我是……我希望我集中了他们两位所有好的部分。他们两个截然不同，但又都是我，只是出生的时间略微不同，他们两个的生活都不怎么开心。简直让人怀疑是不是和星象有关。”

“确实有，”苏珊说，“那是虚假但充满希望的想法，又容易骗人。”

“你真是一直都这样啊？”

“目前为止都是。”

“为什么？”

“我觉得……因为在这样一个世界，每个人都很恐慌，总要有人保持理智才行。”

钟嘀嗒走着，摆锤晃动，指针却没动。

“真有趣，”洛布桑说，“你不拥护科兹莫皮利特太太之道，对吗？”

“我没听说过这个。”苏珊说。

“你现在呼吸正常了吗？”

“正常了。”

“那我们转身。”

个人时间再次开始流动，他们身后有个人说：“这是你的吗？”

他们身后有一座玻璃台阶。台阶上站着一个人，衣着打扮仿佛是历史派僧侣，他剃了个光头，穿着凉鞋。他的眼睛透露出很多信息。奥格太太曾说，那是个活了很久的年轻人。她说得没错。

他拎着鼠之死神袍子的后领子，鼠之死神在他手中挣扎。

“呃，他是独立行动的。”苏珊说。洛布桑鞠了个躬。

“那就把他带走吧。我们不能让他在这里跑来跑去。你好啊，我的儿子。”

洛布桑走上前庄重地稍微拥抱了一下他。

“父亲，”洛布桑松开他之后说，“这位是苏珊。她……帮了大忙。”

“那是当然的，”僧人说着朝苏珊笑了笑，“她就是个喜欢帮助别人的性格。”他把鼠之死神放在地上推了一下。

“对，我很可靠的。”苏珊说。

“也会说些很有趣的刻薄话，”僧人补充道，“我是文。谢谢你赶来，并且帮我儿子找到自我。”

苏珊看了看这父子二人。他们的对话和动作都显得僵硬冷淡，但是那种交流她是无法参与的，那一切发生得比对话快多了

“我们不是要拯救世界吗？”她说，“当然我不是要催你们。”

“我要先做点事，”洛布桑说，“我必须先见见我母亲。”

“我们有时——”苏珊说了一半又改口说，“有时间，对吧？全世界的时间都归我们了。”

“哦，比那些还要多得多呢，”文说，“再说，任何时间都可以去拯救世界。”

时间出现了。看起来像是个模糊的人影飘在空中，仿佛是数百万颗细小的物质倾泻在一起填满人形所在的空间，一开始很慢，然后……出现了一个人。

她是个高个子女人，很年轻，有着一头黑发，穿着一件红黑两色的长裙。看她的神情，苏珊觉得，她在哭。但是现在又微笑了。

文拉起苏珊的胳膊轻轻把她拉到一边。

“他们想单独谈谈，”他说，“我们走走吧。”

房间消失了。取而代之的是一个花园，园中有孔雀和喷泉，还有一条长满青苔的石凳。

草地一直延伸到树林中，树林修剪得很整齐，一看就是那种经过数百年精心维护的古建，没有一样东西长错地方，没有一样东西出现在不该出现的地方。长尾鸟艳丽的羽毛好像活生生的宝石在林间飞舞。在树林深处还有别的鸟在歌唱。

在苏珊观赏花园的时候，忽然看到一只翠鸟停在喷泉边上。它看了看苏珊然后飞走了，拍翅膀的声音好像小扇子在扑扇。

“说起来，”苏珊说，“我不……我不是……看，我理解这种事，真的，我又不傻。我祖父有个花园，里面完全是黑颜色的。但是洛

布桑他造了那个钟！嗯，是他的一部分造的。这么说来他在毁灭世界同时也在拯救世界？”

“家族特征，”文说，“时间无时无刻不在做这种事。”

他看苏珊的神情如同老师遇到了一个热情而愚笨的学生。

之后他又说：“请这样想，想想万事万物。这是个日常使用的词。但是‘万事万物’的意思是……万事万物。这个词比‘宇宙’大得多。‘万事万物’包括了在一切可能的世界里、一切可能的时间里，可能发生的一切事物。不要去寻求任何事物的完全解决方案。任何一件事早晚都会触发任何别的事。”

“你的意思是说，一个小世界不重要？”苏珊说。

文挥了挥手，两杯酒出现在石头上。

“每件事情都和其他的事情一样重要。”他说。

苏珊沉下脸：“你知道吗？就因为这样我才很不喜欢哲学家。他们把一切都说得伟大又简单，然后你到真实世界中去，却发现事情复杂得不得了。说真的，你看看周围。我估计这个花园肯定需要定期修剪草地，喷泉需要疏通，孔雀会掉毛，还会挖坏草地……如果不这么做，那它们肯定是假的。”

“不，每样东西都是真的，”文说，“至少和别的东西一样真实。但是这是完美的一刻。”他又朝苏珊笑了笑：“相比完美的一刻而言，数百年的时光都是徒劳。”

“我还是喜欢更详细的哲学。”苏珊说。她喝了一口酒，酒很完美。

“当然。我看也是。我知道，你就像暴风雨中紧紧依附着岩石的冒贝一样紧紧依附着逻辑。我看看啊……守护小空间，不要拿着剪刀跑，记住总有意想不到的巧克力出现。”文说。他笑了笑：“永远不要拒绝一个完美的时刻。”

一阵微风吹过，喷泉的水波开始左右荡漾，但很快就停止了。文站了起来。

“现在，我妻子和儿子大概已经说完了。”他说。

花园消失了。苏珊一站起来，石凳也变成雾气消失了，就在刚才它还是非常坚硬的石头触感。

酒杯也从她手中消失了，只在指尖留下一些触感，嘴里剩下一些美味。

洛布桑站在大钟面前。时间已经消失不见了，但是弥漫在屋子里的那首歌却变了一种音调。

“她高兴起来了，”洛布桑说，“她自由了。”

苏珊看了看周围。文和花园一起消失了。除了无穷无尽的玻璃房间以外什么也没有了。

“你不和父亲谈谈吗？”她说。

“晚点再说吧。时间很充足，”洛布桑说，“我会处理的。”

他说得非常小心，仿佛是把词语一个个放进来似的，苏珊转过身。

“你接手了？”她说，“你现在成了时间了？”

“是的。”

“但你基本上是个人类啊！”

“那又怎么样？”洛布桑笑起来很像他父亲。在苏珊看来，这是神灵才有的那种温柔但让人生气的笑容。“这么多房间是怎么回事？”她问，“你知道吗？”

“每个房间都是一个完美的时刻。无数个无量丛中的一个无量丛。”

“我不知道是否真有‘极其完美的一刻’这种东西，”苏珊说，“我们可以回去了吗？”

洛布桑把袍子下摆裹在自己的拳头上，然后一拳砸碎了玻璃钟的前表盘。表盘碎了，掉在地上。他说："等我们到了另一边，不要停下来也不要回头看。因为会有很多飞溅的碎玻璃。"

"我尽量躲到凳子下面。"苏珊说。

"很可能没有凳子。"

吱吱?

鼠之死神从一侧爬上大钟，站在顶上开心地张望。

"怎么处理这个？"洛布桑问。

"他知道自己该干什么，"苏珊说，"我从来都不担心他。"

洛布桑点点头说："拉住我的手。"于是苏珊拉住他。

洛布桑另一只手抓住大钟的摆锤，钟停了下来。

世界之中出现一个蓝绿色的洞。

回程快多了，但是当现实世界再次出现时，苏珊却摔进了水里。而且是臭烘烘的棕色泥浆水，水里全是枯枝败叶。她努力克服了裙子的阻碍浮上来，尽可能体面地划着水往岸上游。

太阳依然固定在天空中，空气压抑潮湿，一双鼻孔正在几尺外的地方看着她。

苏珊从小就被教育要讲求实际，所以当然学过游泳。奎尔姆女子大学在这方面很有优势，老师们都认为，女孩子要是不能衣着整齐地在游泳池里游个来回都是不努力。拜她们所赐，苏珊会四种不同的游泳姿势，还懂好些急救技巧，落水根本不慌。她还知道，要是你跟河马在同一条河里的时候该怎么办——该去找另一条河。从远处看河马又大又可爱，从近处看，它们就只是大。

苏珊调集起继承而来的全部力量，用死神般的声音和教师特有的权威语气大喊：**走开**!

那动物大力扑腾了几下转了个身，苏珊奋力往岸上游。但是那个岸也很模糊，只是水和沙滩的混合物而已，是一片含水丰富的黑色淤泥沼泽，里面有很多腐坏的树根。昆虫盘旋，而且——

——脚下的鹅卵石滑腻腻的，迷雾中传来骑马走动的声响——

——还有冰，死了的树上挂着冰——

——洛布桑拽着她的胳膊。

“找到你了。”他说。

“你把历史打碎了，”苏珊说，“你破坏了历史！”

河马受到惊吓又跑回来。她真是想象不到，一张嘴里居然能呼出这么臭的味道，不光臭，气流还很强烈，而且呼得久。

“我知道。但只能这么做，没别的办法。你能找到卢泽吗？我知道死神可以找到任何活物，而你是——”

“好吧，好吧，我知道。”苏珊郁郁不乐地说。她伸出手集中精神。卢泽那个很大的生命沙漏的图像出现了，而且渐渐有了实体。

“他在那边，离我们只有几百码远。”她指向一处冰冻的河水。

“我知道他在什么时间，”洛布桑说，“在六万年之前。所以……”

他们找到卢泽的时候，他正平静地看着一头巨大的猛犸象。在它毛乎乎的眉毛下面，那双眼睛正眯成一条缝，一面努力看着卢泽，一面拼命调集起它仅有的三个脑细胞，思考着究竟是要踩死他呢，还是把他从冰原上丢出去。一个脑细胞说“丢”，另一个脑细胞说“踩”，第三个在走神，想了一大堆关于性的事情。

在它长鼻子的另一端，卢泽说：“所以，你从没听说过第一条规则？”

洛布桑从半空中跑出来，到他身边说：“我们得走了，清洁工！”

卢泽看到洛布桑出现一点也不惊讶，不过倒是因为对话被打断了而有些不愉快。

“不着急，孩子，”他说，“一切尽在掌控中——”

“那位小姐呢？”苏珊问。

“在雪堆那边。”卢泽用大拇指指了指，同时依然瞪着五尺开外的那对眼睛，“这东西一出现，她就尖叫起来，然后崴了脚。看，我让它紧张了——”

苏珊跑到雪堆那里把尤妮蒂扶起来。“来，我们走了。”她匆忙说。

“我看见他的头被砍掉了！”尤妮蒂语无伦次，“接下来，突然间我们就到这里了！”

“是啊，确实会发生这种事。”苏珊说。

尤妮蒂万分迷惑地看着她。

“生活充满惊喜。”苏珊说。但是看到对方痛苦的样子，她还是犹豫了。好吧，这个生物曾经是它们的一员，它仅仅是像穿衣服一样穿了一个人类的躯壳——至少最开始是这样的，但是现在……毕竟，每个人都是披了个躯壳吧，不是吗？

苏珊甚至开始思考，人类的灵魂要是没有了躯体会变成什么样，说不定就会变成审计员那样吧。那么公平地来说，尤妮蒂如今越来越紧密地和她的躯体联系在一起，其实是某种很像人类的存在。对洛布桑而言这也是个很准确的定义，甚至对苏珊自己也是。谁说得清人性是从哪里开始又是到哪里结束的呢？

“走吧，”她说，“我们得互相帮助，对不对？”

历史的碎片就像漫天飞散的玻璃碴一样，从黑暗中横冲直撞地飞过。

黑暗中有一处灯塔。那是永远重复着同一天的奥东山谷。在一间大厅里，基本上所有巨大圆柱体都一动不动地立在原地，所有的时间都耗尽了。有些柱子裂开了，有些熔化了，有些炸裂了，有些则消失了。但还有一个仍旧在转。

是最古老也最大的那个柱子，名叫“大坦达”，它依然以黑曜石轴承为中心缓慢地转着，柱子一端释放出时间，另一端将时间收回，确保文指定的完美一天永不终结。

大厅里，兰巴特·汉迪赛孤身一人坐在那旋转的石柱旁，牛油灯的火光照着他，他不时给石头底座上浇点油。

石头发出咔嚓一声，他不禁朝黑暗中望去。大厅里满是岩石燃烧后的烟雾，周围黑极了。

接着又传来咔嚓一声，然后是划火柴的声音，随后就有了火光。

“卢泽？”他说，“是你吗？”

“我觉得是啊，兰巴特，但这段时间，谁说得准呢？”

卢泽走到光亮处坐下：“这些东西让你忙得很啊。”

汉迪赛伸直了腿说：“情况太糟糕了，清洁工！每个人都跑到曼陀罗大厅去了！比大炸裂的时候还惨！到处都是历史的碎片，一大半的延时器都坏了！再也不可能全部放回——”

“好了好了，你看起来真是忙了一天了，”卢泽和蔼地说，“没睡觉吧？这样吧，我来处理这些东西。你去休息一会儿，好吗？”

“我们以为你在外面的世界迷失了，还有——”兰巴特迷迷糊糊地说。

“现在我回来了，”卢泽笑着拍拍他的肩，“你修理小转轴的那个壁龛还在，夜班时候违规堆放的床铺也还在，你只需要几个学徒来帮忙看着就行了，是吧？”

汉迪赛点头，神情有些愧疚。卢泽怎么会知道还有床铺呢？

“你去吧。”卢泽说。那人走了之后，他又轻声加了一句：“等你醒了之后，你就是有史以来最幸运的傻瓜了。好了，神奇宝宝，接下来干什么？”

“把所有的东西都放回去。”洛布桑从阴影中冒出来。

“你知道上次这么干花了多长时间吗？”

“知道，”洛布桑看了看一片狼藉的大厅，朝着前方的平台走去，“我知道。我觉得这次不会太久。”

“你更确定些就好了。”苏珊说。

“我……我挺确定的。”洛布桑摸着板子上的那些线筒。

卢泽小心地朝苏珊摆摆手。洛布桑的思维已经不在这里了，苏珊忽然很好奇他的思维覆盖了多大的空间。洛布桑闭着眼睛。

“那些……转轴不在了……你能把跳线挪动一下吗？”他说。

“我来教这两位女士。”卢泽说。

“这里应该有僧人知道怎么操作吧？”尤妮蒂问。

“那就太费时间了。我是清洁工的徒弟，他们肯定会跑来东问西问，”洛布桑说，“你们不会乱问。”

“他说得很对，”卢泽说，“别人会问‘这是什么意思呢？’，还会说‘饼干干！’，然后事情就永远做不完了。”

洛布桑看了看那些线轴，又看了看苏珊。

“想象一下……有个被打乱了的拼图。但是……我特别擅长分辨边缘轮廓。非常非常擅长。每块碎片都在移动。但是由于它们曾经是拼合起来的，所以它们具有拼合的天然记忆。它们的形状就是记忆。只要其中一部分被放在正确的位置，剩下的就很简单了。哦，想象一下所有的碎片散布在全部可能性的区域内，并且随机和别的历史碎片混在一起。你能全部理解吗？”

“大体可以。”

“好。我刚才全是瞎说的，它跟目前的情况没有半点相似。但是你大概可以这样……理解，我觉得可以。然后——”

“你就要走了，对吧。”苏珊不是在提问。

“我没有足够的能量留下来。”洛布桑说。

“你需要足够的能量才能保持人形？”苏珊问。她起初没发觉自己心情轻松起来了，但此时她心里一沉。

“是的，就算只是想一想四维状态也是极大的消耗。对不起。即使是集中精神想着‘现在’这个概念也很困难。你认为我基本上是人类，但其实我基本上不是人类。”他叹了口气，“要是我能给你描述一下我所见到的万事万物是什么样的就好了……真的很美。”

洛布桑看着那个小木头线轴上方的空中，有什么东西在闪。黑暗中出现了明亮又复杂的曲线、螺旋。

看起来像个没组装好的钟，每个齿轮、弹簧都仔细地摆在他面前的黑暗中。完全拆解、可控，每个零件都很简单明了……但是有几个很小却又很重要的零件“叮”的一声滚进了一个巨大房间的角落里。如果你真的很聪明，就能猜出它们落在哪里了。

“你只有三分之一的转轴，”卢泽说，“其他的都坏了。”

洛布桑看不见他。他眼里只有那些闪亮的东西。“那……确实，但曾经它们没坏。”他说着举起双手放在线轴上。

周围突然响起一阵摩擦的声音，苏珊四下看了看，看到一排排的柱子从灰烬中升起。它们像一排排士兵一样竖立着，碎石从柱子上落下。

“好办法！”卢泽在苏珊耳边喊道，声音盖过了柱子升起时的巨响，“把时间装进延时器里面去！理论上确实可以，但我们从未实践过！”

“你知不知道他到底要干什么？”苏珊喊回去。

“知道！将多余的时间从过于超前的历史碎片中拿出来，放回落后的历史碎片中去！”

“听起来简单！”

“有一个问题！”

“什么？”

“做不到！损耗太多！”卢泽打了个响指，想要给这位不算门外汉的人解释时间动力学，“摩擦力、分歧点之类的东西！不可能用延时器创造出时间，只能用它移动时间——”

洛布桑身边忽然出现一束明亮的蓝光。蓝光照在他面前的板子上，然后在空中划出一道弧线，冲向所有的延时器。那道蓝光在延时器上雕刻的符文中蔓延，然后就像绕棉线团一样越来越多地附在延时器上。

卢泽看着那些旋转的光线和其中的阴影，其实在光芒中阴影几乎是看不见的。

“——不过，现在可以了。”他说。

转轴加速到平时工作的速度，然后在光线中越转越快。它往大厅里释放出没有尽头的稳定光线。

近旁的一个圆柱底座上冒出了火花。底座开始燃烧，同时石头轴承发出了响彻整个大厅的尖叫声，仿佛是石头绝望了。

卢泽摇摇头：“苏珊，你拿桶去井里打水！尤妮蒂小姐，你拿着油桶跟着她！”

“你做什么呢？”苏珊拿起两个桶。

“我就负责着急紧张，相信我，这件事很困难！”

很快柱子底部冒出蒸汽，然后传来牛油烧焦的味道。她们不停地从井里打来水浇到附近的轴承上，根本没时间干别的事，事实上连打水的时间都非常紧张。

那些转轴前后旋转。现在已经不需要跳线了。在爆炸中幸存下来的水晶棍子也没用了，都挂在挂钩上，当时间呈弧线状从一个延时器跳到另一个延时器时，水晶棍子反射着光芒，空中一会儿呈现蓝色一会儿呈现红色。卢泽知道，眼下的状况足以把任何一个受过训练的延时器操作员吓破胆。这情景如同瀑布在狂奔，不过其中一些还是受控制的，逐渐形成一些巨大的花纹。

轴承尖叫，牛油冒泡，一些柱子的底部冒着烟。但没有大问题，都在掌握中，卢泽心想。

他看了看那些暂存器。板子乒乒乓乓地不断扇动，沿着大厅的墙边释放出红色或蓝色的线条，有些只剩一个光板子。暂存器的木质轴承轻微炭化，墙边一片白色烟雾。

过去和未来在空中交汇。卢泽能够感觉到。

在平台上面，洛布桑被笼罩在光芒中。那些线筒不再动了。现在事情进展到了另一个层面，不再需要这些粗糙的机器了。

驯兽师，卢泽心想。一开始是需要椅子和鞭子的，如果真的很有才能，总有一天可以赤手空拳走进笼子里，用眼神和声音就能驯服狮子。但是必须是他真的很有才能才行，不过有没有才能你很快就会知道，因为他会再次从笼子里出来——

他忽然停下脚步，不在雷鸣般的光芒中行走了，因为声音发生了变化。

一个最大号的转轴慢下来。卢泽看着它渐渐停下，没有重新开始旋转。

卢泽在大厅里跑了一圈，找到苏珊和尤妮蒂。在此期间又有三个转轴停了下来。

“他动手了！他动手了！过来！”他喊道。随着地面一阵剧烈颠簸，又一个转轴停下来。

他们三个朝大厅尽头跑去，那些较小的延时器还在转动，但是那一排排的延时器都已经明显减速准备停止了。一个又一个的延时器发出巨响停下来，这多米诺骨牌般的情景比他们跑得还快，最终他们在最小的石灰石延时器旁停下脚步，恰好看到最后几个转轴咯咯响了几下停下来。

周围一片寂静，只有油脂发出嗞嗞的声音，还有石头冷却时发出的咔嚓声。

“都结束了吗？”尤妮蒂用裙子擦擦脸上的汗，结果脸上留下一条亮片的痕迹。

卢泽和苏珊看着大厅那头的光芒，然后又看看另一边。

“我……看……还……没有。”苏珊说。

卢泽点头：“我认为这只是——”他只说了个开头。

绿色的光柱从每一个柱子上升起来，像钢铁一样稳稳地停在空中。它们在柱子之间一亮一暗地闪烁着，大厅里一时充满了雷声。忽明忽暗的光线在大厅里形成整齐的图案。

速度越来越快。雷声变成了悠长且充满压倒性力量的声响。光柱又亮起来，而且变得更大了，空中满是明亮的光——

随后又消失殆尽。声音消失得太过突然，以至于寂静也显得铿锵有力。

那三个人慢慢站起来。

“刚才那是什么？”尤妮蒂问。

“我觉得是他修改了一些东西。”卢泽说。

延时器都不转了，空气很热，大厅里充满了烟和水蒸气。

接着，像是回应人类与时间永恒的较量一样，那些延时器重新启动了。

一开始非常轻，像是微风吹过一样。延时器慢慢转起来，从最小的到最大的，全都再次开始了它们笨重又柔和的原地旋转。

“非常好，”卢泽说，“基本上和之前一样好。”

“基本上？”苏珊把脸上的牛油抹掉。

“嗯，他部分是人类嘛。”清洁工说。他们转向那个平台，台上已经没人了。苏珊一点也不奇怪。他现在已经很弱了，当然是这样。当然，做这样的事情，任何人都会精疲力尽。他当然需要休息，当然是这样。

“他走了。”苏珊平静地说。

“谁知道呢？”卢泽说，“经文里不是写了吗？‘你永远不知道结局如何’。”

延时器令人安心的嗡嗡声充满整个大厅。卢泽感觉到时间再次在空气中流动起来。那气味令人振奋，仿佛海风。我应该经常到这里来，他心想。

“他破坏了历史，然后又修复了历史，”苏珊说，“破坏和恢复。不可能啊！”

“在四维空间里是不可能的，”尤妮蒂说，“但在十八维空间里就非常清晰。”

“现在，我建议你们两位女士还是离开吧，”卢泽说，“马上就有人下来了，每个人都会大惊小怪。你们还是离开比较好。”

“你做什么呢？”苏珊说。

“撒谎，”卢泽开心地说，“很多时候撒谎的效果好得惊人。”

——嗒

苏珊和尤妮蒂从石壁上的门里出去。一条路穿过杜鹃花丛通往山谷外。太阳正在地平线上，空气温暖，不过不远处就是雪原。

在山谷的边缘处，溪水落下悬崖形成长长的瀑布，落地时仿佛一阵雨。苏珊爬上一块岩石，坐下等着。

“从这儿走到安卡-摩波要走很久。”尤妮蒂说。

“我们搭个便车。”苏珊说。第一颗星星已经出来了。

“星星真漂亮。”尤妮蒂说。

“你真是这么想的吗？”

“我是学来的，人类认为星星漂亮。”

“我的意思是，有时候你看着宇宙，心里会想：‘我又是怎么回事呢？’然后你就会听见宇宙回答：‘是啊，你是怎么回事啊？’”

尤妮蒂想了一下说：“嗯，那你觉得是怎么回事呢？”

苏珊叹了口气。“就是这个意思，”她再次叹气，“当你拯救世界的时候，你不能只想着某一个人。你必须是个冷酷无情精于计算的坏蛋才行。”

“你好像是在引用谁说过的话，”尤妮蒂说，“谁说过的？”

“一个大傻瓜说的。”苏珊说。她尽量想了些别的事情又补充道：“我们还没完全消灭它们，还有一些审计员在世界上。”

“没关系，”尤妮蒂冷静地说，“看看那太阳。”

“什么？”

“太阳落山了。”

“然后呢？”

“说明世界上的时间重新开始流动了。这个身体也快没用了，苏珊。很快我的——我以前的同伴就会发疯，然后四散逃窜，它们会觉得累。它们需要睡觉。”

“我明白，但是——”

“我疯了。我知道。第一次发生的时候，我觉得非常恐怖，根本无法表达。你能想象吗？作为一个存在数百万年的智慧存在，居然在一个猿猴的身体里，还骑在老鼠背上，老鼠还长出了一条蜥蜴？你能想象黑暗中有多少东西不受控制地跑出来吗？”

“你在说什么啊？”

“它们会在做梦的时候死去。”

苏珊想了一下。数百万年来一直进行着精准的逻辑思考——接着人性的晦暗之处突然把一切恐怖都倒在你身上。她甚至觉得审计员们有点可怜了，只有一点而已。

"但你没问题。"她说。

"是啊。我觉得我肯定——有点不一样。不一样是很可怕的，苏珊。你有没有想过和那孩子保持浪漫关系？"

这个问题突然凭空冒出来，苏珊没有任何防备。尤妮蒂神色如常，只有一些紧张的关切而已。

"没想过。"苏珊回答。不幸的是，尤妮蒂还没有掌握到人类对话中的言外之意。苏珊这个语气的意思其实是："快别说了，不然小心大老鼠整日整夜来咬你。"

"我坦白，这种奇怪的感觉和他……本人是个钟表匠有关。有时候，他笑的时候，显得很普通。我想帮他，因为他看起来很孤独，很悲伤。"

"这种事情不必坦白，"苏珊严肃地说，"不过你是怎么知道浪漫这个词的？"

"我看了一些关于诗歌的书。"尤妮蒂很尴尬地回答。

"是吗？我一点都不信那些书。"苏珊回答。巨大的、饥饿的大老鼠。

"我觉得这是最奇怪的一点。为什么书页上的词语会如此有力？当人类当然是无比困难的事情，有些技能一辈子都无法掌握。"尤妮蒂说。

苏珊觉得无比愧疚。这真的不是尤妮蒂的错。人们在成长过程中不断学习，他们学各种不成文的事情。而尤妮蒂从未成长过。

"你现在准备干什么？"她问。

"我确实有个非常人类的想法。"尤妮蒂说。

"有什么我能帮忙的事情……"

片刻之后，苏珊才意识到，这句话其实就像"你好吗"一样，听话的人应该知道这不是个问题。但是尤妮蒂不知道。

“谢谢，你真的可以帮上忙。”

“嗯，好吧，如果——”

“我想要死去。”

夕阳中一阵马蹄声传来，几位骗士赶来了。

嘀嗒

小火焰在碎石间燃烧，照亮了夜空。大部分房屋都被彻底摧毁了，不过苏托认为准确地说应该是“切碎了”。

他坐在街边，仔仔细细地看着，他的要饭碗正摆在面前。对历史派僧侣而言，想掩人耳目当然还有更加复杂更加有趣的办法，不过苏托还是选择了当叫花子，因为卢泽曾经给他演示过，对于来要钱的人，其他人从来都不肯多看一眼。

他看着搜救人员将尸体从房子里搬出来。起初他们认为有一个人在爆炸中重伤而亡。结果那尸体突然坐起来，解释说自己是一个伊戈，而且就伊戈而言，他现在是毫发未伤的状态。另一个人大家也认出来了，是钟表匠工会的霍普金斯博士，他奇迹般地毫发未伤。

但苏托不相信奇迹。而且那个房子的废墟里全是橘子，这点也很令他怀疑，霍普金斯博士喋喋不休地说要把阳光从橘子中提取出来之类的，苏托心里那个光滑溜亮的小算盘说，刚才发生了不得了的大事。

他决定报告一下，看看假沙恩的人是怎么说的。

苏托捡起自己的碗穿过密密匝匝的小巷回到自己的住所，他现在根本不在乎有没有隐蔽处。卢泽那会儿在城里对众多隐匿行踪的居民开展了教育活动。现在安卡-摩波的市民都懂第一条规则。

至少到刚才为止都是懂的。有三个人突然从黑暗中冲出来，其中一个挥舞着一把大砍刀，若苏托不蹲下的话，肯定会被砍到脖子。

不过这种事情他早就习惯了。总有人学得慢啊，只要切分一下时间，就能打发掉这种人了。

他站起身准备轻松地走开，结果一大把黑发落在他肩上，然后顺着他的袍子滑落在地上。几乎没有任何声音，但苏托看了看地上的头发，他的表情把那三个人吓得连连后退。

透过愤怒发红的眼睛，他看到那三个人都穿着脏乎乎的灰色袍子，比一般的小巷居民还要疯的样子，看起来像是发疯的会计。

其中一个想去抢他的要饭碗。

每个人在生活中都有些规矩条件，一些未曾言明的条款，比如“除非是我真的想”，或者“除非没人看着”，或者“除非第一个是果仁糖”。数百年来，苏托都坚信一切生命皆神圣无比，同时也坚信暴力无用，可是他还有一个个人条款，“不能动头发。任何人都不能动我的头发，懂吗？”

只不过即使如此，每个人都有第二次机会。

他把碗砸到墙上，隐藏在碗里的利刃深深地扎进木板里，来袭击他的人全跑了。

接着碗开始嘀嗒作响。

苏托赶紧跑到巷子尽头，飞速从拐弯处滑过，同时大喊“蹲下”！

不幸的是，对审计员们来说，他喊得稍微晚了那么一点点——

嘀嗒

卢泽正在他的五重惊诧花园里，忽然空气冒出火花，然后形成碎片旋转着在他面前组成一个人形。

他原本正在照顾唱歌竹节虫，那些虫没食物了，此时他放下手中的工作抬起头。

洛布桑站在小路上。这孩子穿着一件满是星星的黑袍，衣衫在他身边呼呼作响地飞舞，尽管这个早晨没有一丝风，他却像是站在风暴之中。卢泽猜想，他恐怕确实是站在风暴中的。

“又回来了啊，天才儿童？”清洁工说。

“某种意义上来说，我从未离开过，”洛布桑回答，“你的事情还顺利吗？”

“你不知道？”

“我可以知道。但是一部分的我还是喜欢遵循传统。”

“嗯，住持特别怀疑，而且到处都有怪异的传言。我什么都没说。我怎么会知道呢？我只是个清洁工而已。”

卢泽说完又继续照顾生病的竹节虫去了。他还没默数到四，洛布桑就问：“我想请教一下，第五个惊喜就是你，对不对？”

卢泽仰起头。有一个低沉的声音传来，那个声音他听得太久了，已经完全见惯不怪了，不过此时这个声音调子有所变化。

“延时器开始释放时间了，”他说，“它们知道你来了。”

“我不能在这里停留太久，清洁工，请告诉我吧。”

“你想知道我的小惊喜？”

“是的，别的事情我基本上都知道了。”洛布桑说。

“但你是时间。我在未来告诉你的事情你都会知道，对不对？”

“但我部分是人类。我希望保持人类的部分，所以必须要以正确的方式做事情，拜托了。”

卢泽叹了口气，看了看下面樱花盛开的大路。

“当学生可以打败老师的时候，老师就必须知无不言，你还记得吧？”他问。

“记得。”

“很好。铁道场此时应该没有人。”

洛布桑很惊讶："呃，铁道场……不是墙上有很多锋利的长矛那个吗？"

"对，天花板上也有。好像待在一只内外翻面的豪猪体内一样。"

洛布桑很害怕："那不是练习用的！规则说了——"

"就是那间道场，"卢泽说，"我说我们就用那间。"

"哦。"

"很好。不顶嘴，"卢泽说，"这边走，孩子。"

他们从路上走过时，花瓣如瀑布般倾泻而下。他们进入寺院，路线一如往常。

他们路过了曼陀罗大厅，沙子像小狗欢迎主人一样跳起来，在洛布桑脚下形成直立的旋涡。卢泽听见他身后传来众人的叫喊。

最新消息仿佛墨滴进清水中一样在山谷里传播，数百个僧人、学徒和清洁工仿佛彗星的尾巴一样竞相追着那两个人进入内院。

而在他们上方，樱花的花瓣始终像雪一样纷纷落下。

卢泽来到铁道场那圆形的金属大门面前。门扣足有十五尺高，任何不够资格的人都不得开门。

清洁工朝昔日的学徒点点头说："你来吧。我不能开门。"

洛布桑看了看他，又看了看高处的门扣。他把手贴在铁门上。

铁锈从他指尖迅速蔓延。古老的金属上立刻布满红色的痕迹。门开始吱嘎作响，然后开始一点点崩塌。卢泽试着用手指点了一下，一大块金属仿佛疏松的饼干一样落在石板路上砸碎了。

"真厉害——"他刚开口，一个会吱吱叫的玩具橡胶大象突然砸在他头上。

"饼干干！"

人群分开，侍僧头领抱着住持跑上来。

"这是干什么？要饼干干饼干干！这个唔咂唔咂搞笑的人是谁，

清洁工？延时器在大厅里转疯了！”

卢泽鞠了个躬。

“尊敬的住持，如你所料，他是时间。”卢泽弯着腰回答。他歪着头看了看洛布桑。

“鞠躬！”卢泽悄声说。

洛布桑很迷惑。“我现在也要鞠躬？”他问。

“鞠躬，你这个小学徒，不然我就要好好教你规矩！该尊敬的时候就应该尊敬！我不让你走你就始终是我的徒弟！”

洛布桑很惊讶，但还是鞠躬了。

“你为什么到我们这个没有时间的山谷里来呢？”住持问。

“回答住持！”卢泽严厉地说。

“我……我想知道五重惊诧的事情。”洛布桑回答。

“——尊敬的——”卢泽提醒道。

“——尊敬的住持。”洛布桑说。

“你专程跑来，只为知道我们这个狡猾的清洁工想了些什么？”住持问。

“是的，嗯，尊敬的住持。”

“时间能做的事情有那么多，你却想弄明白这个老头搞了什么诡计？饼干干！”

“是的，尊敬的住持。”别的僧人都看着洛布桑。

他的袍子依然不断翻滚，仿佛是被感知不到的狂风撕扯着，袍子上的星星照见阳光时就闪闪发亮。

住持露出天真无邪的微笑。“我们都应该搞清楚，”他说，“据我所知，还从未有人见过呢。我们中没有任何人能让他开口。但是……这是铁道场。有规矩！两个人进去，只能有一个人出来！这不是练习道场！要大象！你明白了吗？”

“我不想——”洛布桑刚想说话，卢泽就用胳膊肘狠狠捅了捅他的肋骨。

“你要说，‘明白，尊敬的住持’。”他训斥道。

“但是我一点都不想——”

结果他后脑勺上又被拍了一下。

“现在不准后退，”卢泽说，“没有退路了，天才儿童！”他对住持点点头。“我的学徒明白，尊敬的住持。”

“你的学徒吗，清洁工？”

“是的，尊敬的住持，”卢泽说，“我的学徒。我说他不是才不是。”

“真的？饼干干！那他可以进去，卢泽，你也可以进去。”

洛布桑表示抗议：“但我只想——”

“进去！”卢泽吼道，“你要让我丢脸吗？别人会以为我没把你教好！”

铁道场内部确实是有一座布满长矛的黑压压的拱顶。那些长矛尖得像针，成千上万条这样的长矛组成了噩梦般的墙壁。

“谁会修建这样的东西？”洛布桑看着那些寒光闪闪的凶器，连天花板都没有留下空隙。

“这个地方能教人学会谨慎和遵守纪律的重要性，”卢泽把关节掰得咔咔作响，“冲动和速度对攻击者和被攻击者都同样危险，也许你也能学会。有一个条件：我们在这里都是人类。同意吗？”

“当然，清洁工。我们都是人类。”

“那还有一点：不能耍诈？”

“不耍诈，”洛布桑表示同意，“但是——”

“我们是要打，还是要一直说话？”

“但是，如果只有一个人能出去，就表示我要杀死你——”洛布桑说。

“当然也可能是我杀你，”卢泽说，“这就是规则，没错。我们继续吧？”

“我不想这样做！”

“对待生活，就要像对待早餐麦片一样，最好是先读盒子上的使用说明，”卢泽说，“这里可是铁道场，天才儿童。”

他后退一步鞠了个躬。

洛布桑耸耸肩，也鞠了个躬。

卢泽后退几步，闭上眼睛过了一会儿，然后做出一连串简单动作进行热身。

洛布桑听到他的关节响，不禁皱起眉头。

周围传来一连串噼噼啪啪的声音，他还以为是卢泽那把老骨头骨折了。但其实是弧形墙壁上的小暗门打开了。他还听见众人争抢好位置的声音，看来是有很多人。

他伸出手，让自己微微悬浮在空中。

“我记得说好了不要诈？”卢泽说。

“是的，清洁工，”洛布桑平稳地浮在空中，“但是接着我想到：永远不要忘记第一条规则。”

“啊哈！干得好。你确实学到了一些东西！”

洛布桑飘着靠近他。“从我上次见你之后，你就不能相信任何我见到的东西，”他说，“语言无法描述。我见过嵌套在世界之中的世界，就像尤伯瓦尔德制作的那些玩具娃娃。我听到过年岁发出的音乐。我知道的东西远超出我能理解的范围。但我却不知道第五重惊诧。这是个诡计，是个难解的……测试。”

“万事万物都是测试。”卢泽说。

“那就告诉我第五重惊诧是什么，我保证不伤害你。”

“你保证不伤害我？”

“我保证不伤害你。”洛布桑再次庄严地说。

“好，只要你问我就可以。”卢泽露出大大的微笑。

“什么？我之前问了，但你拒绝了！”

“你只需要在合适的时间提问，天才儿童。”

“现在是合适的时机？”

“经文里写过‘择日不如撞日’，”卢泽说，“看好了，第五重惊诧。”

他手伸进袍子里。

洛布桑更飘近了些。

清洁工拿出一个廉价节日面具。面具上有一副假眼镜，还粘着一个粉色的大鼻子，鼻子下面是一条黑色小胡子。

他把面具戴上，晃了两下耳朵。“噗。”他说。

“什么？”洛布桑非常不解。

“噗，”卢泽又说了一遍，“我从没说过是个特别意外的惊喜，对吧？”

他又晃了一下耳朵，然后又动了一下眉毛。

“不错吧？”他笑着说。

洛布桑笑起来。卢泽笑得更夸张了。洛布桑也笑得更大声了，他降落到垫子上。

突然一阵殴打凭空袭来，打中他的肚子、脖子后面、后背局部地方，还从下方横扫他的腿。他俯身倒下，卢泽以游鱼跨坐式一把把他按在地上。唯一挣脱的方法就是让肩膀脱臼。

围观人群齐声叹息。

“德加-甫！”

“什么？”洛布桑趴在垫子上问，“你说没有任何一个僧人知道德加-甫！”

“因为我从来没有教过他们！”卢泽说，“保证不伤害我，对吧？多谢你了！投降？”

“你从来没说过你知道！”卢泽的膝盖撞上暗中施力的点，洛布桑的胳膊立刻变得软弱无力。

“我也许老了，但我不傻！”卢泽大喊，“你以为我看不到那点小伎俩吗？”

“这不公平——”

卢泽附身凑到洛布桑耳边。

“那个盒子上没有写‘公平’，孩子。不过你可以赢，你知道的。你可以把我变成灰尘，就像刚才那样。我怎么阻止得了时间呢？”

“我做不到！”

“你不想做到吧，我们都知道的。投降？”

洛布桑觉得他的身体机能都快停止了。他肩膀仿佛着了火。我可以脱离人形，他心想。对，我可以的，我可以在一念之间把他变成灰烬。那就输了。他死去，我走出去，我就输了。

“别担心，孩子，”卢泽平静地说，“你只是忘了第十九条。投降？”

“第十九条规则？”洛布桑想从垫子上爬起来，结果一阵剧痛让他不得不再次趴下，“第十九条规则是什么？好了，好了，投降，投降！”

“‘记住永远别忘记第一条规则’，”卢泽说着松开他，“并且要时常自问：这东西最先是怎么出现的？”

卢泽站起来继续说：“不过你表现得很好，各方面都考虑到了，所以作为你的师父，我要毫不犹豫地推荐你升级为黄袍。另外，”他压低了声音说，“在场的每一个人都目睹我打败了时间，这种事情写在简历上绝对非常好看，你明白我的意思吧。绝对能刺激到第一条规则。我拉你起来吧。”

他弯腰伸出手。

洛布桑想要拉住他，但是犹豫了。卢泽笑了笑轻轻把他拉起来。

“但我们中只有一个可以离开啊，清洁工。”洛布桑揉揉自己的肩膀。

“是吗？”卢泽回答，“但是参与游戏就必定会改变规则。我觉得不必管它。”

外头的一大群僧人把道场门推开了，仿佛有人被橡皮牦牛打了。

“饼干干！”

“……住持肯定已经准备好赐予你袍子了，”卢泽说，“要是他把口水滴在上面了你也千万别说什么，拜托。”

他们离开了道场朝大露台走去，假沙恩的每一个人都跟在他们身后。

事后回忆起来的时候，卢泽说那是一次很不同寻常的仪式。住持看起来完全不吓人，因为婴儿们基本上都是不吓人的，也常常吐在别人身上。再说了，洛布桑是时间之深渊的主人，住持却是山谷的主人，所以这个尊敬关系是双向的。

不过在递交袍子的时候却是发生了一点困难。

洛布桑拒绝了。侍僧首领就问为什么，同时人群中传开一阵流水般的窃窃私语。

“我不配得到这件袍子，先生。”

“卢泽说你已经完成了学徒课程，大——洛布桑·路德。”

洛布桑鞠了个躬：“那我就接受扫帚和清洁工的袍子吧，先生。”

这下子窃窃私语的流水变成了海啸，冲刷着围观人群。人们齐刷刷地转头。大家惊讶得直喘气，偶尔传来一声紧张的笑声。清洁工也列队在旁边，他们可以暂时放下工作来观礼，这些人都紧张地沉默着。

侍僧首领紧张地舔舔干裂的嘴唇。

“但是……但是……你是时间的化身……”

洛布桑坚定地回答：“先生，在这个山谷里，我就是一个清洁工。”

侍僧首领四下看了看，但是周围谁都帮不了他。庙里其他高级成员都不愿乱入这团尴尬的粉色云团中。住持吐了几个泡泡，露出婴儿们常见的那种内心了然的笑脸。

“我们有没有……呃……我们授予过清洁工称号吗……我们有没有……”侍僧头领念叨着。

卢泽上前来到他身后：“侍僧头领阁下，请允许我来帮忙。”他的态度非常恭敬甚至有些奉承，跟平时截然不同。

“卢泽？啊……呃……好吧……呃……”

“我这就去拿一件九成新的袍子，先生，如果你肯帮我签个字让我去库房领新扫帚的话，我可以把旧扫帚传给这孩子。”卢泽全心全意表达出要帮忙的意思。

这位已然在慌乱不知所措中溺水的侍僧首领赶紧抓住卢泽递过来的救生绳。

“哦，卢泽，那就麻烦你了。你真的太好了……”

卢泽以热心帮忙的速度瞬间消失，随即再次出现，那些自以为了解他的人都吓了一跳。

他拿着扫帚和袍子回来了，那袍子在河里的石头上洗得发白。他庄严地将这两样东西递给侍僧头领。

“呃，嗯，谢谢你，嗯，这是个特别的仪式，为了，嗯，为了，呃，为了……呃……”他结巴得说不出来了。

“仪式很简单，先生，”卢泽已然充满热情，“措辞也不讲究，先生，一般我们说：‘这是你的袍子，收好了，都是庙里的东西。’然后给扫帚的时候我们说：‘这是你的扫帚，小心着用，它是你的朋友，弄丢了要罚款，扫帚不是从树上直接长出来的。’就这些，先生。”

“呃，嗯，哦，”侍僧头领低声说，“那住持——”

“哦，不，住持不用给清洁工颁发东西。”洛布桑赶紧说。

“卢泽，谁负责那个，呃，那个……”

“通常是资格更老的清洁工，侍僧阁下。”

“哦？那么机缘巧合，会不会正好就是你？”

卢泽点头鞠躬：“是的，先生。”

对于还在惊慌失措的潮水中挣扎的侍僧头领来说，这个回答无异于看见了陆地。他开心地笑起来。

“我在想，我在想，我在想，那你索性好人做到底，呃，就，嗯，就是——”

“我很乐意，先生，”卢泽转身，“现在开始，先生？”

“啊，请吧！”

“好的。洛布桑·路德，上前来。”

“是的，清洁工。”

卢泽拿起旧袍子和旧扫帚。“扫帚！袍子！别弄丢了，我们的钱不是风刮来的！”他高声说。

“感谢您的赐予，”洛布桑回答，“我很光荣。”

洛布桑鞠了个躬。卢泽也鞠了个躬。他们的头靠得很近，都在同一个高度。卢泽悄声说：“真是出人意料。”

“谢谢。”

“装得不错，这件事绝对会被写进经文里，不过有点太夸张了。别再这么做了。”

“好。”

他们直起身。侍僧头领问：“呃，接下来干什么？”他知道自己是个废物。这件事之后，一切都会不一样了。

“没事了，真的，”卢泽说，“清洁工都去打扫。你负责那边，孩子，我负责这边。”

“但他可是时间！”侍僧头领说，“文的儿子！我们有很多问题想问！”

“很多事情我都不会说。”洛布桑笑着说。住持一弯腰，口水流到侍僧头领耳朵里。

他放弃了。“好吧，也轮不到我们来问你。”他说着退下了。

“确实，”洛布桑说，“你们不该问。我建议各位都去忙吧，这座大殿扫起来很麻烦呢。”

高阶僧侣们互相胡乱比画了一阵，然后众人十分不情愿地慢慢散去了。

只剩下他们两个的时候，卢泽小声说：“他们会躲在各种地方偷看我们。”

“嗯，是啊。”洛布桑说。

“你还好吗？”

“非常好。我妈妈很高兴，她会跟我爸爸一起退休。”

“什么？是回到乡间别墅养老之类的吗？”

“不算，但也差不多。”

周围一片寂静，只有两把扫帚扫地的声音。

然后洛布桑说：“卢泽，我知道，在学徒期结束后，徒弟给师父送礼物或者纪念品是常有的事。”

“是啊，”卢泽直起身说，“但我什么都不需要。我有我的坐垫、我的碗和我的道。”

“每个人都有些想要的东西。”洛布桑说。

“哈！你可说错了，天才儿童。我已经八百岁了。我所有的愿望都早就满足了。”

“哎呀，那可不好。我希望能找到一些好东西呢。”洛布桑站直了身体把扫帚扛在肩上，“不管怎么说，我要走了。还有很多事情要做。”

“肯定很多，”卢泽说，“肯定很多，树下面就还有好多要打扫的。说起打扫，天才儿童，你把那个女巫的扫帚还给她了吗？”

洛布桑点头：“这么说吧……我把东西都放回去了。不过是全新的。”

“哈！”卢泽扫了几片花瓣说，“就是这样。可不就是这样吗？时光大盗要还清债务真是轻而易举啊！”

洛布桑自然是听出了其中责怪的意思。他看着脚下说：“但也不是全都还了。”

“是吗？”卢泽依然十分专注地看着扫帚尾巴。

“当你拯救世界的时候，你不能只想着某个人，因为一个人只是世界的一部分。”洛布桑又说。

“是吗？你是这么想的吗？”卢泽回答，“你肯定是跟某个很奇怪的人交谈过了。”

“不过现在我有时间了，”洛布桑真诚地说，“我希望她能理解。”

“女士们的理解能力十分惊人，你只需要以适当的方式表达就行了，”卢泽说，“祝你好运，孩子。总的来说，你干得不错。经文里不是写了吗？‘择日不如撞日’。”

洛布桑朝他笑了笑，就消失了。

卢泽继续扫地。过了一会儿，他想起刚才的事情不禁笑起来。徒弟给师父送礼物是吧？如果说卢泽想要某个东西，而时间可以给他……

他停下来抬起头，大声笑了。

在他头顶上，樱桃渐渐长大成熟了。

嘀嗒

在某个此前并不存在的地方，某个只为目前一个目的而存在的地方，放着一个巨大光亮的桶子。

“一万加仑美味软糖奶油，里面加了紫罗兰精华和黑巧克力，”混沌说，“上面还有一层黄油奶霜夹心的榛子果仁糖，外加部分软焦糖，触感极为舒适。”

所以……你是说这个桶可以存在于真实无限的每个地方中的某一个地方，因此它可以存在于此？死神问道。

“没错。”混沌说。

但是它却不在它本该存在的地方。

“是的。它现在应该存在在这里。这是简单的数学题。”混沌说。

啊？嗯，数学，死神很轻蔑地说，**一般我只做到减法就够了。**

“总而言之，巧克力不是什么稀有商品，”混沌说，“有些星球上长满了这种东西。”

真的吗？

“真的。”

这种事情还是最好不要传开。死神说。

尤妮蒂正在黑暗中等待着，他走了过去。

你不需要这样做。他说。

“不然还能怎么样？”尤妮蒂说，“我背叛了我的同类，而且彻底疯了。我不属于任何地方，留在这里也是徒增烦恼。”

她看着那巧克力深渊。巧克力表面上的糖霜闪着光。

她从黑暗中走出来。令她惊讶的是，这么做居然感觉有些尴尬，但她还是骄傲地昂首挺胸。

“勺子。”她自大地伸出右手命令道。混沌拿出一把银勺，夸张地擦了擦，递给她。

“再见，”尤妮蒂说，“替我真诚地问候你的外孙女。”

她后退几步，助跑了一段距离，然后来了个完美的跳水。

巧克力无声无息地吞没了她。旁边的两个人等着桶里那富含油脂且迟缓的涟漪渐渐消散。

“这可真是一位品位不俗的女士，”混沌说，“多么可惜。”

是啊，我也有同感。

“嗯，某种意义上来说……也很有趣，真的。我现在必须走了。”混沌说。

你还在继续做牛奶生意？

“是啊，大家都指望我呢。”

死神似乎感到钦佩。**你回来了，真的很……有意思。**他说。

“是啊。很有意思。”混沌说，“你要来吗？”

我还是在这里等一会儿。

“为什么？”

以防万一。

“哦。”

是啊。

几分钟后，死神从袍子里掏出一个又小又轻的生命沙漏，仿佛是给玩具娃娃玩的一样。他把沙漏倒转过来。

“但是……我已经死了。”尤妮蒂的影子说。

是啊，死神说，**现在是下一步了……**

爱玛·罗伯森坐在教室里，皱着眉头咬自己的铅笔。随后，她缓缓地露出恍然大悟的神情，开始动笔。

我们去了兰科，那里住着女巫，她们很和蔼，她们种植cǎo yào。我们遇到了一位女巫，她很hé ǎi，她给我们唱了一首gē，是关于一个刺尾说不来话的gē。詹森想踢她的猫，但是猫把他追到树上去了。我知道很多关于女巫的事情，现在她们都不长疣子了，也不会吃小孩，就跟你奶奶不会吃你一样，只不过奶奶不回用很难明白的词。

苏珊坐在高高的讲台上松了口气。没什么比大家都埋头写字的教室更美好了。一个好老师会充分利用手边现成的材料，比如把全班带到奥格太太家就是很好的教育，双向的教育。

一个运转良好的班级有自己的气味：一点铅笔屑的味道，海报颜料味，还有死了的竹节虫——当然是用胶水固定住的，还有比利的味道。

她和外公的会面不太愉快。她气愤地说外公没跟她讲清楚，而死神说他当然不能说。如果你把未来将要发生的事情告诉了人类，未来就不会发生了。这也有道理。当然有道理。逻辑完美。但问题在于苏珊只是在大部分时候讲逻辑。现在事情又回到了冷淡紧张的日常状态，小家庭里摩擦不断的日常。

她心想，也许这就是普通家庭的状态。有外人来捣乱的时候，他们想也不想就团结起来，没有外人的时候就谁都不理谁——多谢奥格太太，她现在可算是记住这句话了。

最近她一直没见到鼠之死神。不过他肯定没死，只是最近没时间吧。

她不禁认真考虑了一下自己课桌里的东西。苏珊严禁在课堂上吃东西，因此这样看来，如果这算是一条纪律的话，就应该适用于所有人，包括苏珊自己。否则这就是暴政而非纪律。但是也许纪律的作用就是让你在违纪之前思考一二。

在书和文件之间还塞着一盒希格斯&米金店里最便宜的混装巧克力。

小心地打开课桌盖子把手悄悄伸进去还是很简单的，当然同时还要保持严肃的老师脸。手指头在空包装纸的小窝里找到了一块巧克力，但摸起来似乎是她不喜欢的果仁糖。她还是坚定地拿了起来。生活艰难，有时候就只有果仁糖。

接着她轻快地拿起钥匙来到文具柜旁，希望自己看起来像是在检查还有没有多余的铅笔。毕竟，铅笔这个事真的说不准，随时都得去看看。

门在她身后发出轻微的嘀嗒一声，一点微弱的光线从横梁上照下来。她把巧克力放进嘴里闭上眼睛。

纸板箱似乎发出了微弱的声音，苏珊睁开眼睛。

装星星那个盒子的盖子轻轻打开。星星掉出来，在橱柜的阴影中不断旋转，那些黑暗中的星星就像一个闪亮旋转的微型星系。

苏珊看了一会儿："好，你引起我注意了，不管你是谁。"

至少她是想要这么说。但是由于果仁糖非常黏，说出来就成了："嚯，你引迟喔注记了，波……嗯你是啥。"该死！

星星围着她的头转，接着橱柜里头变成了星空一般的深黑。"老鼠。哼，是你吗——"苏珊问。

"是我。"洛布桑说。

嘀嗒

就算是牛轧糖，也能带来愉快的时光。

图书在版编目（CIP）数据

新手死神. 5, 时间盗贼 / (英) 特里·普拉切特著；
王爽译. -- 郑州：河南文艺出版社, 2020. 5
ISBN 978-7-5559-0985-9

Ⅰ. ①新… Ⅱ. ①特… ②王… Ⅲ. ①长篇小说－英
国－现代 Ⅳ. ①I561.45

中国版本图书馆CIP数据核字（2020）第061958号

著　　者　［英］特里·普拉切特
译　　者　王　爽
责任编辑　李亚楠
特邀编辑　朱写写　　张楚悦
策　　划　读客文化
版　　权　读客文化
封面设计　汪　芳
出版发行　河南文艺出版社
印　　刷　三河市龙大印装有限公司
开　　本　890mm × 1270mm　1/32
印　　张　11
字　　数　279千
版　　次　2020年5月第1版　2020年5月第1次印刷
定　　价　42.00元

如有印刷、装订质量问题，请致电010-87681002（免费更换，邮寄到付）